歌ことば100

今野寿美
Sumi Konno

本阿弥書店

画家と作家とニワタズミ

昨夏（平成27年7月）、画家野田弘志氏のアトリエをお訪ねする機会に恵まれた。現代日本の写実画を究めた野田氏が、画業の拠点を横浜から北海道に移されて、もう一五年になるだろうか。伊達市と壮瞥《そうべつ》町が接する丘陵に建てられたお住まいは広いアトリエを併設していて、敷地二〇〇〇坪という。有珠山の手前に昭和新山が重なって見え、右手には洞爺湖を見下ろすというすばらしい眺望のもと、アトリエ内には同時進行の大作が何点もそびえ立っていた。

制作中の絵はハンドル操作で床下まで沈み、高さを調節するようになっている。絵の前を左右に移動するバーに腕を固定して一本一本線を描き込んでゆく仕事の場面は、野田氏の日常を追った映画「魂のリアリズム」で記憶に焼きついていたが、アトリエ内の迫力には圧倒されるばかりだった。

野田弘志氏の絵に心酔するようになったのは、三冊目の歌集『世紀末の桃』の装幀に野田氏の鉛筆淡彩画「桃二つ」をお借りしたのがきっかけである。装幀家の高麗隆彦氏は、挑戦的試みをするのが常で、『世紀末の桃』のときは透明なフィルムのカバーを採用した。当時、フィルムカバーに印字するのはかなりの技術を要すると聞いたが、高麗氏はそのカバーに題字、著者名、版元、定価、収録歌四首に至るまで白字で刷り出すというアイデアを実践したのである。そして透明なカバーを通して大きな桃が二つ、ど〜んと映し出されているのだった。

原画の桃を驚くほど大きく配置していながら、歌集のそれは過剰に官能的になるかぐわしさとは無縁の、可憐で気品のある桃だった。桃の下から少しのぞいている葉の萎れ具合まで実にリアルでありながら、絶対に写真とは違う存在の陰翳をまつわらせている桃でもあった。

すっかり野田弘志ファンになったこともあって、その後、選歌集『いちびこ』には鉛筆の細密画「へびいちごの花」を、五冊目の歌集『鳥彦』には油彩画「やませみ」をお借りして表紙を飾っていただくことができた。『鳥彦』の装幀も高麗隆彦氏であった。

野田弘志氏の美学はいたく論理的で、ことばに対しても絵と同様に精緻である。平たくいえば、たぶん手ぬるいことがいやなのだ。話を聞いていると、描く対象に向き合うのと同じくらい、ことばに対しても貪欲で、そのアンテナには短歌くらいでしか使われないようなことばまでひっかかる。昨夏、こんなことを言われた。

「僕はね、鞦韆なんてことば、知らなかったよ」

鞦韆《しゅうせん》はブランコのことだが、「鞦韆《しうせん》の四つさがれば待ちうけてゐるごとき地のくぼみも四つ」（『世紀末の桃』）をさして言ってくださっているのである。

『世紀末の桃』の表紙の「桃二つ」は「文學界」（昭和61年7月号）の表紙として描かれた絵で、当時野田氏は、朝日新聞に連載された加賀乙彦氏の長篇『湿原』の挿し絵を担当して評判となり、鉛筆による細密画の泰斗として大人気を博していた。

六二八枚の『湿原』の挿画は、ちっぽけな鳥の巣ですら鉛筆の線のみによって克明に再現し、たった二本のマッチ棒にも奥深いストーリーを与えてしまうほど、慎ましく雄弁な絵の集合体だった。そのなかには「ブランコ」（七五番）もある。古そうなブランコがひとつ下がっているだけの絵だが、その下のこどもの足にさんざん擦られた跡のある地面を野田氏はこれ以上ないほどリアルな陰翳で描き出している。その絵とわたしの一首などにつながりはないのに、歌集のなかの「鞦韆」一語に目をとめてくださったとすれば、こんなに嬉しいことはない。

先に触れたとおり『湿原』の挿画からは「へびいちごの花」を選歌集『いちびこ』にお借りしている。これは「いちびこ」がいちごの古語であることにちなんだもので、『湿原』の四七一番目の絵である。

『湿原』に描かれた絵は、連載小説のその回の内容に必ずしも即してはいない。一緒に取材旅行を重ねて作家と気息を合わせながらも、むしろ、勝手に一点集中で描いたものらしい。それも、おそろしく綿密に、鉛筆のみで。画家の自在なイマジネーションと誰の目にも映ることはたしかだが、実のところ画家としての野田氏は書き手の加賀氏の一語一語に傍目にはわからないほどこだわり、目を据えていたのだとわたしは思う。昨夏の同じとき、こんなことも言われたのだ。

「加賀さんは、ニワタズミなんてことばを使うんだ」

さらりと言われたそのことばに、わたしは内心驚愕した。それはまず野田氏が言うように、現代作家の加賀乙彦氏が、たぶんもう一般的には死語の部類であろう古語をお使いであることへの驚きだったが、そこから、画家と作家とニワタズミを結ぶ線がわたしのなかで駆けめぐってしまったのだ。野田氏が言われるところからして間違いなく加賀氏は『湿原』のなかでニワタズミを使っていて、それは一般の読者への通用度を優先的に考えそうな新聞の連載小説という場であったわけである。水たまりのことをいうが、日常ではまず読むことも聞くこともないニワタズミ。ただ、短歌では今日なお、意外に若い作者も使っている。むしろ、若い歌人がけっこう使っていることから、わたしにとってはいささかふしぎな印象と、小さからぬ関心を抱いていた古語だった。驚愕のもっと大きい理由は、その点にあった。

実は、月刊雑誌「歌壇」（本阿弥書店）で「歌ことば100」と題して短歌に特有のことばを毎号四語ずつ選び、例歌をあげながら書き継いで、昨年五月に百語をもって終わっていた。その一番最初の回は、歌ことばをめぐるわたしなりの思いを述べることで始めたが、若い歌人が水たまりをさして「にわたずみ」と詠み入れる例が何首にも及ぶことに触れたのだった。つまり短歌の作品の様相は、新しさを求めて急速に変化をとげているが、案外旧来の歌ことばを用いることにも意欲的な作者は世代によらず健在であって、その現象の一例としてあげたのが「にわたずみ」だったのである。

ほとんど死語といえそうでも短歌では立派に生きつづけていることばが少なからずある。それらを含め、短歌に特有のことばを〈歌ことば〉として並べてみたい、というのが当初の意図だった。その、一般社会からは消え失せたとみられることばを、現代の作家がこともなげに使ってみせるという話に、わたしはたちまち引き込まれた。恥ずかしいことだが、わたしは連載中の『湿原』を知らずにいた。さらに口惜しいことに、挿画を画集によって繰り返し眺めるようになってのち、原作を読みたいと思いながら何年も無駄に過ごしてしまっていた。

伊達市から帰ると、わたしはすぐに岩波現代文庫版の『湿原』を買い、読み始めた。上下二冊の大作だが夢中になって読んだ。おもしろい。突き動かされながら読みふけった。ただ「ニワタズミ」はなかなか出てこない。「水溜《みずたま》り」は何回も出てくるし、「光は黙《もだ》し…」とこれも今では短歌や俳句くらいでしか使われていないと思える「黙《もだ》す」という語が使われていたりする。それだけではない。刑務所内とか死刑囚といった状況から自然な流れとも思うが、短歌が登場していることにも新鮮な驚きを覚えた（これは、その後に読んだ『宣告』にも同じことがいえる）。加賀乙彦氏ほどの作家が詩型としての短歌に少なからず関心を寄せておいでとわかったことは、素直に嬉しかった。でも「ニワタズミ」はなかなか出てこない。もう本当に物語が終盤を迎え、死刑判決の冤罪が晴れる（はずの）法廷に向かうところで、不意にあらわれた。

雨はあがって、歩道のニワタズミに陽光が跳ねていた。

この一ヵ所である。かたかなで「ニワタズミ」とある。

また、『湿原』の挿画をすべて収めた『野田弘志挿画集　朝日新聞連載小説―加賀乙彦―「湿原」―』（相模屋美術店・昭和60年）を最近になって全コピーで手に入れることができたが、巻頭に加賀氏が寄せた文章には、こんなくだりもあるのだった。

野田さんは、しばしば、私など目につかず見過ごしている所に注目する。歩いていると泥道に溜ったニワタズミに関心を示す。

たしかに『湿原』の挿画には「水たまり」一枚が含まれている。『湿原』の挿し絵としてよく知られている四二七番目の絵である。それが物語の場面によっているのかどうかはわからないが、先に触れたように『湿原』の挿し絵は当初から即かず離れずのバランスを保っていたはずだし、それはどうであってもいいのである。

本来なら描く対象として選ばれようのない水たまりに野田氏は目をつける。そんな野田氏を思い返して書くときに、加賀氏は「水溜《たま》り」でなく「ニワタズミ」を選ぶ。この「ニワタズミ」は、小説『湿原』の大詰めに至って、ただ一度登場する「ニワタズミ」と同じ意味をもっているのではなかろうか。加賀氏の深い理解のもと野田氏が描くのは、あくまでも「ニワタズミ」なのだ。

かたかなで表記されているのは、たぶん「にわたずみ」では現代人にとって読みづらいという配慮なのだと思う。かたかななら、これが一語の名詞であると誰でもすぐに判断できるし、気になる読者には調べようもあるだろう。どんな辞書にも「にわたずみ【潦】」は一応出ている。そうした配慮を推し量ってしまうほど現代人にはなじみのない語であるのに、おそらく、そのことをじゅうぶん心得て、加賀氏は「ニワタズミ」を使われている。

そして、「水溜《たま》り」でなく「ニワタズミ」を使う加賀氏の真意を野田氏が受けとめているからこそ、「加賀さんはニワタズミなんてことばを使うんだ」と洩らされたに違いない。

作家と画家との心の共振が伝わるかたちで「ニワタズミ」が見えてきた。とても新鮮で、快い体験であった。

はじめに

近現代の歌集から、短歌の表現に特有と思われる語や言い回しを集め、一〇〇語にしぼって、用例作品に沿いながら、焦点の語を中心に作品の読み取りを試みた。

短歌で使われる語には文語に由来するものが多い。そして、古典和歌においてすら、和歌のなかでのみ使われる語があったように、通常の書きことばや話しことばにはない語も少なくない。

今となっては死語のたぐいでも、短歌のなかでは健在で、歌人が好んで作品に使うことばがある。そんなことばに、わたしはそぞろに心惹かれてしまう。

ことばには変遷がつきまとい、使われ方にも、また意味にすら変化を生ずることがある。できれば、そうした事情を少しでも明らかにしたいと思い、できるだけ近現代の歌集から幅広く探し、特に現代の若い世代が作品に用いているかどうかについては丹念に探し、例歌にはできるだけ各時代の複数の作品が揃うようにつとめた。これでじゅうぶんということは到底ないけれど、資料として集めた作品は、どの語についても本書に引いた歌々より相当多く、そのなかから特徴がよくみえる作品を揃えたつもりである。

短歌くらいでしか使われない語、ということをしきりに口にしてはいるが、文語定型詩の伝統を分かち合う俳句と共有する語は多いはずだし、選んだ一〇〇語のなかには「くちなは」「鞦韆」のように季語とされている語も含まれている。歌人は「はつ夏」を好んで使うが、俳人は多くの場合「初夏《しよか》」を使うといった違いにもであう。そんな様相にいささか触れてはいるが、ここでは割り切って、対象作品を短歌のみに限った。ただ、俳句のことば事情には、同じ関心を抱くところではあって、抱きつづけたいとも思っている。

作品収集は、単行本歌集のほか、個人の全集、全歌集、そして『現代短歌全集』（筑摩書房）、『現代歌人文庫』（国文社）、『現代短歌文庫』（砂子屋書房）、『セレクション歌人』（邑書林）の各巻を活用した。

掲出作品については、その年代がわかるように歌集題に刊行年を添えた。その際、年号による表記に統一した。そして、一語についての掲出作品は、作者の生年順に並べた。

引用作品、辞典の表記は、かな遣いを含めて原典のままとしたが、掲出の歌ことばは歴史的かな遣いによるひらがなに統一し、現代かな遣いと違いがある場合のみ小さく併記した。歌人名、歌集題等に添えたふりがなは現代かな遣いに従っている。

人名をのぞき、戦後の刊行の著者の意思による正漢字使用以外は、基本的に新漢字に改めた。

各語について、必ず参照した辞典は次のとおりである。

『角川古語大辞典』全五巻（昭和57年6月〜平成11年3月）
『言泉』全六巻（大倉書店・昭和4年11月〜昭和5年7月）
『言海』（ちくま学芸文庫・平成16年4月）
『日本国語大辞典』全二〇巻（小学館・昭和47年12月〜51年3月）
『広辞苑』第一版（昭和30年5月）、第三版（昭和58年12月）、第六版（平成20年1月）
『大辞林』第二版（三省堂・平成7年11月）

明治期の日本語事情について『言泉』と『言海』に教わることは多かった。落合直文が手がけた『言泉』だが、手もとにあるのは芳賀矢一の改修によって昭和期に刊行された『改修言泉』である。

また、ちくま学芸文庫版『言海』は、大槻文彦による『言海』の明治二二年五月一五日に刊行された六二八刷（昭和6年3月15日刊）を底本として筑摩書房から刊行されたものという。

『日本国語大辞典』は第一版を使用したが、第二版（平成12年12月〜14年1月）で改訂されていることに気づいた際は、その違いに触れるようにした。

『広辞苑』は、ことに古語の扱いなど第二版以降の改訂が目に入るので、手もとにある第一版の第二三刷（昭和42年2月）、第三版、第六版のほか、必要に応じて第二版、第五版電子辞書を参照した。これらの辞典が一語をめぐって見解を異にしているのを読み比べるのは大きな楽しみだった。その差異が作品にも反映しているとみられることなどに納得したり…。そのあたりについては、だいたい本文で触れている。

特にことわりを添えていない場合、『日本国語大辞典』は第一版を、『広辞苑』は第六版を、『大辞林』は第二版をさしている。

歌ことばの採用例を探すにあたっては、個々の歌人の語彙が掌握されていれば、もたらされる意味はたいへん大きい。

古くは村上悦也編『石川啄木全歌集総索引』（笠間書院・昭和48年2月）があり、『一握の砂』『悲しき玩具』のすべての歌の用語について作品番号および使われ方が明らかにされており、大いに役立った。

その例に習って、自前で近代歌人の語彙資料を作りたいと思ったのは一五年ほど前である。歌集一冊の収録作品を構成する語を自立語・付属語の別なくすべて割り出し、五〇音順に並べ、各語に使われている作品番号を記した一覧を作成した。できあがった資料は、近代の名歌集を読む際の役に立つことを願い、所属誌「りとむ」の記念号ごとに一括掲載した。その資料も次のとおり近代の代表的歌集四冊分となった。

「みだれ髪語彙」（「りとむ」一〇周年記念号・平成14年7月）
「東西南北語彙」（「りとむ」一〇〇号記念号・平成21年1月）
「赤光語彙」（「りとむ」二〇周年記念号・平成24年7月）
「桐の花語彙」（「りとむ」二五周年記念号・平成29年7月予定）

今後の発行予定の「桐の花語彙」も加えてしまったが、これは一年ほど前から少しずつデータ入力を進めていたもので、本書の作業のさなか、おりおりに参照することができたし、心づもりより早くすでにすべての入力を終えたので、「桐の花語彙」としてじゅうぶん活用することができた。

また、個人で作成した「みだれ髪語彙」から「赤光語彙」までのスタイルに沿って、佐佐木信綱研究会は、発行誌「佐佐木信綱研究」第4號（平成27年6月）に「思草語彙」（経塚朋子・鈴木陽美・藤島秀憲編）を一挙掲載した。佐佐木信綱の第一歌集『思草』は、刊行年として『みだれ髪』と『一握の砂』の間に位置しており、新詩社や根岸短歌会の歌人とは作風も語彙も異なる個性をみることができるから、本書のための資料に「思草語彙」が加わったことの意味もまた大きかった。

なお『赤光』は大正二年一〇月刊行だが、斎藤茂吉はその後改訂を重ね、大正一〇年一一月に改選版を刊行。初版とは大きく異なっているが、改選版後記の著者の言に従って「赤光語彙」は改選版により作成した。『赤光』について述べるとき、本文では必要に応じて改選版によることを明記している。

また、本書に掲出したり引用した『赤光』からの作品のうち、改選版であらたに加えられたなかの一首について、また、改選版での改作に基づいて引用した一首については、引用の際にその旨明記した。その二首以外は、すべて初版・改選版の両方に収録されている作であることを確認した。その上で、『赤光』の初版刊行年が大正二年ということの意味の大きさを優先して、本書での『赤光』刊行年は初版のとおりとした。

歌ことば100＊目次

装幀　井原靖章
装画　野田弘志
「ＴＯＫＩＪＩＫＵ（非持）Wing」

歌ことば100

今野寿美

あうら

修行者《しゆぎやうじや》が清《きよ》き素足《すあし》のあなうらに汝《なれ》も作仏《さぶつ》す那智《なち》の黒石《くろいし》　与謝野寛『相聞《あいぎこえ》』明治43年

わが足裏《あうら》はつかに冒せる月ありきにはかなるかもしづけき死《しに》は　葛原妙子『薔薇窓』昭和53年

沈むべくはわがあなうらよ泥沼の底に至れと祈る景色や　齋藤　史『新風十人』昭和15年

緑蔭に「水いらず」「壁」を讀みふける君もまた蹠《あなうら》が痒いか　塚本邦雄『透明文法』昭和50年

言ひ負けて階段のぼりゆく息子おほきな足裏《あうら》にこの家踏むかな　川野里子『王者の道』平成22年

そのうへにわたしを乗せて歩いたり走つたりする足裏《あうら》いとしも

花鳥《かとり》　佰《もも》『しづかに逆立ちをする』平成25年

「あ」は足を示し、足の裏をいうのが「足裏《あうら》」。また「裏足《あなうら》」ともいう。「あなうら」の「な」は古い格助詞で、万葉仮名の〔阿奈宇良〕が「あなうら」と読む根拠とされている。

『角川古語大辞典』は「あなうら」の用例として『今昔物語』からあげているが、調べた限りで和歌にその例がないのは、韻文の世界では身体用語が忌避されたからであろう。

近松門左衛門の作品に基づいた『近松語彙』（冨山房・昭和51年・複刻版）を引くと、「あなうら」の項に「非道のあなうら大地をつんざき」（平家女護島）、「文覚の頂上よりあなうらまで撫下し」（一心五戒魂）の二例がみえる。『角川古語大辞典』には「あなうら」と別に足の裏の意の「あしうら」も立項されていることを考えると、近世の浄瑠璃において「あしうら」でなく「あなうら」を採用しているところには、そこに選択の意識があったことを思わせよう。いってみれば、より和らぐ語感の「あなうら」は、作中のことばとして洗練された印象を長く保っていたのではなかろうか。現代短歌でもよく用いられているところには、同じ意味合いを感じる。

一方、『角川古語大辞典』『日本国語大辞典』『広辞苑』『大辞林』で「あうら」を引いても、「足占」（あうら・あしうら）すなわち古代の占いをいう語のみで、足の裏を意味する「あうら」はみえない。そして、『国歌大観』に足の裏の意の「あなうら」を詠み入れた歌がないにもかかわらず、「あうら」についてはわずかに一首ながら、みることができた。江戸末期の加納諸平《もろひら》の家集『柿園詠草』の一首で「あうらつくにひわらぐつのあらづくりいかがはふまん岩のかけ道」というもの。たしかに足の裏の意で「あうら」と詠んでいるから、江戸期にはすでに「あなうら」のほかに「あうら」も存在したことになる。「あなうら」から「あうら」が時代を経て生じたという推測もできるかもしれない。

明治期の辞典『言泉』『言海』は「あうら」について【足占】のみ、「あなうら」については【足裏・蹠】を載せているので、江戸時代には生じていた足の裏の意の「あうら」も、それほど一般に浸透するには至っていなかったのであろうか。

身体用語を避ける傾向は近代短歌でも強く、それだけ与謝野晶子の『みだれ髪』に「手」二二首、「胸」九首、「肩」五首、「唇」「指」「腕《かひな》」各四首、「足《あし》」二首ほか、多くの身体用語が堂々とうたわれていることが驚きを呼んだわけだが、その『みだれ髪』にも「あなうら」「あうら」はみられない。これは、身体用語であることはともかく、足の裏という部分が歌の対象になる機会が少なかったことによるのではなかろうか。

ところが用例の最初にあげた一首は、一心に仏像を彫る修行者の素足、それも足の裏から語り始め、官能とも世俗とも無縁の様相となっている。与謝野寛（明治37年頃から鉄幹の号を廃していた）は自身も寺の生まれで修行の厳しさを知るという立場から、いくぶん自負に近い思いで修行僧の足の裏に「清《きよ》き」と添えたのかもしれないが、こんなときにも足の裏に替わる「あなうら」は、たしかに対象を言い得て品よく収まる一語といえるだろう。半跏思惟像の、人間と同じ足の裏ながら、どこか霊妙な印象のあなうらをほのかに浮かばせる流れでもある。

現代の『日本国語大辞典』『広辞苑』も先に触れた明治期の辞典の認識と変わりがなく、『大辞林』の場合は「あうら」「あなうら」どちらも載せていない。しかし、短歌のなかでは着実に生き継いだようで、現代短歌になると「あうら」「あなうら」ともに比較的よく使われ、むしろ足の裏そのものに着目した作品が目につく。音数で「あうら」「あなうら」を使い分けることができるし、歌のことばとして「あしうら」よりも穏便な語感の「あうら」「あなうら」は、それなりに歓迎されているのだろう。

葛原妙子の特異な感覚は身体の隅々にまでゆきわたっていて、時に思いがけない表れ方をする。掲出歌は、ふと身に及ぶ言い表しがたい畏れをいうが、そんなときにも美意識が抜きがたくまつわっていることを「わが足裏《あうら》はつかに冒せる月」という語並びがつよく思わせるであろう。

齋藤史の一首は二・二六事件後の沈鬱な心そのままといってよさそうな重苦しさを、ずぶずぶと沈みゆく足の裏に語らせている。それは、存在の埋没を祈るような、捨て鉢な割り切り方でもあったのだろう。

次は、サルトルに傾倒する青年を襲う卑近な感覚としての「蹠《あなうら》」の痒さ。「蹠」は古典以来の表記である。なんといっても塚本邦雄の辛口の茶化しが刺激的で、この下の句の転換のおもしろさが忘れられない一首だ。

川野里子は家族内の論戦に旗色の悪くなった息子を目に追うが、大きな足の裏にいくぶん安堵に近い頼もしさを見ているようで、そこがいかにも母親らしい。

花鳥佰は裏をかくような素朴さで自愛の心を伝える。そんなとき、やはり「足の裏」よりは「足裏《あうら》」でなければならない。その自然さに注目した。

あがなふ　あがなう

購ひて抱ふる本の余りにも価安きをかなしみにけり　窪田空穂『さざれ水』昭和9年

あがなひし一籠《ひとかご》の炭にこと足りて冬越すらむか今宵《こよひ》おもへば　佐藤佐太郎『歩道』昭和15年

購ひても友欲しとうたひし友ありき湾に鳥あらば羽撃け　春日井　建『友の書』平成11年

ものの芽のふくらむ四月うしろから呼ばれて購《あがな》う桜鯛はも　佐伯裕子『流れ』平成25年

購《あがな》いし骨董品の手鏡に憂《うれ》いの姫が映る気がして　笹　公人『念力家族』平成15年

『大辞林』（第二版）は「あがなう」について【購う】と【贖う】をこの順で別に立てており、『広辞苑』（第六版）は一語として二通りの表記および意味を記している。その際の順は『大辞林』と逆で【贖う・購う】。そして『大辞林』が【贖う】の意を「罪の償いをする」とのみ記しているのに対し『広辞苑』は「金品を代償として出して、罪をまぬがれる。転じて、つぐないをする」としているから、【贖う】の意からさらに【購う】すなわち買い求める意が生じたことを類推させる解説である。

『広辞苑』のこの解説は手もとにある第三版も同様なのだが、第一版ではかなり異なっていたことに気づいた。「あがなう【購ふ】」は「〈あがのう〉の口語」だというのである。そして「あがのう」についての【購ふ】と【贖ふ】の二項に分け、それぞれ買う意と罪をつぐなう意とを示している。

少しややこしいが、第一版『広辞苑』は文語と口語の違いを発音上に認め、現代かな遣いによって示そうとしていたようである。第一版では「たもう【給ふ・賜ふ】」を立項し、「たまう」の項は置いていないのも同様の見解によるのだろう。第三版ではすでに「たもう」について「→たまう」とされているから、この方針は早々に改められたと思われるが、おそらく現代人の発音の実情に合わせたのだと思われる。

「あがなふ」は誰もが「アガナウ」と発音している。『広辞苑』が「たもう」を消してしまったことからしても、「あがなふ」は「アガナウ」でよいのだと思う。

『角川古語大辞典』が示している漢字は【贖】のみで、最初に「金品や労力を提供して許しを請う」という意を、次いで「買い取る」という意を置く。こうしてみると、買うという行為は、そもそも贖罪の意思に発していたらしい。おもしろいものである。

短歌のなかで使われる「あがなふ」については、多くが「買ふ」の言い換えである。与謝野鉄幹『毒草《どくそう》』（明治37年）に「あがなひの六とせの後は神ぞ知る光明《ひかり》に歌へ新しき生《せい》」があるが、贖罪の意を示した数少ない例であろう。

近現代の短歌では「購《あがな》ふ」という表記での採用が多い。空穂の例は昭和初期、神保町でのもの。いかにも国文学者らしい感慨だ。佐太郎の一首も同じ頃が背景だから「一籠《ひとかご》の炭」ではこと足りそうにないのに、しいて自足の心を言おうとしたのだろうか。ほかに与謝野晶子が「おしろいをあがなひ給ふ」夫人を詠み（『白桜集』）、齋藤史が自身のために「わづかの紅《べに》をあがなひ」（『朱天』）と詠んでいるという具合に、女性歌人の例がみられることも付け加えておきたい。ともに化粧品であることを考えると、「あがなふ」は、いくぶんあらたまった言い方として受けとめられていたのかもしれない。

春日井建の一首に如実だが、「あがなふ」を採用することで、買うという行為が品位を保つことの意味は大きいといえるだろう。一首全体に青年の痛切な孤立感が際立っている。

佐伯裕子の歌では、その名も優美な桜鯛には「購《あがな》う」の語が似つかわしく、背後からの呼び声に素直に反応した気分的華やぎも一首の情感たりえている。

五首目。発想も叙述も徹底して口語歌人と思える笹公人が「購《あがな》いし」と語り始めていることに驚き、それも「骨董品の手鏡」の登場でいよいよ注視すると「憂《うれ》いの姫」がうっすらと現れかかる。伝統詩にいかにひねりを加えて〈現代〉を実践できるか、その意識を反映、実践してみせたような一首と思う。

あぎと

鯉幟あぎとふ空のとのぐもりみどりごさきの世の水を戀ふ　塚本邦雄『されど遊星』昭和50年

はるばるとただはるばると青き日のこの塩土《しほつち》に生きてあぎとふ　山中智恵子『青章』昭和53年

恐龍のあぎとのかたちの雲浮びおまへを初めておまへと呼びき　山田富士郎『アビー・ロードを夢みて』平成2年

いはしろの空を映して静かなる銀の湖面を鮒はあぎとふ　本田一弘『磐梯』平成26年

「あぎと」は顎《あご》の意の「あぎ」に「と」を添えた語。「と」は場所の意とする説に従っておくと、つまり顎のことで、「あぎとふ」はその活用化とも「あぎ問ふ」からともいう。以上は『日本国語大辞典』によるが、「あぎと」「あぎとふ」ともに『角川古語大辞典』に載る古語である。

やはり古語で、同じく短歌に残っている「おとがひ」は下顎の意。そのことからして「あぎ」はもと上顎の意であったようだ。ただ「おとがひ」の動詞化はなく、魚のように顎をぱくぱくさせる意の「あぎとふ」が生じたこともあって、「あぎと」は顎の意で定着したのだろう。明治期の『言泉』『言海』にも「あぎと」「あぎとふ」の二語が登載されている。

現代短歌では、動詞化された「あぎとふ」のほうが採用の機会が多いようだ。水面近くに浮かびあがった鯉さながら、鯉幟も風になびいてあぎとい泳いでいるが、祝われている当のみどりごは、先の世の汚れなき水を求めて小さな口を開いている、と塚本邦雄は皮肉を重ねる。

山中智恵子の一首は、第一、二句の時空感覚に重ねて、世に在ることがひたすらな息継ぎにすぎない哀しみを述べたものであろう。世界がどんなに美しかろうと、生きることは本質的に苦悩をともなうのだということかもしれない。三重県鳥墓《とつか》村の斎王宮趾を訪ねたおりの一首らしい。

山田富士郎は雲を仰ぎ、そのはるけさと形の豪快さから下の句を導いた。一生を左右するほどの決定的な瞬間が誰にも一つならずある。他者という垣根を一気に取り払った、少し甘い記憶と上の句の形象との重ね具合がおもしろい。「夜の新樹しろがねかの日こゑうるみ貴様とさきにきさまが呼びき」（塚本邦雄『星餐圖』）を思い出させもしながら。

会津若松市に住む本田一弘は、東日本大震災から三年後の郷土を大きく岩代（旧国名）と引き受け、心の痛みをこめて詠む。宮澤賢治は北上川を「水銀の川」と詠み、鈍い光を返して流れる雄大な川の永劫を信じて自身のよりどころとしたが、本田の見る「銀の湖面」は、限りない畏れを溜めるばかりに光を放っている。鮒のあぎといに、自身を含めた土地の人びとの苦悩の姿が否応なしに重なるのだと思う。

あくがる

けふもまたこころの鉦《かね》をうち鳴《なら》しうち鳴しつつあくがれて行く　若山牧水『海の声』明治41年

かたはらにおく幻の椅子一つあくがれて待つ夜もなし今は　大西民子『まぼろしの椅子』昭和31年

ヒマラヤは「雪の棲み家」の謂ひといふ熱暑インドの民のあくがれ　森山良太『西天流離』平成17年

鎌倉時代から「あくがる」「あこがる」は併用されていたという（『日本国語大辞典』）。しかし現代語の「あこがれる」からおのずと類推できる「あこがる」よりも、現代歌人は、今では滅多に使われない「あくがる」のほうを選ぶ傾向が強いようだ。

辞典類には「あくがる」の「がる」に「離《か》る」を読む理解も多くみられ、それは、魂や心が浮かれ出てしまうことをいう。歌の世界では、西行、牧水を遠望しての共感が普遍的な広がりをみせているといえようか。

用例一首目で、牧水はみずから「あくがれ」を規定しているかのようにみえる。日向に帰る途上、岡山から広島へと辿る旅のさなかに生まれた十首の最初に置かれた歌で、その三首目が「幾山河越えさり行かば寂しさの終《は》てなむ国ぞ今日《けふ》も旅ゆく」。いたく自覚的な「あくがれ」のイメージがここにある。

大西民子のいう「あくがれ」は、去っていった一人の心に向けるせつない執心を意味する。「なし」といいつつ、その思いがなお失せていないことを匂わせもしよう。無意識のうちに心を捉えられている状態について「あくがれ」は何よりふさわしい一語だったといえるだろう。

三首目はむしろ現代的な憧憬、自分たちの現実にないゆえに心が惹かれてゆく意と受けとめられる。サンスクリット語で「ヒマ」は雪、「アーラヤ」は棲み家なのだそう。現地に赴く一人として、森山良太はそこにごく素朴な反応を察したわけだが、「あくがれ」と古語に委ねるところに短歌一首として示すときの共感のなりたちが感じられる。

あこ

わが思ひいとせまぐるしふるさとを離れず君と阿子《あこ》をはなれず　与謝野晶子『夏より秋へ』大正3年

亡き吾子にかかはる会話危ふくて妻は林檎に光る刃《は》をあつ　木俣　修『天に群星』昭和33年

この世界の最後の一杯飲むやうに昨夜の味噌汁を吾子は飲み干す　東野登美子『豊かに生きよ』平成24年

バンザイの姿勢で眠りいる吾子《あこ》よ　そうだバンザイ生まれてバンザイ

俵　万智『プーさんの鼻』平成17年

一人称の代名詞として「われ」だけでなく「吾《あ》」や「吾《わ》」が現代短歌でもごく当たり前に使われるのは音数による使い分けの印象がつよいが、万葉調が好まれた近代短歌の流れを受けて、上代語感覚で定着したものであろう。

『角川古語大辞典』によれば一人称の「あ」は「わ」に比べて使用例がやや限られ、「単数的、孤独的な意味を持っていたか」という推測もなされている。「恋ふ」の主語としては「あ」「あれ」を用い、「わ」「われ」をほとんど用いないという解説も含めて興味をそそるところだが、近代以降はそのようなニュアンスや接続の固定化はまずみられない。

短歌の一人称については、平成以降の口語の意識的導入に合わせて広がりをみせていて「俺」「僕」「わたし」のほか「俺《わし》」（佐佐木幸綱）の例もみられるし、これは現代のことば遣いの反映というべきか、若い女性が「僕」を使うことすらすでに珍しくない。それだけ多様になっても、古語の「吾《あ》」や「吾《わ》」はまだ消え失せそうになく、「わが子」をさす語としての「あこ」も、意外に若い世代に至るまで使っている。

万葉時代から登場し、平安期の物語にもみえる語で、わが子への慈しみのニュアンスが感じられるひびきが現代でも受け容れられているらしい。掲出の木俣修の一首にそんな意味合いは濃くにじんでいるようだ。古来、「あこ」の漢字表記としては「吾子」が用いられている。

与謝野晶子はこどもを多く歌に詠んだが「あこ」と呼ぶことには消極的で、「阿子《あこ》」と表記した例が二五〇〇〇首を超える作品のなかに二首ある程度でしかない。「吾子」と書いた例も歌集『火の鳥』に二首あるが、「わこ」と読ませている。

ややそれるが、古語の「わこ」は「若子」で、貴人の男のこども（坊ちゃん）の意であり、その子に呼びかける際にも使われた。つまり「あこ」と「わこ」とは別の語であったらしく、この認識は明治時代をはさみ、実は現代の辞典にも受け継がれている。

ただ、『大辞林』が古語に由来するとおりの意で「わこ【和子・若子】」を立項する一方、わが子の意の「わこ【吾子】」を載せており、『広辞苑』も第一版から「わこ【吾子・和子】」の意を「わが子」としている。貴人云々などということが今の時代に見合わないのもたしかで、古語の「わこ」は同じ表記でわが子をいう「あこ」に回収されたのであろう。

晶子が「吾子《わこ》」を用いた『火の鳥』（大正8年）の歌は、生まれて二日で死んでしまった赤子を詠んでおり、明らかにわが子をさしている。そして、掲出の晶子の一首は大正3年の作である。夫を追って渡欧したものの、さすがに子らのことが気になりもして単身先に帰国したのが大正元年一〇月のことだった。翌年四月には四男を出産して子は八人になった。ここに至っての「せまぐるし」も「阿子《あこ》をはなれず」も本音であったろう。

晶子とは語彙がかなり異なる斎藤茂吉も「吾子」を滅多に使わなかった。これらの事実には注目すべきだが、一方、この古語を俵万智はいたく晴れ晴れと使ってみせた。あっけらかんというくらいに子の誕生をよろこび、祝う。「わが子」などというより軽く、語感も似つかわしく、すいっとなじんで動かしようがないほどに収まっている「吾子《あこ》」である。古語をこんなふうに生かせることとの実践的成果は見逃せないだろう。

東野登美子の『豊かに生きよ』は、四歳で初めて「アイ」と発し、成長しても「アイ」と発するのみの娘との日常を映し出して胸に迫る歌集である。つねに素《す》のままの娘。何をするにも全身で向かい、かつ無心の娘。その姿を見守る母がいう「吾子」には、慰藉のひびきすらまつわっているようだ。心に残る歌である。

あさなあさな

病いえて朝な朝なの庭あるき日毎色そふ若葉すずしき

佐佐木信綱『思草』明治36年

朝《あさ》な朝《あさ》な／支那《しな》の俗歌《ぞくか》をうたひ出《い》づる／まくら時計《どけい》を愛《め》でしかなしみ

あさなあさな廻って行くとぜんまいは五月の空をおし上げている
石川啄木『一握の砂』明治43年

ゆるやかにあらわれては去る公園のあさなあさなの六時五十五分
山崎方代『迦葉』昭和60年

和嶋勝利『雛罌粟の気圏』平成21年

『角川古語大辞典』は「あさなあさな」について、毎朝の意の副詞であるとし、用例として『古今集』の一首を引いている。それもそのはずで『万葉集』に「あさなあさな」の用例はない。ただし「あさなさな〔阿佐奈佐奈〕」が一五首にみられる。「あさなあさな」の約（つめたかたち）として辞典にも出ている語で、だとすれば「あさなあさな」の後のかたちなのに、『万葉集』での傾向がこれほどはっきりしていることは興味深い。五音の「あさなさな」のほうが副詞として収まりがいいということなのだろう。それでも「あさなあさな」が『古今集』以降も歌のなかに命脈を保ち、現代短歌にまで及んでいるのだから感動したくもなる。

付け加えておくと『日本国語大辞典』は「あさな【朝】」を名詞とし、「な」は接尾語であると説く。これは『角川古語大辞典』にはない解説だが、「あさな」を重ねることが「朝朝ひらく窓」というような現代語の使い方とも通じていることがよくわかる。

「朝な朝なの」という繰り返しの軽快さに病の癒えた喜びを託したような信綱の一首。啄木の

「まくら時計《どけい》」はオルゴールの体裁の目覚まし時計なのだと思うが、流れるのが「支那《しな》の俗歌《ぞくか》」であるところに、一首は殊更に反応している。北海道時代回顧のまとまりにあることからすれば、渡来の俗謡の哀切さが身にしみたのであろう。「愛《め》でし」にはそんな意味合いを感じる。

『東西南北』『みだれ髪』『赤光』に「あさなあさな」の使用例はない。

山崎方代の一首は、朝ごとの散策からもたらされている。川端茅舎の「ぜんまいののの字ばかりの寂光土」を匂わせながら、ののの字のかたちをなすゆえに空を押し上げげんばかり、という力の解釈でこなしてしまっている。

次は、出勤の経路・時刻がいかに正確かと言っているかに見えて、そうあらねばならぬ働きバチの哀感を浮かばせている和嶋勝利の歌。信綱の一首では軽快にひびく語感が、こちらではむしろ古語のもったり感として伝わるところがふしぎなのだが、だからこそ、この一首には見合っていることになる。

あした

このあした君があげたるみどり子のやがて得む恋うつくしかれな　与謝野晶子『みだれ髪』明治34年

青リンゴ一果を割けばぴしぴしとたつ音さやか雪の朝《あした》に　中埜由季子『町、また水のべ』平成7年

黴雨期に入る日の朝《あした》裏庭に母がまぶしきものばかり干す　江畑　實『檸檬列島』昭和59年

六月といえば去年の湯布院の宿の朝《あした》の雨の緑の　吉野裕之『空間和音』平成3年

酢水へとさらす蓮根《はすね》のうす切りの穴を朝《あした》の光がとおる　服部真里子『行け広野へと』平成26年

「あした」は本来「あさ」の意で【朝・晨・旦】の字が使われた（『角川古語大辞典』）。ただ、明るい時間の開始よりは、暗い時間の終了を意味していた。それゆえ暗い時間の開始をいう「ゆふべ」と一対であった。そして、文脈上翌朝の意となることが多かった流れで、「あした」は翌朝をさすようになり、「ゆふべ」も昨夜の意として一対としての存在を保ったらしい。

「あした」は翌朝の意からさらに翌日の意をもつようになり、現代ではまず明日の意だが、短歌においては「朝《あした》」という使い方も多い。ほとんど「朝」を「あした」と読み替えている印象で、そこに翌朝の意は感じられない。音数によって選択されることもあると思われるが、日常語と異なる使い方であることが、むしろ好んで受け容れられているのかもしれない。

用例一首目は、師の鉄幹の長子誕生を祝う歌である。「あした」にはその日の始まりとともに、師が歌の世界の新時代を拓いたということも込められているようだ。だとすれば、やはり夜が明けたという含みなのかもしれない。ついでにいうと『赤光』に「あさ【朝】」は五首にみえるが、

「あした」は一度もみられない。

中埜由季子の歌では、夜の間に雪が積もった翌朝と解釈できなくもないが、こじつけめいてしまう。「雪の朝」という格別に冷たく清澄な気を伝える歌と読んでおきたい。

江畑實の「黴雨」（ばいう）は「梅雨」と同じで『広辞苑』にも並記されている。考えてみれば「黴雨」の表記にも理があるが、かつて初版『赤光』で梅毒が黴毒と書かれていることを知ったときは、一瞬、冷ややかなものを覚えたものだった。茂吉は改選版『赤光』で「黴毒」の語を入れた歌を削除している。江畑は明らかに意を込めて「黴雨期」としたのだろう。それによって下の句の清潔なまぶしさとの対比が際立ち、時間帯としての「朝《あした》」であることも納得させる。

吉野裕之はその名も涼やかな旅の地を思い返している。修飾のフレーズをたたみかけて愛でているのは、その時節を象徴する風景としての朝明け。語り口としっくり合う〈朝《あした》〉である。

服部真里子の一首には、朝のキッチンで菜箸の先にはさんだひとひらの蓮を思い描いてもいいし、場面はどうあれ食材としての蓮がもたらす気分的なイメージと読んでもいいのだと思う。ひと手間かけて蓮の白さをとどめるとき、一本に必ず九つある蓮の穴は、どのように切っても穴の存在（?）を主張していて、この穴こそが蓮であると思わせる。蓮の快い歯触りをいうに等しく、思いをよぎって生まれた下の句なのであろう。

あな

あな寒とただざりげなく云ひさして我を見ざりし乱れ髪の君
与謝野鉄幹『紫』明治34年

しんしんと雪ふりし夜にその指のあな冷《つめ》たよと言ひて寄りしか
斎藤茂吉『赤光』大正2年

築城はあなさびし　もえ上る焔のかたちをえらびぬ
葛原妙子『原牛』昭和34年

序歌などを頼まるる無き仕合はせを思ひてゐたりあな安ら安ら
清水房雄『残余小吟』平成24年

眠気ふり払ひつつ働くわが顔をあなおそろしとひとは見るらめ
真中朋久『エフライムの岸』平成25年

古語の感動詞として代表的な語。驚き、感激、悲嘆など、発するときの幅は広い。和歌においても「あな恋し」、「あな憂《う》」（ああつらい）など『古今集』の時代からよく使われているし、『拾遺集』には「あなわづらはし」もみえる。現代語の「ああ」に当たり、鉄幹の『紫』（明治34年）や『毒草』（明治37年）の短歌に「あゝ」はすでにみられるが、「あな」も健在だ。

例歌の最初の一首は「あな憂《う》」と同じく形容詞の語幹の上に「あな」を置く。二首目はさらに間投助詞「よ」を添えたかたち。「おひろ」の甘くせつない追憶である。

「あ」とか「ああ」と洩れる音声を「あな」と言い換えると、古典的情緒のまつわりが歌の韻律になじむべく作用する。それだけに「あな」を口語につづけても見合わないことははっきりしている。「あな寒し」を「あな寒」とすることはあっても、「あな寒い」とする選択はまずない。その意味では文語の匂いの強いひとつである。

葛原の一首では、ぶっきらぼうなほど簡潔な二文構成、それも五・五・五・八・四という大胆な破調のなかに「あな」がいかにも所を得ているようにみえる。炎上して滅びる城のイメージ。築城はそもそも、その終焉の姿を体現しているではないか、と。この見事な発想を最大限に押し出す「あな」である。

清水房雄の「あな」は形容動詞の語幹を先導している。歌の世界にありがちな煩わしさと無縁のアウトサイダー的気楽さを喜んでいる歌で、もしかしたらこれはやんわり牽制しているのかもしれない。そこが可笑しい。

真中朋久の一首は「あな」を採用するところこそが軽妙といえるが、自嘲や自身に向ける憐憫をやわらげる意味の軽さである。その顔は張りつめて余裕なく、やわらぎのかけらもないのである。きわめて現実的な場面を描きながら飛び出した古語の軽妙さといえるだろう。

あはひ　あわい

はつなつと夏とのあはひ韻律のごとく檸檬の創現《あ》るるかな
うすべにの傘をひらきてかざしたりさんぐわつの雪と髪のあはひに
塚本邦雄『水銀傳說』昭和36年

渡　英子『みづを搬ぶ』平成14年

ほこり泛《う》く本の間《あはひ》にこもりゐて精神の沼に沈みゆきたる
江田浩司『逝きし者のやうに』平成26年

たまさかとさだめのあわい君おりて許し色なり冬のゆうぐれ
中畑智江『同じ白さで雪は降りくる』平成26年

物と物など何かの間を意味する語。生活用語からは消えてしまったが、同じ意の「はざま」は多少とも残っているのではなかろうか。もともと「はざま」は地理的な関係に用いられ、「狭間」という表記の合理性も手伝って残ることになったのかもしれない。「あはひ」のほうが古語の音感の印象が強く、それゆえ消え去ったともいえそうだし、逆に短歌作品では好まれるのであろう。

これも古語になるが、次の季節に移るとき、また移ることや入り交じることを「ゆきあひ」といった。この美しいことばは『万葉集』にも詠み込まれていて、古代の人びとが季節の「あはひ」の微妙な風趣を愛でたことを実感させる。塚本邦雄の一首は、さらに個性的に「はつなつと夏とのあはひ」を設定している。それが季節到来の間合いとすれば、詩歌の韻律も間合いが肝心。きりりというイメージで「檸檬の創」をさやかに見出したのだろう。

渡英子の一首が映し出したのは、傘をさすという当たり前の動作なのだが、薄い小さな布が、ただそれだけで「雪と髪のあはひ」を遮断する事実として説いたところに意味がある。雨なら流れ落ちるだけだが、春の雪はぼってりとすぐに降り積もる。薄紅の一枚が「あはひ」を遮るという瀟洒なイメージで形象化しており、「あはひ」の語もよく見合って感じられる。

いつかそうなってしまいがちの歌人や作家、研究者の居室は容易に想像がつくが、本の上のほこりを意識していることからすると、江田浩司は自省も添えながら、精神《こころ》の奥底へと沈む日常の奇妙な充足感を述べているようでもある。そのバランスに「間《あはひ》」の一語もいささか貢献しているようだ。

中畑智江の一首には古風な言い回しへの志向が感じられる。上二句はたぶん「君」と知り合った頃をいくらか過ぎ、結婚という定まった間柄になる前の頃をさしているのだろう。そこには「許し色」という暗示も添えられ、これは禁色《きんじき》に対して着るのに制約のない色をさすが、結婚直前の期待も畏れもないまぜの幸せないっときをほのぼの語った歌と読んだ。

あはれ　あわれ

ありし日に覚えたる無と今日の無とさらに似ぬこそ哀れなりけれ　与謝野晶子『白桜集』昭和17年

あはれあはれここは肥前の長崎か唐寺《からでら》の甍《いらか》にふる寒き雨　斎藤茂吉『あらたま』大正10年

葛飾《かつしか》の紫煙草舎《しえんさうしや》の夕《ゆふ》けむりひとすぢなびくあはれひとすぢ　吉井　勇『河原蓬』大正9年

梨の実の二十世紀といふあはれわが余生さへそのうちにあり　佐藤佐太郎『星宿』昭和58年

よし行けと左右の手のひら打ちたればば心はあわれ人に従う　岡部桂一郎『一点鐘』平成14年

今しばし死までの時間あるごとくこの世にあはれ花の咲く駅　小中英之『翼鏡』昭和56年

軍港へつづく電飾　あはれとはいかなる化学反応だらう　田村　元『北二十二条西七丁目』平成24年

感動詞、名詞、形容動詞としての使い分けは古典以来だが、わずかな例歌においても、その使い方が作者の個性とどこかつながりを持つような印象を覚える。たとえば与謝野晶子には詠嘆の「あはれあはれ」などもみられるが、掲出歌のような形容動詞の作例が断然多く、何よりこの作者に似つかわしい。おそらく晶子自身、形容動詞の場合のしっとりとした情調こそを第一に据え、生かそうとしたのではないかと思う。例歌は夫の寛亡きのちの追懐である。

感動詞の「あはれ」も同じ情調を持つが、文脈に差し挟んで放つ置き方からしても、万感託してすうっと収める雰囲気があり、託された「あはれ」の内容の幅も広い。

　生涯を通して茂吉の「あはれ」の愛好ぶりは際立っていて、それは第一歌集『赤光』から明瞭である。回数からすれば形容動詞としての採用が多く、ほかに「あはれがる」「あはれさ」「あはれむ」などの派生語も複数回でみられる。感動詞としては九首にみられ、形容動詞の一三首に及ばないにもかかわらず、そのうちの四首は「あはれあはれ」と重ねて発しているせいか言葉としての存在感がある。ここには第二歌集『あらたま』からあげたが、思いがけない任地長崎に到着直後の複雑な胸中であることを考えると、「あはれ」の持つ意味以上に、重ねて放った度合いの強さに思いは集約されているのであろう。

　この畳語としての使い方は、先に触れた通り晶子にも一例「虚無《きよむ》に裂《さ》け奈落《ならく》に砕《くだ》くあはれあはれ唯《たゞ》うす白《じろ》き塵《ちり》ひぢのごと」（『舞ごろも』）、啄木にも一例「森《もり》の奥《おく》より銃声《じうせい》聞《きこ》ゆ／あはれあはれ／自《みづか》ら死《し》ぬる音《おと》のよろしさ」（『一握の砂』）がある。意外にも伝統的な手法で、初句に「あはれあはれ」を置く歌に限っても、式子内親王、西行ほか多くの歌人が残している。『和泉式部続集』には「あはれあはれ哀れ哀れとあはれあはれあはれあはれいかなる人をいふらん」がある。

　三首目の「紫煙草舎《しえんそうしや》」は、大正五年から一年ほど北原白秋が住み、創作に励んだ草庵風の建物。小岩にあったという。勇は回想のかたちで『河原蓬』の巻末直前に三首を置いた。いずれも自分以上に世を厭う白秋を気遣う歌である。「夕《ゆふ》けむり」は暮らしを象徴しつつ、そこに白秋の一途な心境、間断なき創作意欲を見てもいるのだろう。心を寄せてのエールのこもった「あはれ」なのだと思う。

「あはれ」といえば、しみじみと心惹かれる情趣、情緒であり、それは悲哀でもあれば愛おしさでも狂おしさでもある。本居宣長が『源氏物語』に代表される王朝の美意識の基調として「もののあはれ」を提唱してのち、日本の古典文学の理念に近い「あはれ」の理解が浸透し、短歌表現の背後にも厳然と控えている印象は拭えないだろう。佐藤佐太郎や小中英之の例が、みずからの生および死に思いを致すなかで「あはれ」というべき心情の濃さを伝えているのも納得のゆくところである。もちろん、佐太郎がその主題を新種の果実の命名に絡めたり、小中がまことささやかな駅のありふれた花を引き合いに出すのは、感覚的に貼り付いている「あはれ」の重さを削ぐ意味があるに違いない。

一方、岡部桂一郎の「あはれ」は気負いを排して使ったところにいい味わいがにじむ。また、「あはれ」の伝統や情緒性に田村元は現代の若者らしく抗おうとした。米軍基地がのさばる街の電飾の華やぎに目をやりつつ、かろうじて踏みとどまるように問いかける。心の動きを「化学反応」と茶化した機転が、より根本の問いにつながりそうな奥深さを匂わせている。

あらくさ

めざめゐてわれはおもへり雑草《あらくさ》の実はこぼるらむいまの夜ごろに
斎藤茂吉『ともしび』昭和25年

われは世のかたはらにゐて射るごとくあらくさにさすひかり思へり
山中智恵子『短歌行』昭和50年

入り乱れ相争ひし雑草《あらくさ》どもさびさびと皆冬枯れのさま
宮地伸一『続葛飾』平成16年

あらくさの最中に光る泉あり春のひかりの在處と思ふ
大谷雅彦『白き路』平成7年

荒草のひと葉ひと葉に過ぎてゆく時の名前はつけないでおく
澤村斉美『ｇａｌｌｅｙ』平成25年

『角川古語大辞典』の「あらくさ【荒草】」の項には「荒地の草。茂り放題に茂った雑草」また「刈ったばかりの草」の意が示され、『万葉集』の例が引かれている。明治期の『言泉』『言海』や現代の『大辞林』に「あらくさ」の項はなく、『広辞苑』がほぼ『角川古語大辞典』と同じ内容で登載しているのは古語としてであるらしい。

今の時代に日常語として「あらくさ」を耳にすることはまずないが、短歌では見つけるのに苦労しないくらい使われている。表記は本来「荒草」だが、短歌では「雑草《あらくさ》」とするほうが多く、いわば「雑草」の代替語。雑草というときの猥雑さが削がれ、素朴ながら「あらくさ」の澄んだ音は美しい。用例としてあげたなかの二首が「あらくさ」と表記しているが、それも同じ理由に基づいているのではなかろうか。そして二首ともに、ごく純化された静謐さを放っている。

山中の一首の場合は、より精神的な落ち着きを思わせるようだ。静謐のイメージは一首目の茂吉の歌にも通い合うことからすると、これは「あらくさ」の語感がもたらすのかもしれない。荒れていること以上に、そこに覚える寂寥を印象づけるのだろう。宮地伸一の一首もまた同様の趣をもっている。

昭和五一年に角川短歌賞を受賞したのは高校生の大谷雅彦で、受賞作「白き路」の第一首として置かれていたのが掲出歌だった。五〇首全体が端正な文語で綴られ、その正統的な折り目正しさに誰もが驚嘆したのだったが、学生時代に短歌に関心を持ち始めて数年であったわたしなど感服といっていいような印象だった。特に冒頭の「あらくさ」なんて、こんなふうに高校生が使いこなすものかという気がした。以来、「あらくさ」といえば大谷の一首を思い出してしまう。

澤村斉美の一首では、上の句が比喩的に作用して、不本意に過ぎてゆく日常を思わせよう。しかしそれもさらりとやり過ごすような、精神的優位を保とうとする下の句がけなげに思われる。

ある

春なればひかり流れてうらがなし今は野《ぬ》のべに蟆子《ぶと》も生《あ》れしか　斎藤茂吉『赤光』大正2年

千七百六十四年四月一日名馬日蝕《イクリプス》英吉利に生《あ》る　葛原妙子『をがたま』昭和62年

いぬふぐり湧きゐるところ月差して碧玻璃浄土生《あ》れつつあらむ　雨宮雅子『水の花』平成24年

ああ　そらに雲の出でたるそのこととわれの生《あ》れたること異ならず　村木道彦『天唇』昭和49年

父は地平母は夕焼けおぼろおぼろ生《あ》れそめし風われかもしれぬ　今井恵子『分散和音』昭和59年

生まれる意の下二段動詞「生《あ》る」は、現代においてもかなり使われる頻度の高い短歌用語である。「生まれる」の言い換えとして音数は半減するうえ、古語という特殊性が生誕の神秘をそれとなくまつわらせるせいかもしれない。『広辞苑』や『大辞林』は、神聖なものの出現が原義で、転じて生まれる意になったとしている。実際、古典では「阿礼《あれ》坐しし御子の名は」（『古事記』）、「あれましし神」（『万葉集』）のように、敬語「ます」をともなって神や高貴な命の生誕をいう例がよく目に入る。

ここでは最初に『赤光』の一首をあげた。同歌集（改選版）に「生《あ》る」は四回登場しており、この歌では蟆子《ぶと》（ブユ）、もう一首が山蚕《やまこ》（ヤママユ）で、いずれも「死にたまふ母」一連にあり、母の死に対置していることはいうまでもない。念のためいえば、あとの二首は「礇馭廬生《おのごろあ》れて」「わが生《あ》れし星」というなかで使われているのだが、半数が虫という小さな命が生まれ出ることについて使われているという特徴は、もうひとつの動詞「生《うま》る」でも顕著であることを添えておこう。「生《うま》る」を採用した九首は、蜻蛉《あきつ》三首、蟋蟀二首、ひよこ・蛇・鳥・我がそれぞれ一首という具合で、人間は「我」一回のみなのである。

その一方、『赤光』に人の死を思う主題は明瞭で、「死ぬ」二七回のほか「死にす」「死す」「死ゆく」もあれば、名詞の「死」は七回使われているというように、思考は圧倒的に「死」に向かっている。対する「生《あ》る」について極小の命を想定しがちなのも、それと無関係ではないのだと思う。

葛原妙子が「生《あ》る」を用いるときも、純粋に生誕を祝ったり喜んだりというのとは異なるようだ。あげた歌は歴史に残る競走馬を讃嘆しているのだが、馬の生まれた日付けをいうのに異様なほど重量感をもたせ、結びの二音のあっけなさはどうだろう。イクリプスすなわち日蝕への畏れがこもっているのはたしかだと思うが、『葡萄木立』（昭和38年）の「茫々と暑氣ありし午後過熟兒は生《あ》るるすなはち掌をひろげたり」など、畏れが誕生そのものに向けられているようで、一瞬たじろいでしまうほどだ。

こうしたことは、歌人の個性や終生のテーマに基づいているはずだけれど、例歌をたどってみると、「生《あ》る」の一語が担わされた意味も思わないわけにゆかない。それは、「生まれる」では到底もたらされないはずのニュアンスである。

雨宮雅子の一首は一面のイヌフグリに月の光が差し、美しい青さであることを「碧玻璃浄土」と言い換えた機転が、冴えて静かな魅力を放っている。気の毒な花の名に面目を施しているようでもある。

村木道彦は、自身がこの世に生まれたこと、存在自体に含羞を込めながら自嘲してみせる。雲が空に広がる自然現象と何ほどの違いがあろう、と。この発想、対比の手法、詩的な語りは、昭和五〇年代にわたし自身が憧れて親しんだ若々しい浪漫だった。

それより一〇年以上さかのぼる昭和三六年二月に岡井隆の『土地よ、痛みを負え』が刊行されているが、わたしが読んだのは、やはり五〇年代になってからであった。短歌を作り始めたばかりの二〇代にとっては、がっちりと構築された思想性に息をつめて追うような読み方だったが、そのはざまから降りこぼれる短歌表現のエッセンスをかぎとりたいと思った。「ナショナリストの生誕」一連の「最もちかき黄大陸を父として俺は生れた朱《しゅ》に母を染め」もそういうなかで記憶した。自分と同世代の今井恵子の一首を雑誌で目にしたのもその頃である。すぐさま岡井の一首を呼び起こしながら、今井の一首の、この地上でのなんともおぼつかない命の始まりを思う息づかいに共感したものだった。

いづ

雨空《あまぞら》を夕べと違《たが》へひぐらしのなきいづる声はほろほろと消ゆ　吉野秀雄『晴陰集』昭和33年

調べものしてをれば今日は一禎《いってい》が寺を出でし日、杉に風あり　柏崎驍二『四十雀日記』平成17年

医者である息子と医者でない息子うなずいてICUを出《い》ず　中沢直人『極圏の光』平成21年

だめならば戻ってくるというふうに小整頓をして部屋を出づ　島田幸典『駅程』平成27年

文語「出《い》づ」は下二段活用の自動詞で、「出《い》づ」が下一段化した「出《い》でる」から「い」が脱落して口語の「出《で》る」となったとみられている。特に文語表現を意識しない作者も「出《い》づ」を使うことは少なくないようで、短歌用語として使用頻度の高い文語動詞である。「出《い》づ」という日常語にないひびきは、打ち消すときの「出《い》でず」、已然形を採用したときの「出《い》づれば」など、短歌の文体として見合うことも、この語の採用の多さを支えているかもしれない。

「出づ」は例歌第一首のように複合動詞を形成して動作が始まることを示す場合も多い。明け

方や日暮れに声をあげ始めることが多く、その柔らかな情調が好まれる蜩だが、雨がちの暗さに勘違いして鳴き出した、とその声を耳で追っている。病身の自分を支えてくれた妻が急逝したのち、郷里の父親の病が篤いことを案ずる吉野秀雄の心に沁みる蜩の声が思われる。

柏崎驍二の一首。啄木の父一禎《いってい》は明治四〇年三月五日、怠納した宗費弁済の見通しがたたず、宝徳寺を出た。「出でし」は家出を意味しており、一家の離散、流浪の始まりであった。さりげないかたちで啄木に寄せる心がにじむ。

緊迫した父の病状が語られているのに、それでいえば中沢直人のうたい方はかなり個性的である。父の急の知らせに兄弟がともに駆けつけた。その兄は医師で、弟である自分は医師ではないが、ともに了解しあって集中治療室を出るところだ、というもの。家族内、兄弟間の過去を含めた関わり方や会話のありようが立体的に見えてくるような、ふしぎな巧さを思う一首である。

中沢直人が「出ず《い》」と表記しているのは、現代かな遣いを採用する作者として、文語も発音どおりに書くという現代かな遣いの習慣に基づいている。『広辞苑』『大辞林』『日本国語大辞典』いずれも、この語について見出し語を「いず」としているし、『大辞林』で「いづ」を引くと「→いず（出）」となっているくらいだから、「出づ」の現代かな遣い表記は「出ず」であるということなのだろう。戦後の現代かな遣いの習慣として「出ず《い》」の表記は浸透していると思われる。

ただ、そうすると口語の「出る《で》」に文語の打消助動詞を付けた「出ず《で》」と紛らわしいという問題がある。

「出づ」はダ行で活用するのだし、辞典の見出し語として「かたづける」があり、また古語のままの「おもほゆ【思ほゆ】」や「しのふ【偲ふ】」(『広辞苑』)の表記があることを考えると、個人的には「出ず《い》」と書く現代かな遣いの習慣には納得しがたい思いがある。

島田幸典の『駅程』は現代かな遣いで統一されているが、掲出歌にあるように、「出づ」の表記を採用している。歌の内容に等しく、表記についても端正な一首である。

いづこ　いずこ

ちる花のゆくへいづことたづぬればただ春の風ただ春の水
落合直文『萩之家歌集』明治39年

奥山の峯の紅葉に日は暮れていづくとも知らず猿啼く聞こゆ
正岡子規『竹の里歌』明治37年

地にわが影空《そら》に愁の雲のかげ鳩よいづこへ秋の日往ぬる
山川登美子『恋衣』明治38年

〈己《おのれ》〉とふ象形文字のほぐれつつ蛇となりたりわれはいづくへ
春日真木子『はじめに光ありき』平成3年

さにあれど帰りきたりし父が手に撃ちきし弾の行方はいづこ
中野昭子『夏桜』平成19年

満月に彷徨える夢何処《いずこ》からフィドルの音は流れてくるか　笹井宏之『八月のフルート奏者』平成25年

場所を指示する不定称の古語だが、詩歌に限らず今日なお親しまれている語である。より古い語として「いづく」があり、平安期以降「いづこ」ともいうようになり、さらに「いどこ」を経て「どこ」となった（『角川古語大辞典』）。現代短歌には「いづく」も健在のようだ。

「いづく」のほうが古風という事実は子規の採用例に納得するところかもしれない。直文の歌は、時代的に子規とさほど離れていないと思われるが、下の句の対句表現も含め、どこか新しさの意識が濃厚である。

三首目を収める『恋衣』は与謝野晶子、山川登美子、増田雅子の合同歌集である。『みだれ髪』を経たのちの女性歌人の表現として模索の跡をみるべきだろう。地上にみずからの影を見、その心の内を映すような愁いの色合いを空の雲に見たのち、飛び去った鳩のゆくえを目に追う。その内面性の濃さがこの作者らしい。下の句は「秋の日」が挿入されたかたちで、個性的な流れを感じさせる。

現代の例として、春日真木子の一首は、より古いとされる「いづく」を結びに置いている。鮮やかに蛇の動きをとらえ、その姿の消え方に重ねて自身の生のゆくえをおぼろげに問う。その視覚的な展開が読みどころだ。

中野昭子の歌に漂うのは、出征したからには撃ち、殺めたかもしれない父を思う哀しさであろう。思いの茫漠が、不定称での結びを自然な収めにしている。

現代短歌では「どこ」も当たり前に使われ、「いづこ」「いづく」は、やはり古風にひびく。それだけに、先年夭折した笹井宏之の初期作品に「何処《いずこ》」がみられることは新鮮だった。フィドルはヴァイオリンをいう英語の俗称で、民族音楽にはもっぱらこちらが使われるらしい。一首には、どことなくそんな雰囲気が漂い、「何処《いずこ》」の語も見合っている。

ついでながら、『一握の砂』に「いづこ」は一首、「いづく」は二首にみられ、「いづく」については「何処《いづく》やらむかすかに虫のなくごとき／こころ細《ぼそ》さを／今日《けふ》もおぼゆる」、「乾《かわ》きたる冬《ふゆ》の大路《おほぢ》の／何処《いづく》やらむ／石炭酸《せきたんさん》のにほひひそめり」というように、ともに「何処《いづく》やらむ」という使い方がされている。語法としては疑問の残るところで、和歌には例がない。「何処《いづく》にやあらむ」を啄木流に縮めたのでもあろうか。

一方、『みだれ髪』では「いづこ」を二首に用い、「いづく」の例はない。そして興味深いのは、『赤光』では同様の意を示すのに「いづく」も「いづこ」も使わず「いづべ」を二首において使っていることである。

潮沫《しほなわ》のはかなくあらばもろ共にいづべの方《かた》にほろびてゆかむ　斎藤茂吉『赤光』

うつそみの人の国をば君去りて何辺《いづべ》にゆかむちちははをおきて　　同

これは茂吉の万葉意識に基づいているのだろう。ただ『万葉集』では「いづへ〈伊頭敝〉」と清音だったようだ。

ほかに、近代短歌では「いづち」「いづら」も場所を示す不定称として使われている。

はてもなき天つみ空をかへる雁いづちより来ていづち行くらむ　　佐佐木信綱『思草』

天の下もてあそびけむ人いづらおくつき寒く雨ふりすさぶ　　同

「いづち」には方向を問うニュアンスが強く、「いづら」の「ら」は状態を示す接尾語である。さらに「いづかた」の一例をあげておきたい。やや新しいかたちとされながら、鎌倉時代初期にはすでに使われていた不定称のようだ（『角川古語大辞典』）。

しら珠の珠数屋町《じゆずやまち》とはいづかたぞ中京《なかぎやう》こえて人に問はまし　　『山川登美子歌集』

『恋衣』刊行後、「明星」（明治40年2月）に出詠された歌で、登美子は京都上京区の姉の家で療養中であった。不案内の珠数屋町まで歩いて訪ねようという、たまさか晴れやかな気分をまつわらせた秀歌。下の句は中京をこえたあたりで聞いてみましょう、という気持ちであろう。「いづかたぞ」というやわらかな問いかけ、結びの「まし」による控えめな望みの叙述が融合して近代女うたの極致というべき一首である。岩波文庫版『山川登美子歌集』に収録されている。

いにしへ　いにしえ

大名牟遅少那彦名《おほなむちすくなひこな》のいにしへもすぐれて好《よ》きは人嫉《ねた》みけり
与謝野　寛『相聞』明治43年

いにしへの狩獵文にて人も馬も兎も蝶も前に飛ぶなる
葛原妙子『葡萄木立』昭和38年

ちくちくと夏草肌にあたるまま抱かれたりしか古 人《いにしえびと》は
前田康子『黄あやめの頃』平成23年

短歌特有の語というより、一般的によく知られ、使われもする語だが、「去《い》にし方《へ》」に由来するとおりの古風な語感をあらためて味わうのもよいのではなかろうか。

与謝野寛の一首は、二神の名を韻律に乗せることで神世を示す印象的な始まりをもち、そのフレーズを受ける「いにしへ」の据わりもいい。神世の時代から、いかにも人間臭い嫉妬心というものはあったのだと冷めた見方をしている。

二首目は、古代の狩猟文《もん》に描かれたものたちの勢いを伝えつつ、葛原らしい下の句が戯画的味わいを添えていて楽しい。

前田康子は、歌垣など古代の開放的な男女の関わり方に素朴な感想を述べたのだろう。「いにしへびと」の語は『角川古語大辞典』にもみえる、伝統的な複合語である。

います

亡き母のいます御国のすゞしさをうつつにむすぶはちす葉の露　金子薫園『かたわれ月』明治34年

訪ひ人のまれの一日《ひとひ》は夜《よる》の炉に春の松風聴きいますなり　宮　柊二『群鶏』昭和21年

竹山広のいまさぬ夏の蟬の声父の昼寝の妨げをせず　藤島秀憲『すずめ』平成25年

古語の「います」は、「あり」「をり」の尊敬語、また「行く」「来る」の尊敬語としても使われた。補助動詞としての用法もみられる。上代から平安初期までは四段活用であったが、のちにサ行変格活用あるいは下二段活用に変化したとする（『角川古語大辞典』）。この点について『広辞苑』は、四段からサ変への変化と解していて、この違いは「いまする」という連体形がみられることに下二段活用と理解すべきか、サ行変格活用と理解すべきかというところに生ずるものである。ただ、あげた用例にみる限り、連体形が「います」、未然形が「いまさ」であるから、近現代の歌人たちは四段活用として「います」を用いているようだ。

短歌における尊敬語の動詞というと「います」や「ます」（「います」の接頭語が抜け落ちたかたち）、「たまふ」などがあり、いずれも古語に由来して、現代語からは衰退しているが、現代短歌においては登場の機会が少なくない。尊敬語の採用は叙述に品格を添えるという効果があるといえようし、その際、「たまふ」ほど堅苦しくない尊敬語として「います」は恰好なのかもしれない。念のため言い添えておくと、「ゐます」は「居る」に謙譲・丁寧の意の助動詞「ます」を接続した語で、尊敬語の「います」とは別である。

金子薫園の歌にみるように、短歌では父母に対して敬語を使う。日常会話とは異なるが、殊に他界した父母に添える敬意であれば、なおさら追懐の情に感謝の思いがこもり、それが一首の情感を先導するともいえる。

宮柊二が描いたのは師の北原白秋。「多磨」創刊一周年の昭和一一年の作である。

藤島秀憲の歌も歌人への敬意を「います」によって示している。敗戦の夏、蝉が猛々しく鳴いたことはよく語られるが、気のせいかどうか、竹山広永眠ののちとなると、蝉もいまひとつ威勢が足りないというのであろう。介護する父親の眠りも安らかかと、藤島らしい回収をしている。

いよよ

ありつるは、夢とも思へ。うつつぞと、／思はばなげき、いよよまさらむ。
与謝野鉄幹『東西南北』明治29年

春がすみいよよ濃くなる眞晝間のなにも見えねば大和と思へ
前川佐美雄『大和』昭和15年

兄姉《きやうだい》は病み父さんはいよよ老い二上山は晴れていますぞ
池田はるみ『妣《ハハ》が国・大阪』平成9年

月光のいよよ清まる夜の更けに鶏卵は発つ「静物」の絵を
岡部　史『宇宙卵』平成3年

震災の映像見れば指しゃぶりいよよ激しき七つの心
俵　万智『オレがマリオ』平成25年

「いよよ」は「いよいよ」の省略形のように見えるが、用例をさかのぼると「いよよ」のほうが古いという（『角川古語大辞典』）。『広辞苑』は『万葉集』から「いよよますます悲しかりけり」を引いており、同義語を重ねることで強調したこのフレーズが解釈するにはわかりやすい。さらにとか、いっそうの意である。「いよいよ夏休みだ」などというときの「いよいよ」の意は、「いよよ」にない。

「いよいよ」は残り、「いよよ」は一般的な現代語からは姿を消してしまったが、語調を整えやすく、「いよいよ」に近いけれど異なる音感が珍しいせいか、歌にはよく使われる。

『東西南北』は個人の単行本歌集として刊行された初のものだが、鉄幹はここに至るまでに、渡韓して政治活動にも関わるなど起伏の多い青年期を過ごした。すべて夢だったのだと思うほうが嘆かずに済む、と複雑な心境を述べている。

「いよよ」の語ですぐに思い起こしそうな佐美雄の一首。この歌の結びは命令形でなく「大和とこそ」の「こそ」を省略した係り結びの已然形であるという読み方が大勢のようだ。そうであるにしても、命令形とも受けとめられる「思へ」の強いひびきは、狂おしいほどの「大和」への思いを体現して、自身に向けて放たれているのだと思う。

池田はるみのイメージする〈大阪〉は、わわしくて滑稽に満ちて人情に厚い地。病む兄姉や老いを深める父に胸を痛めてさえ、一首はからりと展開して終わる。古語をちんまり収めつつ、もったいぶった口語で結んだところが愉快だ。池田の郷里富田林から遠望する奈良の山々は、わたしの記憶のなかでもとても美しい。

岡部史のことばは、現実の光景なり、絵画のなかのものの姿なり、自身にひらめきをもたらしたときに歌のかたちをなすかのように綴られる。綴られてさらに想像を広げる息づかいの内に、古語の「いよよ」も透明感のある味わいをもたらしているようだ。

俵万智の歌は基本が口語の文脈であるだけに、ときおり交えられる古語がよく心得られている印象で、古語じたいの居心地がよさそうに見える。震災を体験してしまった子を案ずる母の内面を伝える歌だが、まっすぐ子に向けられる視線と冷静な思いめぐらしを、古語の落ち着きと珍しさが支えている。

うから

うからやから集《つど》ひてみればおのおののつながりありて亡《な》き人《ひと》おもほゆ　斎藤茂吉『石泉』昭和26年

うからは共になげけど隣室《となりま》の兄のなきがらを吾《われ》つひに見ず　斎藤茂吉『のぼり路』昭和18年

神庭の夜のしづもりふかくして家族《うから》は泣きぬ神となる人よ　齋藤　史『朱天』昭和18年

夜となりて山なみくろく聳ゆなり家族《うから》の睡りやままゆの睡り　前　登志夫『繩文紀』昭和52年

美はしき山のうからよ三人子はみな疵深く生きてをるなり　前　登志夫『野生の聲』平成21年

みなづきの氷小豆のほのあかき家族《うから》集へば影絵のごとく　辺見じゅん『秘色』平成13年

夢をみることの得意な男ゆゑうからは父をけふ眠らしむ　辰巳泰子『紅い花』平成元年

「うから」について『広辞苑』『大辞林』『日本国語大辞典』は【親族】の表記を当て、上代の読みが「うがら」と濁音であったことに触れている。『角川古語大辞典』は見出し語そのものが「うがら」で【族・親族】の表記を示す。ただ同辞典は平安末期には清音だったと認められることにも触れている。

表記が【親族】や【族】であることは、「はらから」「やから」の「から」が示す血縁集団の意をそのまま反映しているとみていいのだと思う。

その〈族〉の実態が時代の推移によって様相を変え、それに従って「うから」の意味も変化していることが例歌にみてとれるのではなかろうか。はっきりいえば「うから」を〈家族〉の意で用いるように移行してきているということだが、核家族化を強めた現代社会においては一族というような族意識が後退しており、その一方、家族のありようを考える局面も多く、その表れなのでもあろう。

はじめに茂吉の二首をあげたが、『石泉』のほうは昭和六年一一月に長兄が没したときのもの、『のぼり路』のほうは昭和一五年一一月、亡父の十三回忌に際してのものである。いずれも茂吉が生まれた守谷家の一族が集う場面で、茂吉にもその意識は強く保たれていたようだ。「うからやから」と重ねる使い方は古来みられたものらしい。「一家一門」といったふうである。

齋藤史の歌の「神庭（かむにわ）」は戦死者を祀る祭壇をさすらしい。身内の戦死を悼み、一族が集まっている場ではあるが、「家族《うから》」を採用したのは死者に一番身近であった家族の悲しみの深さをいおうとしたのだろう。

一方、次の前登志夫が描いたのは文字通りの家族の眠り。そしてこども達の精神的自立。静かに見守ろうとする父の姿が感じられる。どこか世離れた界の深い静寂にみちながら。

辺見じゅんの歌については、一連に父を偲ぶ歌が含まれているから、かつての家族を追懐する意味で用いた「家族《うから》」とも思われる。

さらに辰巳泰子がいう「うから」は、自身が娘として育った家族以外にないであろう。『紅い花』にはかなり独特の輪郭で「父」が語られている。

こうして、家族の意に重心を移しながら、ときにそのめぐりの身内をも含めて、現代短歌での「うから」は、〈家族〉という現代社会の生活単位とは別のひびきを添えて、今後も使われつづけるに違いない。

うしろで

きぬぎぬや雪《ゆき》の傘《かさ》する舞《まひ》ごろもうしろで見《み》よと橋《はし》こえてきぬ

与謝野晶子『舞姫』明治39年

くらがりに誰ゐるとなき後姿《うしろで》の静謐にわが立ちつくす　葛原妙子『縄文』昭和45年

緋のカンナちぎりてわれの後姿《うしろで》に降らせ去《い》にけるかへり見ざれど　水原紫苑『びあんか』平成元年

両手を背中側で組む後ろ手とは別に、「後姿《うしろで》」の表記のとおり後ろ姿をいう。『角川古語大辞典』によれば「で」は接尾語で、多くは立ち去ってゆくときの後ろ姿をいった。用例は『日本書紀』の歌謡から引かれており、一方、同辞典に「うしろすがた」もみえるが、こちらの用例は俳諧七部集の「曠野」からなので、「うしろで」はより古い語だったのでもあろうか。例えば啄木は歌のなかで「うしろで」を用いなかった。「うしろすがた」は次の一首にみられる。

いささかの銭《ぜに》借りてゆきし／わが友《とも》の／後　姿《うしろすがた》の肩《かた》の雪《ゆき》かな　石川啄木『一握の砂』

たしかに「うしろで」はいくぶん古風だが、その趣を心得て採り入れたような晶子の一首。「きぬぎぬ【後朝】」は逢瀬の翌朝のこと。男が帰ってゆくのが本来だが、忍んで逢いにいった舞姫が、思いがけない雪を傘に避けながら帰るという設定になっている。橋の上は舞台に等しく、伝統的な女性美をその後ろ姿に見よというのだろう。

現代短歌で「後姿《うしろで》」とすることが多いのは意味を明瞭にするためと思う。葛原の例はくらがりの前方に気配のみを放っている何者かに目を凝らしている。「後姿《うしろで》」は、それが人体であることのみを匂わせ、それのみであることの異様な怖さを伝えているかのようだ。下の句の二音の不足もどこかその異様さに見合う語りなのではなかろうか。

水原紫苑の一首は「生まれざりし者へ」という副題を添え、哀惜の心を主題とした一連のなかにある。一瞬の鮮やかな場面として描かれているが、自分に向けられたその激しい感情の主体を追うことはしなかったと述べる。言うに言われぬ痛切さのみが茫漠と広がるようだ。

うたかた

先きの波帰り遅れてうたかたの身となり沙を分けて入るかな　与謝野晶子『白桜集』昭和17年

牡丹雪あるいは母に降りけらしわれがうたかたなりけるむかし　塚本邦雄『波瀾』平成元年

うたかたの一生《ひとよ》もなかば書庫ふかく眠る紀要に指よごすなり　島田修三『シジフォスの朝』平成13年

言葉とは時の泡沫《うたかた》　夕焼ける空は静かに暮れてゆきたり　田中拓也『雲鳥』平成23年

森鷗外の哀しい物語『うたかたの記』によっても記憶され、〈沫〉の意は一般にも比較的よく知られているのではなかろうか。歌のなかの使われ方も素直な印象である。

晶子の一首は昭和一〇年三月に夫が逝去した翌年の作である。波の打ち寄せにも後先がありつつ、あえかに沙へと消えゆく光景に、夫と世を違えてしまった哀しみを募らせたのだろう。

あえかなイメージは塚本の歌にも漂っているが、そこに想定されているのは未生の「われ」であり、自己の存在の大否定にもつながりかねない辛辣さを孕む。それでいて母に降る牡丹雪は甘美ですらあるという透明な哀しみの表現に魅力がある。

古来、消えやすいことの喩えとして使われることが多かったことから、三首目のように使うことも納得のゆく手法である。枕詞ふうに流れを先導する趣が感じられる。学究の人の静かな感慨でありつつ、きれいごとにしないところが島田修三らしい。

一方、田中拓也の抱く虚しさは〈言葉〉に対して。時間軸を据えようとすれば、なおそのはざまに消えるほかない言葉。その内省の誠実さが若々しい。

うつしみ

うつそみは常《つね》なけれども山川に映《は》ゆる紅葉をうれしみにけり　　斎藤茂吉『赤光』大正2年

うつしみの人皆さむき冬の夜の霧うごかして吾があゆみ居《ゐ》る　　佐藤佐太郎『帰潮』昭和27年

空洞の如きさびしき音のする吾がうつしみを搔きて居たりき　近藤芳美『早春歌』昭和23年

月明りさしそふ見ればうつし身は葦の如きにもつとも遠し　築地正子『花綵列島』昭和54年

過ぎゆける車の窓にうつせみの人間じみて顔を出す犬　花山周子『風とマルス』平成26年

さかのぼれば〈うつしおみ【現臣】→うつそみ→うつせみ〉という変遷で、これらの語の原義を「顕《うつ》しき身」と近世の国学者が解釈したところから、別に「現身《うつしみ》」の語が生じたという（『日本国語大辞典』ほか）。三語のいずれも現実にこの世に生きている身という意で用いられ、現代人には「現《うつつ》」の意識が強いせいか、多くの場合近世の解釈に基づきながら、「うつそみ」「うつせみ」「うつしみ」のいずれかを自由な選択で使っているようだ。一番古い「うつしおみ」だけはあまりみることがない。

また「うつせみ」には蟬の脱け殻をいう【空蟬】の字を当て、古来（魂の）抜け殻の意をまつわらせることも多かった。むなしさの漂うこの表記はことばの多重性を意識する和歌の表現には有効だったに違いないが、近代以降はその手法じたいが旧弊とみられがちとなったせいか、後退していったようだ。

「うつしみ」にこの世に生きている身という意をみる一方、「うつせみ」には『日本国語大辞典』『広辞苑』『大辞林』のいずれも、この世に生きている身という意に加えて、この世、現世の意を示している。これは『角川古語大辞典』『言泉』『言海』の「うつしみ」「うつせみ」の項にはみられない語釈であることに、あらためて気づいた。しかも『広辞苑』のこの理解は第一版から一貫しているのだった。

とはいえ、『広辞苑』が、この世に現存する人間の意の用例としてあげている「うつせみも妻を争ふらしき」を『日本国語大辞典』が、この世の意で解釈しているというように、必ずしも一致した見解とはみなしにくい印象を受ける。

「うつせみの」は古来「世」「人」「身」（「命」「妹」を加えている辞典もある）にかかる枕詞であるとされ、「うつせみの世」といえば、短歌にはなじみ深いフレーズであった。そこから、時代くだって「うつせみ」というだけで「うつせみの世」が引き出されるくらいに受容されるようになったのかもしれない。

近代の用例として『赤光』から、やや珍しい「うつそみ」の一首を引いた。平安期以来の仏教的無常観を漂わせているが、茂吉には、たえず生のはかなさが意識されていて、『赤光』では、特に病者の死と対置しながら自身の生のあやうさをまつわらせて作品化されている。世の無常は心得ながら、たまさか紅葉の見事さをよろこぶ、というのは茂吉の明瞭な思考パターンであったと思う。

佐藤佐太郎と近藤芳美の作はいずれも戦後の感懐である。死に直面し、その戦《おのの》きから解放されたといっても、日々の糧にすら事欠くなかで、誰もが生きて在ることを実感できないまま霧のなかを漂い歩み、あるいは自身の肉体まで空洞に等しいと思う。平安期の無常観は民衆心理に深く浸透したが、その時代を遠く隔てながら、これほど「うつしみ」の虚しさを人びとが共有した時代はないといえるだろう。

築地正子は月明りのもと、夏の野の葦を見ている。歌集ではすぐ前の歌に「雑草に荒魂もゆる夏の野」を描いており、葦にも魂のあらんことを察して、次のこの一首が生まれたのだろう。人間は考える葦といわれても、野に荒々と立つ葦に、実は及ばないのではないか。人のうつつの身は、それほどにあえかなものでしかない。そう述べているように思う。

花山周子が採用したのは枕詞の「うつせみの」であろうか。「人間じみて」と受けるところが奇抜で、そんなときの犬の表情をリアルに伝えている。

少し補足しておくと、『東西南北』『みだれ髪』『思草』『一握の砂』『悲しき玩具』に「うつしみ・うつせみ・うつそみ」は、いずれも用例が全くない。一方、『赤光』には「うつしみ【現し身・現身】」が二三回、「うつそみ」は枕詞的な「うつそみの」の三回を含めて計四回みられる。茂吉が初期以来「うつしみ」の語をいたく好み、それが生と死という主題の表現ともつよく結びついていたことを思わせる現象ともいえるだろう。

「うつせみ」は『赤光』にみられないが、生涯を通して用いなかったわけではないし、むしろ生涯を通して「うつしみ・うつせみ・うつそみ」は愛用の語であった。『赤光』に限っていうと、これらの語の意としては「現実のわが身」というように自身をさしたり、「世に在る人の身」という一般的な人の命をさしたり、と一律ではないものの、人の身をさす場合でも、かなり自分に引きつけて発している印象である。『赤光』から四首を次に引くが、三首目と四首目は下の句が全く同じであるまま隣り合って置かれている二首で、茂吉の「うつしみ」愛好ぶりが顕著にうかがえるところだろう。

現身《うつしみ》は悲しけれどもあはれあはれ命《いのち》いきなむとつひにおもへり（改選版のみ）
生くるもの我のみならず現《うつ》し身の死にゆくを聞きつつ飯《いひ》を食しにけり
ぬば玉のさ夜の小床《をどこ》にねむりたるこの現身《うつしみ》はいとほしきかな
しづかなる女おもひてねむりたるこの現身《うつしみ》はいとほしきかな

うつしゑ　うつしえ

近《ちか》き日《ひ》に何《なに》の来《きた》るをゆめみけん十《と》とせのまへのうつしゑの人《ひと》　与謝野晶子『青海波』明治45年

半世紀経しとよ安保反対のデモのうつしゑに鉢巻の夫　村山美恵子『浚井《しゅんせい》』平成26年

小野洋子の一族《うから》集へる写真《うつしゑ》にジョン収まれり貴種のごとくに　高島　裕『旧制度《アンシャン・レジーム》』平成11年

現代短歌での「写真《うつしゑ》」という表記はおなじみだし、例歌第一、二首のような写真の意での「うつしゑ」も通用しているといってよさそうだ。

「写真《うつしゑ》」は、当然シャシンという字音を避けたことに由来するのだろう。ただ「写真」をそのまま訓読したとはいえそうにない。その点をめぐって安田純生の論文「しづもる・うつしゑ」（『白珠』平成26年5月）はたいへん詳しく、教えられるところが多かった。「写真」も「うつしゑ」も、実はそれぞれ日本古来の言葉としてあったものだという。

安田の論を受けて『角川古語大辞典』を引いてみると、「うつしゑ」は風景・花鳥・人物などを写し取った絵の意、また影絵のような見世物の意。「しやしん【写真】」は、天保年間に伝えられたフォトグラフの意も示されているが、そもそもは肖像画などのように真実のままを写し取るという意の漢語なのであった。のみならず、それらの意が今なお『広辞苑』や『大辞林』にも記されていることには認識を新たにするほかなかった。

和語の「うつしゑ」が肖像画の意味で詠まれた江戸期の歌も紹介しながら、安田の論は明治の世になって写真の意の「うつしゑ」が登場するに至る過程を分析している。要するにシャシンという字音を避けるために「うつしゑ」を借り、新たな意を託する使い方だったわけだが、明治期になっても「うつし絵」といえば影絵をさすのが一般的だった社会で、写真の意として用いる和歌の流儀はいたく重宝がられたという。

安田の論に引用されているのは落合直文の『萩之家歌集』よりの三首で、いずれも写真の意を示し、表記は「うつしゑ」であることが目を引く。

その直文による辞典『言泉』で「うつしゑ」を引くと、影絵の意の次に「しやしん（写真）の雅称」とあることに感動してしまった。『言海』には、「かげゑニ同ジ」とあるのみであった。

この項の用例として三首をあげてみた。与謝野晶子の『青海波』の一首も同様であることから推すると、明治時代後期には歌に詠まれた「うつしゑ」がフォトグラフの写真であることはほぼ定着していたとみてよさそうだ。しかし、広くみても詩歌特有の使い方であることから、むしろ時代をへて意味を明瞭にするため「写真《うつしゑ》」とする表記が広まったのかもしれない。そして「写真《うつしゑ》」が浸透すれば「うつしゑ」も写真の意の歌ことばとして定着するという流れだったのだろう。

村山美恵子の歌にある安保闘争という背景、高島裕の描いたジョン・レノンという強いキャラクターにも「うつしゑ」や「写真《うつしゑ》」がすんなり収まっているところがおもしろい。

おくか

青空の奥どを掘りてゐし夢の覺めてののちぞなほ眩《まぶ》しけれ　前川佐美雄『天平雲』昭和17年

日本の誇消ゆる日わが胸の奥処《おくが》に雪崩とどろきやまず　谷川健一『海境《うなさか》』平成10年

赤き橋くぐれば赤き崖　船も人も染められて奥へ奥処《おくど》へ　佐佐木幸綱『はじめての雪』平成15年

蜜入りの林檎の箱がかぐはしく奥処《おくか》にありて雪月《ゆきづき》の家　田宮朋子『雪月の家』平成22年

清音の「おくか」は『角川古語大辞典』『言海』『広辞苑』（第一版より）『日本国語大辞典』『大辞林』に登載されている。【奥処】と書き、奥深い所の意である。

『角川古語大辞典』によれば「か」は場所の意で、奥まって人目につかない場所をいう。そのゆえに、どんな状態で何が存在するかわからない不安をともなって用いられるともいう。また空間的な意味ばかりでなく時間的に将来の意を含むとする解説は少々意外だが、『日本国語大辞典』

と『大辞林』は、これらの解に沿う内容を示していて、さらに「おくが」と濁音になることにも触れている。見出し語から濁音の「おくが」としているのは『言泉』で、ほかの辞典にはみられない「奥義」の意味も示している点が珍しい。

「おくか」と同じく奥深い所の意味の「おくど」を載せているのは『日本国語大辞典』で、用例として蒲原有明の詩の「汝が胸の　こころの奥所《おくど》ひらくべき」という一節があげられている。それでいえば「おくど」は、奥深い所の意で近代人が使い始めた語なのだろうか。接尾語の「ど」も「か」と同じ働きをすることから、「おくか」に類する語として生まれたのだろう。詩歌において使われるようになった比較的新しい語なのかもしれない。

佐美雄の一首は、土を掘るように空の奥を掘っているというユニークな夢が直接のきっかけになっているが、下の句の展開が実に巧みである。夢はあっけなく覚めたものの、その眩しさはしばらく残って、浸っていたという。こんなに爽快な目覚めはないだろう。「掘る」という行為の能動性に色彩的な鮮やかさが添えられ、心の内に無限の広がりを期待させる。

谷川健一の一首は歌集巻末の「わが日本挽歌」に並ぶ歌。憂国の思いの激しさを心のうちに湛えているということだと思う。

佐佐木幸綱は「奥へ奥処《おくど》へ」と重ねて述べることでその深さの印象を語感にこめた。歌集では「広島県帝釈峡の紅葉」という詞書が添えられている。

田宮朋子は清音の「奥処《おくか》」を採用。豪雪地の家に小さく灯るような林檎箱のかぐわしさが、限りない慰藉のように読み手にも伝わる。

「おくか」と「おくど」の関係に近いと思われるのが「ありか」と「ありど」である。どちらも古語に由来しているが、やはり「ありか」のほうが現代に至るまで残った。短歌では「ありど」も使われている。使われ方が薄れた結果、より古語の印象を与えるゆえに、歌人には好まれるのかもしれない。

水ひびく冬河の橋わたり来て星のありどを空に失ふ　安永蕗子『魚愁』昭和37年

ひたすらに町の在り処《ど》を消してゆく霧湧きながら冬の紫　同

吊革の列いつせいに宙に揺れめつむれるわが在處《ど》よ薄ら　葛原妙子『薔薇窓』昭和53年

あらくさの最中に光る泉あり春のひかりの在處と思ふ　大谷雅彦『白き路』平成7年

「ありど」はこのように現代短歌に詠み込まれ、実作者の感性になじんでいた語であった。これを仮に「ありか」に言い換えてみると、やや趣に差が生ずるとも感じる。そこがやはり選択の決め手だったのだろう。

『角川古語大辞典』には「ありか」「ありど」の両方がみえる。「ありか」の用例は『古今集』『源氏物語』『後拾遺集』から引かれ、「ありど」の用例としては仁治三（1242）年成立とされている「東関紀行」の「林池のありどに至るまで」という一例だから、狭い範囲の比較ではあるが、和歌においては「ありど」より「ありか」が用いられたのかもしれない。

おとがひ　おとがい

おとがいの痣に生えたるかみの毛も太く短く白くなりたり
山崎方代『迦葉』昭和60年

頤《おとがひ》を桶にあづけて憩ふ間も海女のめぐりの潮ぞはやき
柏崎驍二『百たびの雪』平成22年

おとがいを窪みに乗せて目を開く　さて丁寧に問いつめられる
東　直子『春原さんのリコーダー』平成8年

「おとがひ」は下あごの意。肉体に関わるだけに古来、慣用的なフレーズが豊富だったようだ。『角川古語大辞典』があげている「おとがひを落《おと》す」は大笑いすること、「おとがひを叩《たた》く」は口答えをすること、「おとがひを養《やしな》ふ」は生活を立てること、などなど。

上あごを意味する「あぎと」から「あご」の語が生じ、こちらが主流となって、現代の日常に「おとがい」は耳慣れない気がするのだが、『広辞苑』『大辞林』にも出ている。『広辞苑』の場合は「①したあご②へらずぐち」の二つの意を示し、『大辞林』は「①下あご。あご②口③盛んにしゃべりたてること」という三つの意をあげた上で、「おとがいが落ちる」「おとがいで人を使う」などの慣用句も九例あげている。「おとがいが落ちる」については、「ほっぺたが落ちる」と同じく美味しい意で使われることを示したのち、古典以来の多弁とか寒い意を並べているから、けっこう意味が広がっていたのだろう。

地域的に定着して長く使われているのではないかという気がして『日本国語大辞典』で「おとがい」を引くと、方言として北は青森県から南は大分県北海部郡まで二十もの地域があげられていた。まだ健在かもしれない。

古語や短歌に特有の言い回しを用いても、どこか短歌的発想を裏切って着地する山崎方代の歌。掲出歌は年齢を重ねたことへの感慨だが、抒情を廃してさばさばと言い切る。「おとがい」に先導させて、短歌に踏みとどまってみせているような一首の表情が、どこか愉快にさせる。

柏崎驍二の一首は、鳥羽を訪ね志摩の海に潜る海女の仕事ぶりを見てのもの。厳しい労働のさなか、いっとき身を休める姿をいう。伝統的な漁《すなど》りの、独特の憩い方に覚えた興趣をいうために「頤《おとがひ》」の一語がぴたりと決まっている。

東直子の例はしばし考えさせるが、眼圧検査の場面に思い至った。眼科に行って症状をいうと、たいてい受けさせられるが、患者さんごとにあごを置く部分の紙が取り替えられるようになっていて、分厚く重なった紙の上にあごを乗せる。開いた目にプシュッと風が当たって驚くが、それで測定されるものらしい。その体験を語るに当たり、重みある古語が不意に飛び出したところがおもしろい。

おほちち・おほはは

おおちち・おおはは

おほははのつひの葬《はふ》り火《び》田《た》の畔《くろ》に蜱《いとど》も鳴かぬ霜夜《しもよ》はふり火《び》
斎藤茂吉『あらたま』大正10年

おほ母《はは》の家《いへ》をわが家《や》と住《す》みつきてやすき子等《こら》かも月《つき》をみてゐる
土屋文明『ふゆくさ』大正14年

おほちちのひつぎ守《まも》りて夜明け近し人々の顔の白さきはまる
前川佐美雄『春の日』昭和18年

不可思議のちからとせよ祖母《おほはは》がなんぢのかうべに置きたる片手
葛原妙子『鷹の井戸』昭和52年

降りながらみづから亡ぶ雪のなか祖父《おほちち》の瞠《み》し神をわが見ず
寺山修司『田園に死す』昭和40年

吹くならば吹き当つるまでほらは吹けと祖母《おほはは》は父に説きたまへりと
本多　稜『惑』平成25年

枕辺に顕つ祖母《おほはは》の思ひ出は龍角散の香とともにあり
目黒哲朗『ＶＳＯＰ』平成25年

一対というべき「おほちち・おほはは」は、どちらも日常語ではないものの、引用歌の「祖《おほ》父《ちち》」「祖母《おほはは》」という表記に意味も使われ方も明らかだし、現代短歌ではなじみが深いともいえそうだ。ただし古語辞典、現代の辞典いずれにもみえず、明治から昭和にかけて広く使われた『言海』にも「おほちち・おほはは」は載っていない。

そこで開いた安田純生著『現代短歌のことば』（邑書林・平成5年）によって、『言海』の「おほぢ」の項に「大父《オホチチ》の約」とあること、祖父の意の古語としては「おほぢ」が和歌のなかでも使われていることを教えられた。つまり祖父の意の「おほちち」にはそれなりの根拠があって和歌にも詠み込まれていたということである。

調べ直してみると、この「おほぢ」は『角川古語大辞典』にあり、『日本国語大辞典』『広辞苑』『大辞林』にも「おおじ」として同様の解説がみられた。

『現代短歌のことば』の「おほちち・おほはは」の項は、語源はもとよりこれらの語をめぐる数々の分析に詳しいが、要点のみを借りていうなら、父を意味する「ち」がまずあり、その「ち」がやがて「ちち」となって、「おほ」を添えた語も生ずるが、文献にも表れないごく早い時代に「おほちち」は「おほぢ」となって使われるようになっていたということらしい。「おほぢ」は老翁の意でも和歌に詠まれており、現代でも「おじいさん」が祖父の意と同時に高齢の男性にも使われるのと等しいのだが、今はほとんど死語。短歌においても使われることはめったにない。

例歌のなかでは『あらたま』が早い時期といえるが、『斎藤茂吉全集』第四巻の「短歌拾遺」をみると、明治四〇年一〇月一九日の「歌稿」中に「おほ母」の語が散見される。『赤光』時代にも好んで使っていた語であるらしい。

この一対の語は、「おほ」によって敬意や親しみを美しく添える印象があり、掲出歌にも感じられるところであろう。少し変わっているのは葛原妙子の一首で、これは自身をさして「祖母《おほはは》」と呼んでいる。孫の頭に置く片手が間違いなく霊力を授けるように、威厳をもって言う。「おほはは」の「おほ」をそのまま信じたくなるようなすばらしさである。

寺山修司の一首は、祖父と自分と、生きる時代を違えるゆえに精神の領域も共有し得ない心となさをいったものだろうか。

本多稜が語るのは、息子すなわち自身の父を叱咤激励したたくましい祖母。大言を吐くならそれが実践できるくらいまでの力を溜めて吐けということか。「祖母《おほはは》」にはそれくらいの胆力が見合うものに違いない。

目黒哲朗の記憶はいかにもその年代の素朴で柔和な姿である。祖母に重なる龍角散の香が妙に懐かしい。

おもほゆ

椎の葉にもりにし昔おもほえてかしはのもちひ見ればなつかし　正岡子規『竹の里歌』明治37年

フラスコに湯気たちこもり霧むすび／やまかひの朝の／おもほゆるかな。　宮澤賢治「歌稿B」大正10年

踏む階《きだ》のいたき摩耗《へり》にも思ほゆる子等は睡気にむづかる頃か　明石海人『白描』昭和14年

おそろしきことぞ思ほゆ原爆ののちなほわれに戦意ありにき　竹山　広『残響』平成2年

このいのち終る日のこと想ほえば産むとふことも罪やも知れぬ　河野裕子『ひるがほ』昭和51年

動詞「おもふ」に自発の助動詞「ゆ」が付いた「おもはゆ」が、さらに転じて「おもほゆ」となった（『角川古語大辞典』）。自然に思われる、感じられるといった意味で使われる語で、現代短歌に残った古語の筆頭格に近いほど採用の頻度は高い。「見ゆ」「聞こゆ」とひびきあう音の親しさもあろうし、身のうちから抑えようなくにじみ出るような感覚として、歌の叙述には見合うのかもしれない。「おもほゆ」はさらに「おぼゆ」に転じ、この「おぼゆ」も現代短歌で当たり前のように使われている。

明治期の『言泉』は「おぼゆ」のみを登載し、その解説は「『思はゆ』（即ち『思はる』）の転訛」というもので、「おもほゆ」にはまったく触れない結果となっている。『言海』は「おぼゆ」「おもほゆ」の二語とも立項し、「おぼゆ」について「おもほゆノ約ナラム」と添えることもしている。おそらく一般的な語として「おもほゆ」はすでに後退、短歌のなかの古風な言い回しというくらいに認識されていたのであろう。「おぼゆ」は覚える意の古語として類推もしやすいため、「おもほゆ」よりいくらか一般的に存在感を保ったようだ。

現代の辞典は『日本国語大辞典』『広辞苑』『大辞林』いずれも「おもはゆ」「おもほゆ」「おぼゆ」をこの表記のまま載せている。今の時代、「おもほゆ」は明治期よりも歌ことばとしての面目を保っているのかもしれない。

余計なことだが、三辞典が揃って見出し語を歴史的かな遣いのまま「おもほゆ」としているのは、古代のハ行がf音に近かったという説に基づいているのであろうか。個人的には歓迎したいが、「恋ふ」「思ふ」の見出し語は、どの辞典も現代かな遣いで「こう」「おもう」としており、不統一の心配はないのだろうか。『広辞苑』が「偲ふ」「底ひ」をこの表記のまま登載していることなども併せて、よくわからない点としておりおりに甦ることである。

それはともかく、「おもほゆ」はヤ行下二段活用の語であるから、子規の歌の「おもほえて」は連用形を「て」で受けたかたちである。端午の節句の柏餅にも、万葉時代の旅中の習慣が思い起こされて、そぞろに昔を偲ぶ気持ちになるというのである。

二首目の「おもほゆる」は連体形である。農芸化学を学ぶ賢治は、しばしば実験の現場を歌に詠んだ。フラスコ内の蒸気に山峡で迎えた霧の朝がしっとりと思い浮かび、その趣を愛でる気分で重ねたのであろう。

三首目はハンセン病の宣告を受けて、ひとり病院をあとにするときの歌である。家族にどう伝えるか。おのずと浮かぶのは子らの幼さである。リアルな日常を一点浮かばせ、なすすべもない心の震えを生々しく伝えている。「思ほゆる」は連体形ゆえ「子等」にかかる。目に映るもの、何にせよ、おのれに血を分けた子がいるのだと自覚させずにおかないということだろう。

四首目は終止形「おもほゆ」による二句切れとなっている。竹山広は、人間の不可解な直情をおのれのこととして突きつけた。若い心が操られた時代に向ける戦慄の思いが痛ましい。

河野裕子の用いた「想ほえば」は未然形「おもほえ」に「ば」を接続しており、仮定のかたちである。上を承けて、そんな想いがもし立ち上がるとしたら、の意であり、出産を控えた女性の、喜びにまさる畏れをこめた一首で、生を思うべきときに死を思ってしまうという仮定から歌の主張がなされている。

「おもほえば」は、あくまでも仮定のかたちなのだが、現代短歌では、いつのまにか「おもほえば」によって、ふと思うことだが、思い返すと、といった意味を示そうとする歌があらわれ、ひところは流行るくらいに使われた。「おもほゆれば」という已然形プラス「ば」のかたちであるべきところを「おもほえば」としてしまったとみることができる。口語でいう「思へば（思えば）」に音が近いせいもあるのだろう。

この誤用は明治時代からあったと宮地伸一が『歌言葉考言学』（本阿弥書店・平成11年）で指摘しているし、安田純生も『歌ことば事情』（邑書林・平成12年）で詳しく説いているが、もともと両氏は「思ふ」と「思ほゆ」の意味の混線を繰り返しあやぶみ、警告を発してきたのであった。「思ほえば」については、誤用のおそれありとして心得ておくのがいいと思う。

おんじき

飲食《おんじき》ののちに立つなる空壜のしばしばは遠き泪の如し　葛原妙子『葡萄木立』昭和38年

日の央《もなか》わが額《ひたひがみ》髪灰のせて飲食《おんじき》のことに虜《とら》はれやまぬ　齋藤　史『やまぐに』昭和22年

わたくしの飲食《おんじき》ゆゑにたまきはる内にしのびて明日さへ居らめ　佐藤佐太郎『しろたへ』昭和19年

ひとりの夜にひとつの卵割りてなす飲食《おんじき》の上に母のこゑある　百々登美子『夏の辻』平成25年

飲食《おんじき》のひとびと脚を失へり　花があふるる花瓶のやうに　水原紫苑『びあんか』平成元年

尾崎左永子が『佐太郎秀歌私見』（KADOKAWA・平成26年）で紹介していることだが、佐藤佐太郎には、自作の初出における「飲食《のみくひ》」を「歌集収録時にルビを除き、『をんじき《ママ》』と訓ませる工夫をしている例もあ」るそうだ。そのくだりにある「飲食《のみくひ》」の語で思い合わせたのが斎藤茂吉の一首であった。

飲食《のみくひ》にかかはることの卑《いや》しさを露《あら》はに言ひし時代《ときよ》おもほゆ　斎藤茂吉『暁紅』昭和15年

見落としがなければの話だが、茂吉が「飲食《おんじき》」を採用した例はなさそうで、それだけにこの一首の「飲食《のみくひ》」がいたく印象的だった。『暁紅』は昭和一五年六月の刊行だが、この歌は昭和一〇年の歌として収められている。本来インショクと読む漢語を「のみくひ」という和語に移し替えているが、調べてみると若山牧水『黒松』（昭和13年）に「散らばれる机のうへのひとところ押しのけて置くよ飲食《のみくひ》のものを」があることがわかった（千勝三喜男編『現代短歌分類集成―20世紀〝うた〟の万華鏡―』おうふう・平成18年）。

『暁紅』と『黒松』の例からすると、昭和一〇年代に歌のなかの「飲食《のみくひ》」は一般的だったのであろうか。で、佐太郎も使い、しかし、歌集に収める際に佐太郎がさらに訓みの工夫をほどこしたという流れは考えられそうである。この項の佐太郎の用例としてあげた「飲食《おんじき》」の一首が、尾崎のいう例に該当するかどうかはわからないが、『しろたへ』は昭和一九年一〇月刊行の、佐太郎にとって三番目の歌集であった。食糧事情の切実が、堪え忍ぶ志に直結していて哀れを誘う一首である。

もともと「おんじき」は呉音による読みで、『今昔物語』や『徒然草』に用例があり(『角川古語大辞典』)、『広辞苑』『大辞林』にも出ている古語である。『言泉』『言海』に「おんじき」の項はない。漢語を和語に読み換えて歌ことばにした例とは異なるものの、「飲み食ひ」といえば現代では少々粗雑な男言葉であるから、佐太郎の工夫はその粗っぽさを削ぐ意味で貢献しているということはいえるだろう。現代短歌に浸透している「飲食《おんじき》」をまず導入したのが佐太郎であった可能性は、ぜひ記憶にとどめておくことにしたい。

用例は作者の生年によって並べているので、ここでは先にあげた葛原妙子や齋藤史の作品年代は、三首目の佐太郎作よりのちのものである。葛原の歌の空壜は、宴ののち食卓に残ったワインなどのビンであろう。わずかにすじを引いてとどまっている滴に記憶のなかの泪を思っている。第三句の次に置かれるべき滴などのことばが略されているものと読んだ。

齋藤史の『やまぐに』は、戦後の窮乏生活をつづった歌文集である。こどもを飢えさせまいと必死の母のせつない心情に「飲食《おんじき》」の一語は象徴的で、ほかのどんな言葉にもない重みがある。

百々登美子の歌ではささやかな一人の夕餉に割る卵に焦点が合わされている。最も簡素な栄養摂取を思わせるが、かつては貴重な蛋白源で、母親がなんとか調達しようとした家庭内ドラマは多々あったことと思う。それだけに「母のこゑ」が甦るのであろう。

水原紫苑は個性的な目線で宴の席の華やぎを映し出してみせた。食べたり飲んだりのさなか、誰だってテーブルの下を意識したりはしない。豪華に活けられた花の姿に、花瓶は視野から抜け落ちるのと同じであると結びつけたのだと思う。

豊かな食卓風景としての「飲食《おんじき》」、必死で調える食事としての「飲食《おんじき》」。どちらにも適うところが、この語のふしぎな取り得でもあるようだ。

かげ

必ずを癒えまさむかも冬の日のかく澄み透り菊に差す光《かげ》　宮　柊二『群鶏』昭和21年

白き耳直《すぐ》立ちまなこ閉づるとき夕光《かげ》にして兎は秀づ　葛原妙子『飛行《ひぎょう》』昭和29年

塔はみな骨のありかを示すといふつきかげになほ闇を濃くして　林　和清『匿名の森』平成18年

朝光《あさかげ》の別れの言葉の短さの、そうか、時間がなかっただけか　吉川宏志『夜光』平成12年

古語の「かげ【影・蔭・陰】」は本来、光の意であった。また、その光を受ける物、その周辺

に起きる変化の様相をいう語でもあり、多くの場合複合語に含まれて使われた。例えば「日影《ひかげ》」は日の光をさすと同時に日の当たらない場所をもさし、「月影《つきかげ》」は月の光や姿ばかりでなく月光に照らされた人や物をもさした（『角川古語大辞典』）。

近代の歌でもこの多重性は生きていたようで、『みだれ髪』の場合四回使われた「かげ」は自身の「影」、月の光の意の「月かげ」、柳や松の陰の意の「柳かげ」「松かげ」と使い分けがなされている。

しかし、光も光による影も物陰も「かげ」と称することへの戸惑いは、近代以降さすがに強まったのであろう。『日本国語大辞典』では「かげ【陰・蔭・翳】」の意に光は含めず、別項「かげ【影・景】」に光の意をまとめている。

今でも「かげが薄い」といえば光を感じさせない姿であるから、意味としては残っているといえるところがおもしろいが、光を【影】と表記した場合に招く混乱を避けたものか、現代短歌では光について「光《かげ》」「月光《つきかげ》」と表記する例が多い。

宮柊二の例は昭和一三年、眼を病む白秋を病院に見舞ったときの一首である。菊にさす冬の日の淡いけれどもたしかな明るさに祈りをこめたものであろう。

つづく三首では「夕光《かげ》」「つきかげ」「朝光《あさかげ》」と複合語で、それぞれ光の意である。暮れかかった光に照らされながら真っ直ぐに耳を立てて瞑目する兎は哲人さながらという葛原妙子の例は、場面の個性的な読み取りが魅力だが、この場合も「夕光《かげ》にして」という状況設定に説得力がある。林和清の一首は京の夏の趣を祇園御霊会に集約した一連にあることが歌意を了解させるであろう。地上では塔を建てることで、闇すなわち死を押し包む。歴史の明暗すべてを知っている「つきかげ」がふりそそげば、その闇はなお濃くなるが必定、である。

吉川宏志の想定しているのは後朝《きぬぎぬ》であろう。ただ、古風な情緒を単純に思い起こすのでなく、下の句はほとんど茶化すように現代の若者感覚による納得の収め。上の句が「の」を列ねて軽快に序詞の雰囲気をもつだけに、上《かみ》・下《しも》のギャップが鮮やかに押し出されている。吉川は同じ歌集のなかで「夕光《ゆうかげ》」も採用。古典も視野に入れた歌ことば意識を垣間見せている。

かたみに

火の思《おもひ》かたみにあれどおほらかにつつましやかに在《あ》るはめでたし　与謝野晶子『火の鳥』大正8年

亡骸《なきがら》に火がまはらずて噎《む》せたりと互《かたみ》に語るおもひ出《い》でてあはれ　宮　柊二『山西省』昭和24年

ちかぢかと瞳《め》は寄せながらさびしさを試しゐるのみわれら互《かた》みに　中城ふみ子『花の原型』昭和30年

歴史研究会《れきけん》の部屋にふたりの美智子ゐて祖国とはかたみに問へり

喜多昭夫『銀桃』平成12年

川光る福島を我ら歩むのみ冷ゆる手足を互《かたみ》に護り

齋藤芳生『湖水の南』平成26年

主として平安時代に愛用された和文系の語で、韻文にも散文にも用例がきわめて多いという（『日本国語大辞典』補注）。訓読文では「たがひに」を用いたということだが、この語は名詞の「たがひ」に「に」を添えて副詞としたもの。一方、「かたみ」という名詞はなく、「かたみの」などとはならない。表記は「かたみに」「互《かた》に《み》」「互みに」などがみられる。

例歌のいずれも素直に解釈ができる。中城ふみ子の一首のように倒置によって結びに置くなど軽いテクニックで生かせる語といえるかもしれない。

喜多昭夫が描く場面は部室内の女子部員二人の応酬である。「祖国」などが飛び出すあたりで、美智子という女性名のそれぞれ強力な象徴性が浮かびあがるところに作者はことさらに反応したようだ。

齋藤芳生は原発の災厄に苦しむ生地福島への痛ましい思いを述べる。住民の誰もが個々の生活環境をかつかつ護るのみに過ぎてゆく。そこにいささかの共同体意識があることを結句にこめていて、「互に《かたみ》」の語は、無念一色のなかのかすかな救いを匂わせてもいる。

かひな　かいな

病みませるうなじに繊《ほそ》きかひな捲きて熱にかわける御口《みくち》を吸はむ
与謝野晶子『みだれ髪』明治34年

重かりし熱の病のかくのごと癒えにけるかとかひな撫《さす》るも
斎藤茂吉『赤光』大正2年

泣くおまえ抱《いだ》けば髪に降る雪のこんこんとわが腕《かいな》に眠れ
佐佐木幸綱『夏の鏡』昭和51年

かひなとはさびしき入江秋来れば補陀落《ほだらく》の舟かき抱くかな
辺見じゅん『秘色』平成13年

あめつちのかひなに抱かれしんしんとたれをかなしむ野のゆきうさぎ
永井陽子『なよたけ拾遺』昭和53年

まだ温い霧帯びるその細やかな腕《かいな》の下にたまごを隠す
天道なお『NR』平成25年

「かひな」は腕《うで》をさす古語といえるが、古典では「うで」も使われていた。もとは肩から肘までをさす「かひな」、肘と手首の間をさす「うで」と分けて使われていたが、やがて「かひな」「うで」どちらも肩から手首、さらに手先まで含む部分までいうようになったらしい。ただ、「うで」は和歌・和文系作品にはみえないという（『角川古語大辞典』）。

和歌では「かひな」を用いるといっても、身体を表す語であるから、語義どおりというより、『万葉集』の「…木綿《ゆふ》襷《たすき》　かひなに懸けて…」（四二〇）などの例を思えばよいのだろう。いくぶん儀式的、抽象的なニュアンスがまつわるようだ。それは、用例一首目が空想の産物であることと、多少つながりがあるのかもしれない。

明治三三年八月に講演の名目で西下した与謝野鉄幹に、堺在住の晶子は初めて会い、歌の師を慕う思いを急速に募らせた。新詩社同人から帰京後の鉄幹の不例を聞き、案ずる思いをかなり蠱惑的な一首に仕立てて送る。それがこの歌で、発想の大胆さや、自身が恋そのものに陶酔していることを「繊《ほそ》きかひな捲きて」とつづることばのひとつひとつがよく示している。夢見心地のまま絵を描いているかのようだ。

それに比べるまでもなく、斎藤茂吉のうたい方は、泥くさいほど実直で現実的である。『赤光』でただ一度登場する「かひな」は、病後のおのが身をいたわり、撫でさする場面で使われているのである。この歌の「かひな」はただ単に自分の腕である。少し迎えて解釈するなら、茂吉は健康を損なうことを人一倍怖れていたし、その自愛の思いからすれば、こんなときのわが身につい ても、心にかなうのは「うで」より「かひな」だったのであろうか。

男歌の躍動感が身上の佐佐木幸綱が相聞歌のなかで「わが腕《かいな》に眠れ」とうたう。このフレーズのみに注目したら甘美なばかりだが、明確な修辞の意識による組み立てのなかに、「腕《かいな》」は「おまえ」に向かう主体のすべてを意味し、その象徴といっていい。男歌の修辞として古語の「腕《かいな》」を採用し、サマにしてしまう手腕を思うべきだろう。

古語として今の時代には使われないだけに「かひな」には、「うで」には期待できない意味合いの可能性があるのかもしれない。ここにあげなかった使用例を含め、「かひな」を採用した歌にはどちらかというと想念を述べる姿勢が感じられた。具体的な生活の匂いがする場面では「うで」といい、抱きとめるというイメージが要《かなめ》である場合には「かひな」を使うというように。

辺見じゅんの一首は「かひな」を寂しい入江に喩《たと》え、浄土を求めて漕ぎ出す舟をそこに配する。ひとりある身の寂寥を人体の形象のうえから述べたものといえようか。

永井陽子はむしろめぐりの世界に包まれている安らぎの比喩のなかに「かひな」を想定している。それでもなお人を想ってひそむばかりのゆきうさぎ（ほどに小さくひ弱な自分ということだろう）を描いている。ゆきうさぎはウサギ目の一種。ノウサギよりやや大きいという。

天道なおの一首は、歌集で読むと若い人の死を前にしてのものらしい。信じられない死の姿に、はかなく壊れやすい「たまご」（生の源）を忍ばせるという独特の悼みの表現なのだと読んだ。現実味の希薄さにつながる意味で、やはり「うで」よりは「腕《かいな》」が似つかわしいに違いない。

きこゆ

ありありと見ゆる聞ゆる罪の影わが胸くるしあはれいかにせむ　佐佐木信綱『思草』明治36年

ゆふぐれのとりあつめたるもやのうちしづかにひとのなくねきこゆる　北原白秋『桐の花』大正2年

「男にもいはせてくださいʼ」といふ声が少し可笑しくこのごろきこゆ　河野愛子『夜は流れる』昭和63年

深く疲れよ　土か心か分からぬがそこより聞こゆ　深く疲れよ　河野裕子『葦舟』平成21年

歌の世界で知られ、よく使われもする文語動詞として「聞こゆ」はトップクラスの一語だろう。「聞く」に自発の「ゆ」が付いた「聞かゆ」が転じた語。耳に入ってくる意を示す。「見ゆ」とは一対をなし、用例の信綱作はその一対を並べておのれの行状を省みている歌と読める。

用例二首目は、すべてをひらがなでつづり、信綱と同様いたく内省的になりながら春のけだるさに身を置く感覚を述べる。このように「聞こゆ」の主語になるのは、聞こうとするまでもなく耳に入ってくる音声である。

河野愛子の言う「このごろ」は昭和の終わり頃。土井たか子が社会党委員長に就任（昭和61年9月）、注目を集めたこともあって、女性の発言が何かことさら勢いづいて感じられた時代だった。まるで気圧されたかのような前置きのひと言に、たまさかの逆転劇を見た作者の含み笑いが楽しい一首である。

河野裕子の一首は平成二一年の作。母を見送ったのちの心を立て直し、病といっそう切実な思いで向き合う日々をつぶつぶと語る歌々のなかに置かれている。一日一日の時間をいとおしむ思いが気迫を生み、その気迫が真っ直ぐに向かう言葉を生む。向かう先は、生きているこの世界であると同時に、自分自身でもあったはずだ。「深く疲れよ」という命形の逆説は、救いを求めながら、辛い肉体の現実を生々しく引き受ける覚悟でもあったであろう。

なお、文語の「聞こゆ」には謙譲語の用法もあるが、現代ではまず使われることがない。

きざはし

春の宵をちひさく撞きて鐘を下《お》りぬ二十七段堂《だん》のきざはし　与謝野晶子『みだれ髪』明治34年

階《きざはし》を駆け下るるとき崩落に追ひつかれたる人もあるらむ　黒瀬珂瀾『空庭』平成21年

「きざはし」は「きだはし」ともいい、階段をさす古語である。一方、「きだ【段】」は一つのものをいくつかに切り分けた断片をいう語で「わかち」「きれめ」の意。また、その断片を数える単位である。『角川古語大辞典』および『広辞苑』『大辞林』も、そう説いている。「きだはし」は「きだ」と「はし」の複合語（『角川古語大辞典』）で、「きざはし」や「きだはし」を略すときは「きだ」ではなく、本来「はし」であった。ただ、「階段《はし》」とするのは一般的にもなじまなかったのではなかろうか。

明治期の『言泉』は「きだ」の意をきざみ、わかちなどとしているが、『言海』は「（一）ワカチ。ワカレメ。キレメ。（二）キザミ。段《ダン》。」としていて、ここにすでに「段《ダン》」の意の「きだ」が示されている。「段《きだ》」を目にすれば、おのずと階段のイメージが浮かぶであろうし、短歌においては素直に受容されていったのだろう。

司代隆三編著『短歌用語辞典（新版）』（飯塚書店・平成5年）は、「きだ」の意を「だん。階段」とし、「ひばりひばりぴらぴら鳴いてかけのぼる青空の段直立《すぐた》つらしき　佐佐木幸綱」などをあげている。掲出の際に「段」のルビをはずしてしまったようだが、佐佐木幸綱の『夏の鏡』（昭和51年）では「段《きだ》」となっており、それによって読者は階段状の連なりを大きく思い描く。よく知られている歌であり、「段《きだ》」は現代短歌に定着するに至ったといってよいと思う。

ここでは階段を意味する「きざはし」の用例をあげてみた。古語でありながら、短歌においてはけして消え失せていないとみられる。

与謝野晶子は手すりや欄干を日常的に「おばしま」と言ったと伝えられ、『みだれ髪』でも「おばしま」は五回登場しているが、意外なことに「きざはし」は一首に詠み込まれただけであった。たまたま行き合った小さなお堂なのか、遠慮がちに、少し戯れるように鐘を撞いた。信仰に基づいているわけではないし、そそくさと下りた「二十七段《だん》」は、たまさかの高揚の気分と恥じらいとをほどほどの間合いとして伝える。そこにさりげない巧みさを思う。

黒瀬珂瀾の一首はグラウンド・ゼロを訪れてのもの。世界が直面する事態を思う場に、発音からして古風な「階《きざはし》」はやや意外な響きをもたらすはずである。哀悼の心に発しながら、おそらく、叙事でありつつ抒情を志向する意味で選ばれた語だったのではないかとわたしは理解した。

きりぎし

危《あやふ》かることを喜《よろこ》ぶすさびよりこの憂《う》き恋《こひ》の断崖《きりぎし》にきぬ　与謝野寛『相聞』明治43年

断崖《きりぎし》の空は明けゐて海に向く流れにいまだ光とどかず　石川一成『沈黙の火』昭和59年

左目に視力なきこと片側はすなはち崖《きりぎし》　眠れるときも　中西洋子『雲出川』平成19年

青年は背より老いゆくなだれ落つるうるしもみぢをきりぎしとして

河野裕子『森のやうに獣のやうに』昭和47年

古語としては清音とされ、切り立ったがけや断崖をさす。与謝野寛、晶子はこの語をよく使ったが、どちらにも「きりぎし」と表記した例があるから、近代には濁音化していたのだろう。断崖の様相も「きりぎし」の表記や音によってやわらぐ。詩歌のなかで残ったのはそのゆえだろうか。

一首目の「恋《こひ》の断崖《きりぎし》」のような比喩は、きわどく情熱的な詩歌の表現として好まれたに違いない。冒険心旺盛な遊び心のままに、苦しい恋ものっぴきならないところに来てしまったと粋がっている歌である。

石川一成の一首には、断崖そのものの景が見える。よほど険しい崖のようで、海に向かう流れの上にせり出し、明け方の光を遮っているのだろう。

中西洋子は感覚の欠落を「崖《きりぎし》」にたとえている。すっと冷たさの走る怖れを巧みに伝えた一首と思う。

四首目は河野裕子の二〇代の作と思われる。河野は、古語に由来する歌の言葉をごく若いうちから何の気負いも衒いもなく使ってみせた一人だった。恋人の青年期ならではの心情的激しさを肉体の造型美に重ねている。

くが

いさり火は身も世も無げに瞬きぬ陸は海より悲しきものを　与謝野晶子『草の夢』大正11年

単三の電池をつめて聴きゐたり海ほろぶとき陸《くが》も亡びむ　岡井　隆『五重奏のヴィオラ』昭和61年

動きゐる海を濃く彩《た》む日のひかり陸《くぬが》の春のいまだ浅らか　服部文子『In this place ここで』平成24年

海や川に対する陸地をいう「くが」は「くぬか」が転じたとされる。「くぬ」は「国」に通じ、「か」は「処」である。

晶子の歌にルビはないが、この歌の初出「明星」（大正11年1月）においては「海より陸《くが》が」となっている。陸《くが》は海より悲しいという主張は少し考えさせるが、同じときに「夜明くればよそよそしげに遠のくと海を思ひぬ女心に」ともうたっており、思い入れをこめた感覚的な発想なのだろう。海より陸の方が悲しいといえば、人としての生をやや悲観的にみているとも考えられる。

厭世的な気分は岡井隆の歌にも通うところである。設定はトランジスタ・ラジオで情報収集をしているかのような状況を思わせるから、非常時の到来とみてもよいのだが、下の句は破滅の予感がすべてに及ぶことを、いともあっさりと韻律に乗せてしまっており、虚を突かれるようでもある。

早春の光を海に見ている三首目の作者服部文子は、「彩《た》む（彩る）」「浅らか」なども含めて古典志向の強いことば遣いが身上と思われ、文脈にうまく乗せてゆったりした趣を印象づける。「くが」の古型を採用したのも音数による理由ばかりではないのであろう。

海と陸とが併せてひとつの想念に結びついていること、そのときに「陸《りく》」ではなく「陸《くが》」「陸《くぬが》」という遠い時空の響きによって呼応させていること、つまり意識的な歌ことばの選択を匂わせていることにおいて、以上の三首は共通している。興味深いところだ。

くさふ

煩悩の赤き花よりやはらかに煙る草生《くさぶ》へ鳩飛びうつる　北原白秋『桐の花』大正2年

その子らを草生の奥に置きしまま父なる闇を戻り来しなり　岡井　隆『臓器《オルガン》』平成12年

草生《くさぶ》から枯生《かれふ》にうつるためらひもなき時間とふものを怖れよ　黒木三千代『貴妃の脂』平成元年

手にかこふほたるのひかりなかぞらに尾をひくひかり草生のひかり
吉岡生夫『草食獣　隠棲篇』平成17年

湿りもつ草生《くさふ》を過ぎて足裏は崖の巌《いはほ》の角《かど》にやすらふ
内藤　明『海界の雲』平成8年

息ふかきさうびの群れのかたはらの草生《くさふ》に淡し月のひかりは
水原紫苑『びあんか』平成元年

「くさふ」という語の出自はいささか謎めいている。明治期の『言泉』には「くさふ【草生】」として登載され「草のはえたるところ。くさはら」の意とあるその次に〔古語〕と明記されている。ところが『角川古語大辞典』に「くさふ」「くさぶ」の語はみえない。

一方、『言海』には「くさぶ【蝟】」があり、これは「はりねずみノ古名」とのことだが、これには「草生ノ義ニヤ」と添えられていて「草生」の語の存在が想定されている。にもかかわらず、その『言海』に「くさふ【草生】」の登載はないのである。

ハリネズミを意味する「くさぶ」は『言泉』にもみえるので、明治期にハリネズミをさす「くさぶ」はある程度広まっていたのだろう。そして『言海』が示すように「くさぶ」の音は「草生」をイメージすることから、歌人が草のはえているところの意で使いはじめ、歌人である『言泉』の著者落合直文は「くさふ【草生】」を古語のイメージで同辞典に収めた。そんな推測が一応できそうなところがおもしろいけれど、歌のなかでくらいしか使われずに、現代では消えかかっているのが現実というところだろう。
『広辞苑』は第一版において「くさふ【草生】」を「草の生えている所。草原」の意で載せていた。しかし、第二版で消してしまった。以降、第六版に至るまで復活はしていない。『大辞林』の第二版には『広辞苑』第一版と同じかたちでみられる。という具合に、何かと探りたくさせる「くさふ」は、さかのぼれば白秋の一首になり、『日本国語大辞典』は「くさふ」としてこの歌を用例にあげた。清音のルビも示しているが、『白秋全集』第6巻（岩波書店・昭和60年）でこの歌をみると、ルビは濁音の「くさぶ」、さらにその初出として収められた「朱欒《ザンボア》」（明治45年7月）でのルビは清音の「くさふ」と、違いがみられる。濁音に対する感覚的な反応の違いかどうか、現代短歌の用例においても「くさふ」「くさぶ」両方の読みがみられる。

白秋の一首は歌集で読むと、すぐ前の歌で姿見に映る草生に「虞美人草《ひなげし》」が咲いている。「煩悩の赤き花」はその言い換えだろうか（漱石の『虞美人草』の朝日新聞連載は明治四〇年だった）。激しい赤さより、よほど慰みとなるような草生にいざなわれてゆく鳩に、詞書は「ひとりぼつちのわが鳩よ」と思い入れを込める。その草生は「昨日《きのふ》君がありしところ」なのだった。

岡井隆のいう「草生」は〈家族〉の喩であろう。団らんとか憩いの場として古来、描かれつづけた典型的幸せの構図が浮かぶ。その柱であるべき父の座を放棄した現実を思い返す一首である。葛藤と自責にまみれながら選びとった「草生」一語の広がりは、苦しげな愛をしのばせて、あくまでも青くやわらかい。

黒木三千代は時の移りの抗いようのない速さをいうにあたり「草生《くさぶ》」と「枯生《かれふ》」の二語を一対のように詠み入れた。『角川古語大辞典』に「くさふ」がみえないことは述べたとおりだが、「かれふ【枯生】」は古典以来の語で、同辞典も『夫木《ふぼく》和歌抄』（一四世紀初頭の私撰集）などから例歌をあげている。

「草生《くさぶ》」と「枯生《かれふ》」を並べればなお明瞭になるが、「草生」の語には息吹を感じさせる爽やかさがこもっていて、現代歌人がこの語を選ぶのもその感触を愛でてのことなのだと思わせる。吉岡生夫、内藤明、水原紫苑いずれもそうだと思うが、吉岡と水原が絵画的であるのに対し、内藤は草原を歩いての実感を先立てている。自身の人生の歩みをいっているようでもある。

ことばとしての「草生」は、もとをただせば名詞の下に付ける「生《ふ》」に行き着く。『角川古語大辞典』で「ふ【生】」を引くと、「草木の生え茂る所」として「粟生《あはふ》」「葎生《むぐらふ》」を例示している。おもしろいことに第二版で「草生《くさふ》」を消した『広辞苑』が、なぜかこの「あわふ【粟生】」「むぐらふ【葎生】」を第六版の今も載せている。『大辞林』（第二版）が「生《ふ》」の複合語としてあげているのは「園生《そのふ》」「芝生《しばふ》」である。

くち

山を見よ山に日は照る海を見よ海に日は照るいざ唇《くち》を君
わが唇《くち》と君がみ唇とひたすらに／ふれよいつまで泣いてあるべき
若山牧水『海の声』明治41年

人形の泣くにあはせて唇《くち》の端のはつかに歪む人形遣ひ
萩原朔太郎『ソライロノハナ』大正２年

気がくるうほどさびしきに桜湯や　唇《くち》にちいさき花は寄りたり
森山晴美『春信』平成23年

どしゃぶりの傘の宇宙はかぎろひてほたるのやうな唇《くち》を重ねし
村木道彦『天唇』昭和49年

春風は天の吐息のあたたかさチューリップの唇《くち》ほのか弛めて
永井陽子『樟の木のうた』昭和58年

唇《くち》と唇合わすかなしみ知りてより春ふたつゆきぬ帆影のように
大塚寅彦『夢何有郷《むかゆうきよう》』平成23年

大森静佳『てのひらを燃やす』平成25年

和歌において、身体語は食べ物以上にタブーだった。「髪」は例外だが、「耳」すら避けたという。その反動ともいえそうだが与謝野晶子の『みだれ髪』には身体語が多い。足、肩、腕《かいな》、口、唇、舌、背《せな》、乳《ちち》、乳ぶさ、手、肌、額《ひたい》、瞳《ひとみ》、胸、目、指に至るまで、ほとんどが複数回で詠まれている。中では「手」の二二回が突出しているが、それと別に「やは手」などともいっている。しかも、おおかたが恋情をまつわらせているとあって、やはり当時としては仰天する大胆さだったに違いない。最も官能的な使われ方を見せているのは唇だが、一方に「口」もあって、「唇《くち》」という用例はないことを付け加えておこう。

『みだれ髪』ののち七年を経て『海の声』が世に出るが、牧水の「いざ唇《くち》を君」が、よほど斬新だったことは間違いない。先蹤の有無はどうあれ、この一首によって唇を「くち」と詠み、口づけを魅力的な場面とすることは広く受け容れられたのではなかったろうか。短歌特有のことばに音数への配慮がかかわる例は多く、「唇《くち》」もそのひとつであろう。古語として存在したわけでもない。ただ、口づけの「口」は唇といっていいわけだし、「いざ唇《くち》を君」に納得する感覚はその後の歌人たちに着実に受け継がれたとみられる。牧水の一歳下の萩原朔太郎がみずから残した手書きの歌集「ソライロノハナ」の一首にも、その感化のほどが知られよう。

「唇《くち》」を採用して口づけを描いても、歌がそれほど官能的にひびかないところはふしぎな効用といえそうだ。牧水の一首にせよ、若々しく晴れやかで健康的な印象を覚えさせる。永井陽子の例歌も「ほたるのやうな」とともに幼げな恋の可憐さを伝えているし、大森静佳のそれもまた初々しいほどだ。むしろ大塚寅彦の例歌のように、人体になぞらえたとき、花に付与される官能性のほうが余韻として残る。大塚の歌は、そのあたりを心得てなされたものという気がする。

現代歌人は、表現上のこまやかさを「唇《くち》」に託すことが多いのかもしれない。森山晴美の一首は文楽鑑賞の場面。首《かしら》と右手を動かす主遣《おも》いは顔をさらしており、無表情に見えるのに、ふと場面に即した心情が読み取れそうな瞬間があるというのである。「口の端」を「唇《くち》の端」とすることで、口元のいささかの動きを見逃さなかったニュアンスになるのだろう。村木道彦の一首も、口でなく「唇《くち》」とすることで正確なデッサンというべきささやけさを印象づけている。

くちなは　くちなわ

水《みづ》に行《ゆ》くサツフオオの死《し》か蛇《くちなは》に身を噛《か》ませたるクレオパトラか　与謝野晶子『春泥集』明治44年

石亀《いしがめ》の生める卵をくちなはが待ちわびながら呑むとこそ聞け　斎藤茂吉『たかはら』昭和25年

をとめらのねむりの窓にまたたくは大夜《おほよ》すがらのくちなはの星　山中智恵子『青章』昭和53年

長浜の水路を夏のくちなはの去りてゆきたり　ふたり眺めつ　紺野万里『過飽和・あを』平成14年

傷口をふさぐ眠りの春暁をするすると泳ぎいづるくちなは　目黒哲朗『VSOP』平成25年

語源には「口縄」「朽縄」ほか民俗学上の説もみられる（『日本国語大辞典』）。中古以後の称らしく、上代は「へみ」、近世では「へび」がもっぱらだったようだ（『角川古語大辞典』）。現代にも通用する古語といえるかどうか微妙なところだが、「くちなわ」が方言として残っている地域はかなりある。

昔、中野重治の講演の録音を聴いたとき、自分の妻（女優の原泉《せん》）は松江市出身で、神様の地に近いせいかことば遣いにもどこか品格があり、ヘビなどと言わずクチナワと言うのだと語っていた。講演の内容は忘れてしまったのに、そこだけは妙に記憶に残っている。「くちなは」が特に上品かどうかはわからないけれど、島根県の方言ではあるらしい。

短歌において「くちなは」を使うのは、ヘビといったときの気味悪さをやわらげる意味合いがあるかもしれない。

例歌一首目。サッフォーは古代ギリシアの女性抒情詩人である。その生涯について詳細には伝えられていないため後世の取り沙汰も多く、一説にミティレネの船人パオンへの恋にやぶれて絶壁から身を投げたとされる。よく知られているクレオパトラの最期とともに並べ、壮絶にして崇高な自裁として選ぶとしたらどちらか、といった問いを投げかけている、かなり個性的な歌。

茂吉の例歌は、ヘビという生き物の凄みが極まる場面をいう。時間をかけて卵が産み落とされる、その瞬間を待ちかまえるヘビのしたたかさは、まるで人間心理をいうように「待ちわびながら」と添えることで気持ち悪さを一気に増幅する。「くちなは」の語や伝聞のかたちを採用したことすら、さして作用していないかのように、実になまなましい。

山中智恵子のいう「くちなはの星」は海蛇座をさすものと思う。一晩中の意の「夜すがら」に「大《おほ》」を添えて強調するなど、和語を自在にこなしてみせる山中らしい手際と思う。

福井県に住む紺野万里は生まれも福井県のはずで、もしかしたら松江につづく日本海側の地域に「くちなわ」が今日も浸透していることを示すのかもしれない。歌のなかでも夏の日差しのもと、蛇を見てもカップルが驚きもせず、なにか興味深げに「眺め」ていたというのだから、一般的な蛇のイメージを少し超えている感じがする。「つ」はもともと意思に基づいてする動作につける助動詞である。

目黒哲朗はより心理的な吐露のなかで、自分を脅かすもののイメージを「くちなは」と言い換えているとも、また、東日本大震災後の様相を暗示する景として詠んでいるとも読める。つかみどころなく、脅威そのものはいたく自在であることの畏れが主題といえるだろうか。

けはひ　けわい

秋かぜに御粧殿《みけはひどの》の小簾《をす》ゆれぬ芙蓉ぞ白き透き影にして　　山川登美子『恋衣』明治38年

夕粧《ゆふけはひ》ほのけきみれば華燭より十《とを》の千夜ののちのけふの妻　上田三四二『照徑』昭和60年

化粧《けはひ》していづこへ行くと見てあれば墓地への坂を上りはじめつ　宮原望子『これやこの』平成8年

藤色をふかくおそるるゆふべ過ぎ天帝眉に化粧《けはひ》始めつ　水原紫苑『客人』平成9年

歴史的かな遣いの「けはひ」は「ケワイ」と発音し、様子や雰囲気を伝える語であった。漢字「気配」が当てられたことから、のちに「ケハイ」の音が生じたとされ、その事情については多くの辞典が触れている。

ここにあげた「化粧《けはひ》」は「気配」が転じた語で、やはり「ケワイ」と発音した。そして『角川古語大辞典』によれば「けはひ」に「化粧」の字が当てられた結果「けしやう」とする音読が生まれ、「ケショウ」と発音した。『宇治拾遺物語』に「いみじくけしやうしてうつくしきが」という用例があることからすると、鎌倉時代すでに「化粧」を「けはひ」とも「けしやう」とも読んでいたものらしい。

「気配」と「化粧」が分化し、それぞれが別の漢語として定着。和語を好む歌の世界では逆に「化粧《けはひ》」の古語の趣が生き残ることになったのかもしれない。「化粧《けはひ》」を活用させた動詞「化粧《けは》ふ」が古典のうちにみられ、現代短歌でも使われている。

山川登美子が用いた「御粧殿《みけはひどの》」は用例としてほかにみることがないが、浴室を湯殿ということから、その湯殿につづく身づくろいの部屋を登美子がこのように称したものかと思う。すだれ越しの芙蓉を添え、湯あがり後の女性の艶にさわやかな姿と気分を品よく描いた歌といえるだろう。

登美子の例と同様、「粧《けはひ》」は複合語になることも多い。上田三四二の「夕粧《ゆふけはひ》」は夕刻の湯浴み後を思わせるが、むしろ言葉として「夕」を添えたときの、そこはかとない情緒が意識されたのではなかろうか。ふと夕刻の妻に美しさを感じた。婚礼を挙げてのち千夜を十《と》たび数える歳月を過ごしたことも思い合わせた。二七年を越えたのであろう。妻への愛をしみじみ反芻して優美な表現を尽くした一首である。

宮原望子の歌は少し想像をもたらすが、おそらく老女というべき知り合いか、近隣の顔見知りを目で追ったのだと思う。いつになくきれいに身を整えているのは墓参りのためで、それなりの情がこもっていることを察したのであろう。余分なことには一切触れず、女人の心ばえのみは浮かばせて、語りの手際がいい一首だ。

空想的謎につつまれているのが水原紫苑のいう「化粧《けはひ》」である。初夏の夕べののち、万物を造りたもうた神の装いともいうべく、眉月が天にあらわれた、その美しさをいう一首。そんなふうに読ませる雰囲気が感じられた。

こぞ

川添の柳おとろへ芦枯れて去年の宿りに去年の人なき　佐佐木信綱『思草』明治36年

誰が筆に染めし扇ぞ去年《こぞ》までは白きをめでし君にやはあらぬ　与謝野晶子『みだれ髪』明治34年

さくらさくら去年《こぞ》ありし樹をたづねくる鳥につうんとあをき空のみ　熊岡悠子『鬼の舞庭《まいど》』平成25年

棹させばちからある春の流れなりすみやかに去年《こぞ》をはこびゆきたり　真中朋久『エウラキオン』平成16年

作業員の友より届く写真には桜咲きたり去年《こぞ》のごとくに　三原由起子『ふるさとは赤』平成25年

「去年《こぞ》」と表記することの多い「こぞ」は、「昨夜《きぞ》」とともに短歌表現ではごくなじみの古語である。万葉時代から、昨年の意（表記は〈許序〉など）で使われている。

少々意外だが『東西南北』『一握の砂』『悲しき玩具』『赤光』に「去年《こぞ》」は一度もみられない。それほど出番の多い語ではなかったのかもしれない。ついでにいうと、「昨夜《きぞ》」は『赤光』に「きぞの夜」「昨日の夜《きぞのよ》」の二例があるが、『東西南北』『みだれ髪』『一握の砂』『悲しき玩具』『思草』では使われていない。

「こぞ」の近代の用例として二歌集からあげた。『思草』には二首において採用されているが、掲出歌では、一首のなかでこの語を繰り返して一対とした下の句に味わいがある。『みだれ髪』でも二首にみられる。掲出歌にいう「筆に染めし」は歌をしたためたということで、この表現は『みだれ髪』において特徴的に幾度も使われた。白い扇を好んでいた君のはずなのに、歌を書き記したということは、恋の思いを打ち明けたとしか思えない、と挑発ぎみに言いかけているのである。

熊岡悠子の例は、季節の到来に従って、ちゃんと舞い戻る鳥の今年の戸惑いを見守っているのだろう。損なわれる自然への愛惜もこもっているに違いない。

真中朋久の一首は、虚子の「去年今年貫く棒の如きもの」（『六百五十句』）を匂わせ、張りのある新春詠の趣だ。

原発によって損なわれた福島への思いを訴えつづける三原由起子は、双葉郡浪江町出身である。届いた今年の桜の写真は、去年と変わりがない…かに見えるだけ、という含みで、その隠微な現実の怖ろしさをじわりと伝えている。今の現実、今の思いをつづるときにも、一首において古来のことばが、すっとところを得ることを、若い世代も自覚して選択しているのだと思う。この一首をこのようにまとめることで、歌によって訴えようとする三原の心は多少とも満たされたのではなかったかと、そう思いたい。

ごと

見そなはせみ空の星の清きごと清き我おもひ君に誓はむ　佐佐木信綱『思草』明治36年

さ庭べに何の虫ぞも鉦《かね》うちて乞ひのむがごとほそほそと鳴くも　斎藤茂吉『赤光』大正2年

うすみどり／飲《の》めば身体《からだ》が水《みづ》のごと透《す》きとほるてふ／薬《くすり》はなきか　石川啄木『一握の砂』明治43年

はつ夏のゆふべうるみて戦ぎゐる花栗無傷の日のごととほし　河野裕子『桜森』昭和55年

歌会《うたかい》にさざなみのごと声たちてわが傑作は傷物《きずもの》となる　花山周子『屋上の人屋上の鳥』平成19年

「…のごとく」「…がごとく」という比喩の述べ方は、現代の一般的表現に残っている。さらに、その文語助動詞「ごとし」の語幹（活用しない部分）が「ごと」であって、詩歌においては「ごと」単独でも「ごとく」と同じように比喩表現として使われる、という理解も実作の場でけっこう浸透しているといえそうだ。

「ごと」が「ごとし」の語幹であるという見方は『日本国語大辞典』『広辞苑』『大辞林』いずれも同様で、『角川古語大辞典』は「ごと」を一語の名詞としているという違いがあるが、文法上の解釈の差なのだろう。「ごと」を名詞とする考え方では、この「ごと」が平安時代末ごろまで使われ、その後これに語尾の加わった「ごとく」が使われるようになったとみるらしい。

いずれにしても、活用語に付く場合なら連体形に直接付いて、たとえば「飛ぶごと」ともいうし、「が」を添えて「飛ぶがごと」ともいい、「飛ぶごとく」と同じ意味を示す副詞句をなす語である。名詞あるいは副詞の「かく」に付く場合なら「の」を添えて「鳥のごと」「かくのごと」と使う。

『思草』に「ごと」は三回使われており、いたくまめまめしい相聞歌といえそうな掲出歌では形容詞の連体形に「ごと」を直接つづけている。同歌集ではほかに「今日のわがごと」「くづるるが如」の例がみられ、和歌の叙述に精通して自在な印象をもたらす一点となっている。

「ごと」が比喩表現であるということから、与謝野晶子がその初期に比喩の表現に全く消極的であったことをここに思い合わせておきたい。晶子は、第四歌集『恋衣』に至って初めて「ごとし」や「やうなり」を用いる比喩表現を作品に採り入れた。初期の三歌集に直喩の表現が全く出てこない徹底ぶりは驚くに値するが、その後はむしろ積極的となり、大正期には斎藤茂吉から「やうに」の頻発を揶揄されたりしている。

といって茂吉自身が比喩表現に禁欲的だったということもない。『赤光』（改選版）では七六〇首中に「ごとし」を九回、「ごと」を三回使っており、そのうちの一首を用例としてあげた。「乞ひのむがごと」の「こひのむ」は「乞ひ祈む」。神仏に祈願する意味で『万葉集』に用例がある。

『赤光』にみる「ごと」は、ほかに「稚《をさ》な児《ご》のごと」「常のごと」の二例で、ごく順当な使い方だったようだ。

初期の晶子が比喩表現に消極的だったことに、指導者的立場だった与謝野鉄幹の影響をみるべきかどうかまでは何ともいえないが、『東西南北』にも「ごとし」や「やうなり」は使われていない。ところが鉄幹や晶子を慕って新詩社で活動するようになった石川啄木や北原白秋は、晶子がすでに比喩表現に自覚的になって以降に新詩社同人になったせいか、初期から比喩表現をためらうことはなかったようで、二人とも特に「ごと」「ごとし」を好んで用いた。『一握の砂』五五一首中における「ごと」の使用は一八回、「ごとし」は四六回に及び、ほかに「ごとくに」のかたちを取る「ごとくなり」も一一回みられる。掲出の啄木の一首がやるせない現実逃避の心を訴えるように、啄木の歌における比喩表現は、啄木の鬱情を作品化する際の愛用の装置であったと思われる。

「ごと」を使うと叙述がいくぶん小刻みとなり、河野裕子の一首の下の句などにもその印象があるが、この一首においては上の句の緩やかなイメージと対照させているのかもしれない。生きてゆく過程に負う傷などと無縁だった少女期に向ける愛おしさを述べているのであろう。

花山周子の一首はもっと現実的で、口惜しい歌評の場を思い返したもの。「わが傑作」と言ってのける強気の姿勢が逆に軽妙と映り、怨みがましさを削いでいる。

ことほぐ

丹那をば汽車の通はん前七日熱海《まへなぬか》に歌ふことほぐがごと　『与謝野寛遺稿歌集』昭和10年

人《ひと》の道今《みちいま》あざやかに形《かたち》して見《み》ゆと二人《ふたり》をことほぐ我《われ》は　与謝野晶子『火の鳥』大正8年

何を壽《ことほ》ぐことと無けれ新年の白きあられのそそぐすがしさ　齋藤　史『渉りかゆかむ』昭和60年

チューリップの盃あげて寿ぎし〈新春《ノールーズ》〉とはいかなる祭　杉﨑恒夫『食卓の音楽』昭和62年

映像を撮る父親の多けれどあらたまの歌を詠みて言祝《ことほ》がむ　田中章義『天地のたから』平成26年

『角川古語大辞典』は「ことほく【言祝・壽】」を見出し語とし、この語について「言《こと》」と「祝《ほ》く」の複合で、のち語尾が濁音化したと説く。ことばで祝う、祝福を述べるのが原義で、「ことぶく」と転じたかたちも用いられたことから【壽】が当てられたのであろう。

用例の一首目を引いた歌集は与謝野寛没後四十九日に合わせて刊行された遺歌集である。晶子とともに熱海を訪れることの多かった寛が、東海道本線熱海・函南間の丹那トンネル開通（昭和9年12月）を目前にして、そのよろこびを祝意のように述べた歌である。寛は翌昭和一〇年三月に没しており、最晩年の作であった。

二首目は祝婚歌である。京都の真下飛泉の令嬢の婚礼に際して詠んだ九首の結びにある歌で、二人の幸いなる行く末を確信する流れが、晴れやかに柔和な表情をもっている。

「ことほぐ」はその意からしても美しい語である。世間一般で滅多に使われないのは惜しまれる気がするが、歌ことばとしてはしっかりと認識されていると見受けられる。一般にはあまり使われないだけあって、いくぶん厳かな雰囲気があり、歌としてはその点が迎えられているのかもしれない。

齋藤史の一首は昭和五五年年頭の思いを述べたものである。夫と母との看取りを尽くしてのちの、自身の老いと向き合う心に静かにしみいる霰の白さが思われる。新年の慶賀にも淡々と応ずるのみとしながら、七七で語り始め、二句目の已然形による逆接の深い曲折に心情の陰翳が濃くまつわっていよう。

杉﨑恒夫の歌にあるノールーズはイランの正月のことという。イラン暦の新年は西暦の春分の日に始まるとか。で、チューリップを思わせる盃での祝杯をイメージしたのだろう。異国の華やぎが溢れ出て楽しげな一首である。

田中章義は、初めてのわが子の誕生に際してまず歌を、と詠む。よろこびを抑えて自分を取り戻そうとしている父親の心がいじらしい。

こゆし

さくら森さくらの道の下照りに隈どり濃ゆくわが佇ちつくす　河野裕子『桜森』昭和55年

浄瑠璃の人形体は人体より軽ろく小さく眦《まなじり》濃ゆし　北野ルル『ちりぬるを』平成24年

蟲たくさんのってる画集に顔ふせて人を想えば濃ゆい蜜の香　陣崎草子『春戦争』平成25年

かつて河野裕子ほか歌人の作品の歌のなかで「濃ゆし」に出会ったとき、文語形容詞を思わせることから古語辞典を引いてみたが、該当する語はなかった。「濃ゆい」と口語の形で『広辞苑』や『大辞林』を引いても出ていない。結局「酸ゆし」とともに短歌特有の言い回しなのかと思うほかなかった。

何年前であろう。浅草育ちの年配の男性から、こどもの頃からなじみの料理屋は「濃ゆい味付け」が売りだった、という話を聞いた。さらに今もその伝統を守っていると言う。試みにネットで検索してみると、その通りのキャッチ・コピーが出てきた。

そこであらためて『日本国語大辞典』で「濃ゆい」を引くと、出雲および鹿児島県揖宿郡今和泉の方言として出ていた。さらに同辞典の第二版になると愛媛県周桑郡・喜多郡、長崎県佐世保市、熊本県南部が加えられている。これでみる限り「濃ゆい」は方言として浸透していた語なのである。それを短歌のなかでは形式上文語にして採用したのであろう。「濃ゆし」「濃ゆき」「濃ゆく」といった用例がみられる。

『角川古語大辞典』に従えば、色などが濃いことを意味する文語は「濃し」であり、それが口語の「濃い」となる。ただ、わずか二音のせいか「色が濃いため」などと言う場合も「濃いィ」という感じではなかろうか。「詩歌」を「しいか」と読むように、一音加えて発音しやすくする例があるが、それと同じ意味合いなのかもしれない。定型に収める短歌の叙述においては、加える一音も作者の心理として文字化しておきたくもなるであろう。「濃し」と「濃ゆし」とでは大きな違いなのだ。「濃ゆし」が歌ことばとして存続しているとみられるところには、そんな理由があるのだと思う。

文語の形をとるところがいかにも短歌だが、河野裕子の用例の「濃ゆく」は連用形で副詞句をなしている。大作の「花」一連にあり、圧倒する桜花の美と対峙する自身を幻想的な場面に置いている。おののきをはらむ表情をいう「隈どり濃ゆく」なのだと思う。

北野ルルの歌では結びの終止形「濃ゆし」が重量感をもたらしている。浄瑠璃の人形に目力を見ているのであり、「眦《まなじり》濃ゆし」が言い得ていかにも似つかわしい。

陣崎草子が用いたのは口語の連体形である。感覚に訴える一首で、「濃ゆい」の一語が方言という出自を超えて特徴的な恋歌のなかに生かされていることが頼もしい。
ところで「濃し」→「濃ゆし」と同様の類推がなされるのが「酸し」→「酸ゆし」の関係である。最初に述べたとおり、「酸ゆし」も短歌での採用は珍しくない。

酸《すゆ》き湯に身はかなしくも浸《ひた》りゐて空にかがやく光を見たり　斎藤茂吉『赤光』（改選版）
（初版『赤光』の上二句は「酸《さん》の湯に身はすつぽりと」）
冬がれてすき透《とほ》る山にくれなゐの酸《すゆ》き木《こ》の実《み》は現身《うつせみ》も食ふ　斎藤茂吉『石泉』昭和26年
朝市《あさいち》に山のぶだうの酸《す》ゆきを食《は》みたりけりその真黒《まくろ》きを　斎藤茂吉『白き山』昭和24年
あぱーとの窓に軽羅は翻えり酸ゆし小市民的幸福論は　石田比呂志『怨歌集』昭和48年
鳩ヶ谷八幡神社境内に夕風寒しどぶろく酸ゆし　浜名理香『流流《りゅうる》』平成24年

「酸ゆし」は『角川古語大辞典』にみえず、古語とは考えにくいのだが、『日本国語大辞典』に「すゆし【酸】」と文語終止形によって出ているのである。『広辞苑』『大辞林』には「すゆし」も「すゆい」もみえない。また、「すゆし」を載せる『日本国語大辞典』の解説においても、方言という位置づけにはされていない。
意味は「酸《す》い」と同じで、本来の文語は「酸し」である。ただ『角川古語大辞典』の「酸し」

の項には「酸いも甘いも」という慣用句が近世に盛んに使われていたことが記されている。連体形「酸き」は自然な流れとしてイ音便の使い方が生じ、近世には定着していたのであろう。音便とは別であるにしても、やはり発音のしやすさから「酸ゆし」が生じて広まったのかもしれない。口語では「酸い」よりも「酸っぱい」が一般的のように、発音のしやすさが優先して言葉を変えてゆく例は少なくない。

『日本国語大辞典』が解説に引く「酸ゆし」の用例の最初は「義残後覚《ぎざんこうかく》」の一節である。中世末期の怪談集で、とすれば「酸ゆし」は、中・近世には文中に残されるまでに定着していたようだ。近代になると、白秋の『邪宗門』や勇の『酒ほがひ』というように詩歌でも用いられていることが知られる。

ただ、詩歌では「酸ゆし」を使うもの、というわけではないようで、白秋にも次のような例がある。初句が四音の字足らずなのだが、この歌ではあえて「酢し」の連体形を用い、獄舎から解放されたのちのやるせない哀しみを、切羽詰まったようなうたいだしにぶつけたものらしい。

いと酢《す》き赤き柘榴《ざくろ》をひきちぎり日の光る海に投げつけにけり　　北原白秋『桐の花』

さらに、もうひとつ添えておきたいのが塩辛い意の「しほはゆし【鹹】」(「鹹し」と書く)である。「こゆし」や「すゆし」を載せていない辞典も「しほはゆし」「しおはゆし」は軒並み載せており、これは『日葡辞書』（日本イエズス会により長崎で刊行された日本語・葡萄牙語《ポルトガル》の辞書）に「しほはゆい」がみえるためらしい。『日葡辞書』は一七世紀初頭の日本語に基づき、標準語としての京都語と九州方言との差に配慮し、歌語・文語にも言及があるとされている。「しほはゆい」と口語形であるのはそのためなのであろう。現代ではあまり使われないことから、現代の辞典類が文語の扱いで「しほはゆし」としたものの、実際には近世に「しほはゆい」と使われていたということのようだ。

目に入った短歌の用例をあげておこう。信綱がこんなにもくだけたうたいぶりを残しているということに驚いてしまう一首目である。

しほはゆきすぱゆき思われを笑ふ我も笑はむあはははあははと　佐佐木信綱『常盤木』大正11年

塩はゆき桜のつぼみ湯に浸《ひ》でてはかなき香り惜しむひとりぞ　尾崎左永子『さくら』平成19年

桜餅は葉ごと食むべし一人寝のなみだのように鹹《しおはゆ》き葉を　久々湊盈子『風羅集』平成24年

なお、宮地伸一『歌言葉雑記』（短歌新聞社・平成4年）に「濃ゆし・酸ゆし」の章があり、安田純生『現代短歌用語考』（邑書林・平成9年）に「あま酸ゆき」の章がある。

さかる

白藤《しろふぢ》の花にむらがる蜂の音あゆみさかりてその音はなし
佐藤佐太郎『群丘』昭和37年

撥音便ひとつ持つゆえ潔き人の名なりきいや離《さか》りゆく
大滝和子『銀河を産んだように』平成6年

「離《さか》る」と書くことが多い「さかる」は、離れる意の文語で、「離《か》る」とともに短歌でよく使われている。もともと「はなつ」の自動詞として「はなる【離・放】」があり、「さく」の自動詞として「さかる【離・放】」があった。「はなつ」と、下一段化した「離れる」が残り、「さく」「さかる」「かる」は後退してしまい、古語のなごりを引き受けるように短歌では使われているということなのだろう。ただ、「はなれる」と「さかる」「かる」では、音数のみならず音感に差があり、その音感に無意識のまま使われることはないと思う。

たとえば佐太郎の一首の場合、「あゆみはなれて」という二つの動詞の組み合わせはまず考えられず、必然的に「あゆみさかりて」と据えられたはずで、そこが短歌表現の機微ともいえそうだ。この歌では、主体のゆるやかな歩みがすべてのような下の句が絶妙といえるが、そこに「さかる」の一語も大きく貢献しているであろう。歩みを進めてから蜂の音を脳裡に甦らせたわけだが、すでにそれは現実の音ではない。ふと目や耳に入った現実が、いかに自分を捉えたか。抑制の効いた詠嘆表現といえるだろう。

大滝和子の歌にある撥音便《はつおんびん》は、撥《は》ねる音便すなわち「ん」を用いる言い換えである。人の名なら富田《とみた》さんが富田《とんだ》さんになるような場合を考えればよいだろうか。その撥ね具合から「潔き」性格なり気っ風なりを受けとめていたのだろう。ただ、それはすでに過去の記憶であるらしい。「いや離《さか》りゆく」の「いや」は副詞で、状態がはなはだしくなるさまをいう。やはり文語のなごりというに近く、「いや」を添えるからには「離れる」ではなく「離《さか》る」を選ぶということでもあるようだ。

さは　さわ

多《さは》といふほどならねどもわれもまた水仙生けて年を迎へぬ
北沢郁子『道』平成25年

ゆめなれど正眼に見たり母の手に多《さは》に生まるる白妙の餅
春日真木子『風の柱』平成21年

花さはに幹に直接噴き出でてくるしきばかり蘇枋《すはう》の紅は
奈賀美和子『説話』平成16年

日本語の品詞のひとつに形容動詞があり、形容詞にごく近い意味をもち、文語では「静かなり」「堂堂たり」のように「なり」「たり」となる活用語尾をもつ語群をさしている。しかし形容動詞を一品詞とみなさない解釈もあり、その場合「静か」「堂々」はそれぞれ名詞で、それに断定の助動詞「なり」「たり」が接続しているとする。さらに使用度の高い連用形の「静かに」「堂堂と」のかたちを副詞とみなすこともあり、たしかに口語になると、このほうが現実的のようにみえる。形容動詞については『広辞苑』『大辞林』も見解が異なるままのようで、『広辞苑』は第一版から第六版に至るまで形容動詞という品詞名を用いていない。

短歌は文語の名残が濃厚なためか、形容動詞は形容動詞として分類するほうが明確な気がする。それでいえば「さは【多】」は形容動詞である。数量の多さをいう語で、上代から使われている。

和歌のなかで用いられている例は少なく、そのほとんどが「さはに」のかたちをとり、多さの対象は人、高山《たかやま》、鶴《たづ》、湯など。具体的な像や形が目に見えるものの数量であることがほとんどのようで、それでいえば葛原妙子の次の二首などはやや異色といえるかもしれない。

たのみゐる未來多《さは》ならむうら若き男女の祈禱をわれはよこぎる　葛原妙子『飛行』昭和29年

ゆふぐれはもの刻む音多《さは》なるを　刻みゐる者　刻まるる者　葛原妙子『朱靈』昭和45年

目に入っただけでも、このような「多《さは》」の使い方が二首に及んでいるということは、葛原の独特の流儀とみるか、古来とは異なる用法と位置づけるか、迷うところである。『広辞苑』がこの語について平面に広がり散らばっているものにいう、と解説していることも参考になるが、「たのみゐる未來」や「音」が「多《さは》」であるとなると、読み手はやや戸惑うかもしれない。葛原は、「多《さは》」を豊かさのイメージで捉えたのだろう。

ある程度まとまった量の花などは「多《さは》」というにふさわしいといえそうである。北沢郁子の一首はその量を半ば否定したものだが、むしろそれによって小さな花の香りの強い水仙の姿が引き立つ。上の句の音のつらなりと、つつましい逆接の文脈も見合っている。

春日真木子の用いた「多《さは》」は量を意味している。つきたての餅をちぎって丸めて、となれば数にも通ずる「多《さは》」である。

奈賀美和子が描いているのは蘇枋だから、花のつき方はみっしりと密な感じである。「さは」と「くるしきばかり」が言葉のうえで支え合う構図である。

しうせん　しゅうせん

鞦韆《しうせん》に搖れをり今宵少年のなにめざめし重たきからだ　塚本邦雄『裝飾樂句《カデンツア》』昭和31年

いとけなく神隱しよりかへりきて鞦韆《しうせん》のある空忘らえず　前　登志夫『靈異記』昭和47年

鞦韆《しうせん》の四つさがれば待ちうけてゐるごとき地のくぼみも四つ　今野寿美『世紀末の桃』昭和63年

おおかたの辞書は「鞦韆」をぶらんこであるとし、春の季語であることを記している。【鞦】には秋の一字が入っているし、これは『広辞苑』だけだが【鞦韆】と並べて【秋千】の表記も示しており、それでいながら春の季語というのは釈然としない気がしていた。

どうやら鞦韆はぶらんこの形態から名づけられたようで、【鞦】は「しりがい」で牛馬に使う緒をいい、『漢字源』によれば【鞦】は引き締める革ひも、【韆】は前にうしろに韆《うつ》ることを示す。そうと知れば、ぶらんこそのものである。では、なぜ春の季語なのか。

そのあたりは、やはり歳時記が詳しい。『日本大歳時記』（講談社・昭和57年）によると、「古来中国では『鞦韆』と言って寒食《かんしょく》の節《せつ》の宮嬪《きゅうひん》たちの戯《たわむ》れとした。盛装の宮女《きゅうじょ》たちが裾《すそ》をひるがえして戯れるところに、艶《えん》なるエロティシズムがただよい、漢詩には春の景物として詠《よ》まれている」（筆者は山本健吉）。有名な蘇東坡《そとうば》の「春夜《しゅんや》」は「春宵一刻値千金《しゅんせういっこくあたひせんきん》」で始まるが、結びに「鞦韆院落夜沈々《しうせんゐんらくよるちんちん》」とあることも山本は紹介している。

『角川古語大辞典』の解説からすると平安期の日本では、女の子の遊戯として愛でられたようだが、中国での宮女たちによる「艶《えん》なるエロティシズム」が日本では消え失せたわけではないらしく、太祇《たいぎ》の「ふらこゝの会釈《えしやく》こぼるゝや高みより」を山本はあげ、さらにその伝統が鷹女《たかじょ》（俳人三橋鷹女・明治32年〜昭和47年）の「鞦韆は漕ぐべし愛は奪ふべし」にも流れていると説く。

本書冒頭の「画家と作家とニワタズミ」で、「鞦韆」など、文芸の世界を除けば現代ではほとんど目にすることのない語であることに触れたが、わたしがこの語を知り、歌に詠み入れることもしたのは、鷹女の句を知ったのがきっかけだった。『三橋鷹女全句集』（立風書房・昭和51年）に熱中し、第三句集『白骨』（昭和27年）の鞦韆の句も格別の愛誦句であった。

和歌において題詠の題に漢語が据えられることはよくあるが、歌に漢語を詠み入れることは極力避けた。「鞦韆」も寒食《かんしょく》の節《せつ》（冬至後一〇五日目にこの日は風雨が激しいとして火の使用を禁じ、冷食した古俗）の女児の遊具として、彩色の縄を高い枝に懸けてしつらえるなど親しまれながら、もっぱら漢詩のなかで用いられたようだ。

和語としては「ゆさはり」（発音はユサワリ）が生まれたようだが、これこそ今日では短歌のなかですら、影も形もない。漢語は、和歌に詠み入れることは避けられたものの、俳句はむしろ積極的に用いるのが伝統で、それゆえ春の季語として定着するのも自然だったのであろう。

現代短歌の用例を三首。前二首には、なにか童心の奥にひそむ官能の芽のような、あえかに鋭い熱の記憶が甦らされているかのようだ。けして単純にぶらんこで遊ぶ場面と読むわけにはゆかない、いささか重く暗いはなやぎがある。「鞦韆」の源からしても、ぶらんこには、そもそもそういう蠱惑的な側面があるものなのだろう。

三首目は、どこのどのぶらんこにも、こども達のブレーキの痕跡があることをいう。それだけのことだけれど、もしかしたら異界への入口のように待ち受けているものといってもよさそうな、必ず窪みをもつことの怖さを思ったのだった。

しむ

夢くらき夜半や小窓をおし開き星のひとつに顔照らさしむ　窪田空穂『まひる野』明治38年

草づたふ朝の螢よみじかかるわれのいのちを死なしむなゆめ　斎藤茂吉『あらたま』大正10年

夕がれひの皿《さら》にのりたる木布海苔《きふのり》は山《やま》がはの香《か》をわれに食はしむ　斎藤茂吉『ともしび』昭和25年

生き得たる胸の泉を溢れしめおんなはおんなのたたかいをする　山田あき『山河無限』昭和52年

八月の西日除《よ》けむと丸窓に板戸を閉《さ》して汝《なれ》を病ましむ
吉野秀雄『寒蟬集』昭和22年

ねむりをる体の上を夜の獣《けもの》穢《けが》れてとほれり通らしめつつ
宮　柊二『山西省』昭和21年

わが耳のなかに小鳥を眠らしめ呼ばんか遠き時の地平を
『寺山修司全歌集』昭和46年「初期歌篇」

わが内の静かなる民起《た》たしめよ風の重さに耐える起重機
谷岡亜紀『臨界』平成5年

本書に取り上げる歌ことばは基本的に自立語が対象だが、例外としてでもぜひ加えたいのが使役の文語助動詞「しむ」である。

近現代の短歌の叙述が文語に支えられていることはたしかだが、そこでいう文語は、助動詞の「き」「けり」「む」「たり」「ず」など、限られた助動詞に依存して文語らしく述べているにすぎないものだ。ただ、いまあげた助動詞ほどではないにしても、近現代の短歌で使われる頻度がすこぶる高いのが「しむ」なのである。それもいささか独特の言い回しとなって歌の文体に影響していると、わたしには思えてならない。

使役の文語助動詞には「す」「さす」「しむ」の三語があり、「す」と「さす」は動詞に接続するとき、その動詞の活用の種類によって使い分けられ、それが口語助動詞の「せる」「させる」になった。

一方、「しむ」は活用する語の未然形であれば、変格活用を含め、どんな活用をする動詞にも、また形容詞にも形容動詞にも、ほかの助動詞にも接続するというように、規制の緩やかな助動詞であった。「す」「さす」が「せる」「させる」に移行する段階で「しむ」は抜け落ち、口語には残らなかったのに、短歌では好んで使われるというのも興味深い現象である。

使役の意であるから「〜させる」という構文をなし、主体が何者かに何かをさせる、というのが基本的な意味なのだが、用例歌のなかには、どこかその関係が独特なものが含まれている。たとえば最初の空穂の一首。

深夜に小窓から顔を出して星の明るさを受けとめ、その明るさに感応した。主体は自身で一貫されているから、星の光に対しては受け身のはずなのだが、そこを一ひねりして「照らさしむ」と収めている。察するに、ありがたくない夢見ののちで、星の光によって慰みたい気持ち、実際に安らいだ心の表れ。たしかに文脈が複雑になるぶん、心理の屈曲がにじむようだ。

茂吉の「しむ」もけして素直な使い方ではない。用例二首目では、命尽きようという朝の螢に託しつつ自分の命についてひたすらな願いを述べる。茂吉はたえず死を畏れていた。死は何か大きな抗いがたいものによってもたらされると考えていたようで、そのことの表現として「死なしむ」はごく自然な発想であり、この歌ではそれを切実な思いで制しているのだと思う

また、三首目は、これこそ茂吉の特徴的「しむ」の例と思いたくなる叙述法をとっている。何かを食べること、その場面を積極的に歌にした茂吉は「食ふ」行為に何の気兼ねもしていないは

ずだが、わざわざ食べる対象のものを主語にして述べる。「木布海苔《きふのり》は山《やま》がはの香《か》をわれに食はしむ」という構文はかなり珍妙ともいえるのに、単純に「食ふ」と収めない苦心に読者として感応してしまうのか、可笑しみすら覚えてしまう。やがてそれが共感に至り着いてしまうということなのだろう。

吉野秀雄の歌においても、妻は病んでいる、とするのが本来の叙述なのに、宿命とか定めといった見えないものに突き動かされて病むほかないかのようにいう。自分に責任があるかのようにも聞こえるところにこの歌の哀しさがあるはずだ。

スタンダードな「しむ」の用法でありながら、それ以上の意味をもたらしているのが宮柊二の「通らしめ」であろう。使役の言い方によって、息を殺してやり過ごすほかない恐怖が広がり、それは、獣のみならず戦争に向ける忌まわしさ、憎悪を呼び起こさずにいない。圧倒する怖さである。

山田あき、寺山、谷岡の例では、該当のフレーズを含む上の句が、揃って比喩の表現になっている。初期に「しむ」を好んで使った寺山だが、この上の句は自身の抒情志向を休眠状態にするといった意であろうか。

山田は長く虐げられてきた女性の立場から、谷岡は青年の思想的潔癖さから、昂然と面を上げるように発語していて、みずから奮い立たせる気概の表現になっており、使役の助動詞は恰好の支えになっている。

すぎゆき

過ぎゆきは皆おぼろにて川のつつみ工場の塀めぐりつつ迷ふ　土屋文明『青南集』昭和42年
とどまらぬ時としおもひ過去《すぎゆき》は音なき谷に似つつ悲しむ　佐藤佐太郎『歩道』昭和15年
二十四年のわがすぎゆきをかへりみむ忘れがたきこと何々ぞ　安田章生『樹木』昭和18年
過去《すぎゆき》のいかなる日にも触るるなく雪に萎えたる梅が匂へり　石川不二子『牧歌』昭和51年
沖縄のすぎゆきのなかもの言はず夢のうしろに立ってゐた人　渡　英子『夜の桃』平成20年
野すみれの香よりもあはきすぎゆきのあるときは碁をぱちっと打ちぬ　渡辺松男『蝶』平成23年

和歌を詠むに際しては、字音（漢音、呉音など漢字の音）が極力避けられ、漢語を詠み入れるとなれば、漢字に和語を当てて読む訓読が有効な手段であった。佐佐木信綱が二〇歳で刊行した『歌之栞《うたのしおり》』（博文館・明治25年）は懇切な和歌指南書といえるが、同書の上篇第三篇「歌の法則」の第五章に「歌の言語」の解説があり、その第廿五項に「擬字造語の事」が置かれている。「文字のまゝに拠りて造りいへる詞」ということで、地名の「祇園《ぎをん》」は「神のその」、盗賊の異名の「緑林《りよくりん》」は「みどりの林」と詠み入れるとする。それぞれ藤原経衡、鴨長明の歌が用例としてあげられており、常識的な心得だったのだろう。地名まで訓読してしまうことに驚くが、近代短歌が用語を広げてゆく趨勢では漢語もふえ、それらはしばしば字訓によって詠み入れられた。そのなかから習慣的に残った歌ことばも少なくない。

「過去」を「すぎゆき」と読むのもその一例かと思ってしまいそうになるが、字訓として素直な「すぎさり」とは違うし、「すぎゆき」という和語があったようにも思われない。明治時代の和歌指南書は歌語や歌語を用いた言い回しについて五音、七音となる句例を数多くあげているが、先の『歌之栞』に「すぎゆき」はみえず、『歌之栞』刊行の前年にやはり博文館から刊行された落合直文編『新撰歌典』では「懐旧」の項に「いにしへ」「そのかみのこと」「こしかた」のほか、動詞句の「すぎゆきし」はみえるが、名詞の「すきゆき」は示していない。

明治期の辞典『言海』で「過去《くわこ》」を引くと「過《ス》ギ去リシ時」という解説があるが、同辞書にも『言泉』にも「すぎゆき」といった語の登載はない。いったい「過去《すぎゆき》」はどこから現れたのだろう、と思いながら探し集めた「すぎゆき」の用例歌をながめた。そのなかで「過去《すぎゆき》」の用例としては佐太郎の例が早く、「過去《すぎゆき》」は意外に後発の短歌用語なのかもしれないという気がした。

土屋文明の歌に「すぎゆき」は少なくないが、作者の生年順に並べた用例の最初にあげた歌がその早い時期のものであった。『青南集』は一〇番目の歌集である。

佐太郎の例は『歩道』から引いているが、昭和一五年一〜二月の作であることが歌集に知られ、それは佐太郎が「過去《すぎゆき》」を採用した例として初めてか、それに近いらしいと思われた。佐太郎には『歩道』に先立つ初期作品を収めた『輕風』（昭和17年）があるが、その中に「過去《すぎゆき》」の用例は見当たらない。

安田章生も「すぎゆき」や「過ぎゆき」を愛用しているが、「過去《すぎゆき》」の例は容易に探し出せなかった。ただ、あげた用例の「わがすぎゆき」は来歴をさしており、「過去《すぎゆき》」と言い換えることも可能な内容をもっている。「こしかた」としてもよさそうなのに「すぎゆき」とあって、そこに思いがとどまる。この歌は「皇紀二千六百年」つまり昭和一五年の暮れの歌であるらしい。安田章生が「すぎゆき」を採用したのは、歌集のなかではこれが最初であるようだ。

昭和も後半の現代短歌においては「過去《すぎゆき》」とする表記、さらに過去の意の「すぎゆき」という歌ことばも、かなり浸透していたような印象がある。

石川不二子の歌では「過去」を「すぎゆき」と読めば二音から四音になることが、実作上の決め手であったであろう。とはいえ、歌ことばとしての落ち着きも感じさせる。

渡英子は数年を暮らした沖縄で、生活の時間をもつよりはるかに深く沖縄の歴史に分け入った。戦中・戦後の惨さにまっすぐ目を向けることもしながら、沖縄のかけがえのない精神史に心を添わせる。詩歌にそそがれた琉球の精神に触れるとき、忘れてならない「人」のいくたり。やや抽象的な一首の叙述は、そんな存在への畏敬の思いを伝えているように読める。

渡辺松男はひらがなで「すぎゆき」としたが、これは淡さを表記の上にもほどこしたものだろう。納得のゆく処理だし、その淡さを碁石が「ぱちつと」覚醒する。きわやかでせつない、ささやかな自己肯定とわたしは読んだ。

さて、「すぎゆき」をめぐって徘徊を繰り返したのち、尾崎左永子の『佐太郎秀歌私見』（KADOKAWA・平成26年）を読んでいて、「過去」に「すぎゆき」という訓みをつけたのはおそらく自分が最初と佐藤佐太郎自身が書いているという記述に出会った。全歌集の年譜に昭和二三年一一月「互評自註歌集『歩道』（講談社）を刊行」とあるのが出典らしい。手もとにある佐太郎関連の何冊かには見当たらない文言で、当の一冊も未見だが、貴重な指摘をありがたく思った。

明治期の歌に「過去《すぎゆき》」の例が見つからず、佐太郎の『歩道』の一首が、探し出せたなかでは一番早い時点の作であるということも、佐太郎の創案だったとすれば納得がゆく。同じころに安田章生が「わがすぎゆき」を用いていることも併せて記憶することにしたい。

すゑ　すえ

石ひとつ谷に投ぐれば逃げまどふ神々の裔《すゑ》か夜半の竹林
前　登志夫『野生の聲』平成21年

啼きそろう喬き熊蟬　彼らさえ戦後をともにせしものの裔《すえ》
岡井　隆『土地よ、痛みを負え』昭和36年

象徴の詩法の末裔《すえ》として生きて砂金は孔雀過ぎゆく孔雀
藤原龍一郎『ジャダ』平成21年

『角川古語大辞典』によれば、「すゑ」の漢字表記は【末】のみだが、意味は幅広く、空間的、時間的に先端や末端を意味する分類が①から⑥まで並んでいる。その分類の④として「子孫。末裔」の意があり、『源氏物語』や『平家物語』でもこの意で「すゑ」が使われていることが知られる。

明治期の『言海』でみる「すゑ」には「㈤子孫。後胤。『平家ノ――』裔」とあるから、当時「平家のすゑ」という表現もほぼ定着していたのだろう。『広辞苑』『大辞林』でも「すえ」として「子孫。後裔」の意は受け継いでいるが、といって今の時代に「子孫」や「末裔」は使っても、その意味で「すえ」とのみ発することは、おそらくない。

短歌において子孫の意の「すゑ」は「裔《すゑ》」「末裔《すゑ》」という表記によって使われる。「子孫《すゑ》」でなく「裔《すゑ》」や「末裔《すゑ》」が選ばれるのは、「子孫」にはない陰翳を「末裔」がもつからなのだろう。「平家の子孫」とはいわず、「平家の末裔」という。それによって、表立たずにかつかつ生き延びてきた様相が匂う。これは、辞書上の意味というより、言葉の歴史的な付随要素として浸透したイメージというべきなのかもしれない。

実のところ、その陰翳は用例歌の三首いずれにも共通してまつわっているのではなかろうか。そのことが、大いに興味を引く。

前登志夫の生の領域にまつわる神々は、とうにその末裔で、前登志夫がまるで手玉に取るように戯れかかる相手ともなるらしい。「裔《すゑ》」でなければ成り立たない構図のおもしろさがある。

一説に、大阪の夏のやかましさは熊蟬のせいだというくらい、熊蟬は大きな声を降らせる。棲息は南の温暖な地に限られていたのに、戦後半世紀ほど経つうちに箱根の山を越えてしまった。着実に生き残り、温暖化によってなお勢いづく彼ら。その熊蟬に、岡井隆は同胞に等しい格付けを施すわけだが、「彼らさえ」と添え「裔《すえ》」と収める流れは、その心理的な屈曲を思わせずにおかない。戦後、誰しも屈辱と虚脱にまみれながら生き延びてきた。その苦しい思い返しに、熊蟬のしぶとさはいまいましくも哀しい激しさとして降りそそぎ、たゆむことがないのである。

三首目は西條八十へのオマージュというべき一連中にある。八十の詩集『砂金』（大正8年）、訳詩集『白孔雀』（同9年）の名に言寄せて、一首の作りも象徴的な言葉の連鎖をなしている。かつそこに、藤原龍一郎自身の自覚と自尊もほの見える作りといえるだろう。

そこひ　そこい

根の国の底つ岩根につづくらむ高ねの真洞底ひ知られぬ　佐佐木信綱『思草』明治36年

白王《はくわう》の牡丹の花の底ひより湧きあがりくる潮の音きこゆ　太田水穂『螺鈿』昭和15年

混沌の時代の底方《そこひ》　とまれわが朝のしじまへ突んのめりゆく　時田則雄『十勝劇場』平成3年

寒い雨に熱燗をのむほんたうは腹の底ひに火がほしいのだ　梅内美華子『エクウス』平成23年

「底《そこ》」の語も古典に存在しており、どちらかというと否定の表現のなかで使われたのが「底《そこひ》」だったともされている。「底《そこひ》も知らぬ」というように「はて」「きわみ」を意味したようだ（『角川古語大辞典』）。『言海』では「退方《ソキヘ》」が転じたという説を紹介していることからすると、「ひ」には「方」の意が作用しているのだろう。『日本国語大辞典』での表記は【底方】。近代以降の短歌では歴史的かな遣いで「底ひ」、現代かな遣いで「底い」と書くことが多いようである。

『大辞林』は「そこい【底方】」を立項して、きわまる所、はて、きわみなどの意を示す。『日本国語大辞典』は「そこひ→そこい」とする一行を添えたうえで『大辞林』と同様に立項しているが、それらと異なるのが『広辞苑』である。

『広辞苑』は第一版において「そこい【涯底】」を立項し、至り極まるところ、極めて深い底、などの意を示していた。ところが、第三版（第二版からかもしれない）では削除し、新たに「そこひ【底ひ】」を立項して、第一版の「そこい【涯底】」の意を当てた。第六版においても「そこひ【底ひ】」を継承している。理由はわからない。『日本国語大辞典』の「そこい」の用例中には「底ゐも知らず」（『今昔物語』）、「底ゐも知らぬ」（『宇治拾遺物語』）の例も引かれているから、「底ひ」の「ひ」の発音はヒではなかったのかもしれないと思わせ、『広辞苑』が「底ひ」を維持していることにいよいよ謎は深まる。

「おもほゆ」の項でも触れたが、「思ほゆ」「偲ふ」など、古語の一部の語のみ歴史的かな遣いのまま見出し語としている『広辞苑』の方針には根拠があるのかもしれないが、そこまでは読者に見えてこない。版を重ねた『広辞苑』で「底い」を引くことはできず、「底ひ」を引かねばならないことに、どれだけの読者が気づくのだろう、といった気分は残っている。

それはさておき、『みだれ髪』『東西南北』『赤光』『一握の砂』に「底ひ」はみられない。そして『東西南北』以外の三歌集は「底知らに」（『赤光』）など、すべて「そこ」を用いている。一方、『思草語彙』(『佐佐木信綱研究』第四號)によると、佐佐木信綱の『思草』には「底」が六首に七回、「底ひ」が二回、加えて「底つ岩根」(「つ」は名詞と名詞を結ぶ助詞である)が一回使われている。

ここに用例としてあげた『思草』の一首は「底つ岩根」と「底ひ」とをともに詠み入れた作ということになる。富士登山のおり「噴火古坑」に臨んでのもので、「底ひ知られぬ」には先に触れた「底《そこひ》」の意そのままの脅威のニュアンスが感じられる。信綱はおのずと『思草』において「底」と「底ひ」を古語の由来のままに使い分けていたのであろう。しかし、信綱のみせた使い分けも必ずというわけではなく、その後の用例において「底ひ」と「底《そこ》」とに意味上の差は感じられない。

水穂の一首の「底ひ」には「はて」とか「どん底」の意よりもはるかにプラスイメージがあり、大輪の花の奥から漲る美の主張を聴いている趣である。

時田則雄は社会状況のどん底の淀みを思いつつ、めげてもいられない自分をいくぶん戯画化しているのであろう。

梅内美華子の声を抑えて叫ぶような訴えは、太々とした言い放ちによって、いかんともしがたい悩ましさを伝えている。わずかに加わった一音も、もたらす重苦しさの意味をもつと読みたい。

そのかみ

十《とを》あまり三《み》とせ経《へ》ぬればそのかみの放逸《はういつ》の子《こ》も父《ちち》を思《おも》へり　与謝野 寛『鴉と雨』大正４年

そのかみの学校一《がくかういち》のなまけ者《もの》／今《いま》は真面目《まじめ》に／はたらきて居《を》り　石川啄木『一握の砂』明治43年

そのかみの藪にひそみし狼も百合の香に酔ふ水無月なりしか　小黒世茂『やっとこどっこ』平成24年

そのかみのくろふねのかげもはやなくただなつのひにてるわんのみづ　藤原龍一郎『ジャダ』平成21年

額《ぬか》ふせて立ちあがるべき風の男　そのかみ湖の騎士と呼ばれしを　井辻朱美『クラウド』平成26年

都ホテルに身は入りつつそのかみや乱ありき変ありきこのしじま　林 和清『ゆるがれ』平成３年

古語の「そのかみ」は【其上】である。「かみ【上】」にそもそも時間的に前のほうという意があることから、その当時、昔、はるかな過去などをさすようになったようだ。古典では「むかし【昔】」も使われており、広く過去をいう語であった。そしてもうひとつ「いにしへ【古・古昔】」は「去《い》にし方《へ》」の意で、過ぎ去った遠い時代をいう。以上は『角川古語大辞典』によるが、ほかの辞典の解説にも違いはない。

で、「むかし」「いにしへ」「そのかみ」に使い分けがなされていたかどうかが気になるところだが、おおかたの辞典は「そのかみ」の解釈として、第一に「その当時、そのころ」をあげ、次に漠然とした「昔」「はるかな過去」を示している。「其の」が添えられることからすれば、語り手の記憶によみがえる、ある程度特定の時をさすのが「そのかみ」の第一義だったのであろう。そこから意味が広がっていった経緯はわかる気がする。

与謝野寛の一首は実父与謝野礼厳《れいごん》の十三回忌に際してのものである。父の代に下賜された寺が廃され、一家離散となって四男の寛も辛酸をなめたが、兄弟はこの父を畏敬し、明治四三年八月の十三回忌には寛が中心となって『礼厳法師歌集』を制作した。この歌でも自嘲的に父を追懐しており、その屈折感と「そのかみ」「放逸《はういつ》」という古語や漢語が固有の情をかもし出している。

啄木が「そのかみ」を用いた歌は五首ある。いずれも『一握の砂』のなかにあり、掲出作のほか「そのかみの神童《しんどう》の名《な》の／かなしさよ／ふるさとに来《き》て泣《な》くはそのこと」もよく知られているであろう。「そのかみの」で始まる歌ばかりではないが、いかにも啄木らしいと思わせるうたいだしである。啄木にとっても恰好の一語だったに違いない。自尊、屈辱、焦燥、諦念がないまぜの哀しさが、ひとつひとつの具体に実に素直に語られていて誰もが共感してしまう。啄木を象徴する一点を支える一語が「そのかみ」であったかもしれないと思いたくもなる。

「むかし」「いにしへ」に比べるまでもなく、「そのかみ」は短歌くらいでしか使われることはないかもしれない。四音の「そのかみ」にはどこか文語の格調があり、短歌一首に少しあらたまった趣を添える。いわばレトロなひびきを意識して使われることが多いようである。

存在の源流を求めて精力的に歩きつづける小黒世茂は、雨の熊野の山中さえひるまない。小黒の歩く山のなかの百合といったら、きっと笹百合。ほっそりした姿に似合わぬほど、つよく香る。狼だって酔いそうな、と物語ふうにはるかな時空を泳ぐ。

藤原龍一郎と林和清が用いているのは日本の歴史を遡っての「そのかみ」である。藤原は東京湾を周遊しつつ会津八一の表記、表現法に倣う試みをみせている。京男の林和清の一首では「都ホテル」であることがすべて。上二句に示す今の現実と下三句に一気に収めた時間の闇とをいともあっさりつないでいるが、それで成立してしまうところに「京」の意味も「そのかみ」を使う所以もあるのだろう。

先日（平成26年秋）、新国立劇場でワーグナーの神聖舞台祭典劇「パルジファル」を観た。プログラムを開くと、聖杯伝説をめぐって解説を書いていたのが井辻朱美であった。騎士団の物語といったら井辻の世界である。そう思って井辻の歌も読む。中世ヨーロッパの風が吹いている。

そばへ　そばえ

足たゆく床几にをれば水茶屋の葵の花に日照雨《そばえ》か丶るも　木下利玄『紅玉』大正8年

銀の簾ゆらげるさまに東《ひむがし》へわたる日照雨《そばへ》は秋の國原　前　登志夫『靈異記』昭和47年

もの言わで笑止の蛍　いきいきとなじりて日照雨《そばえ》のごとし女は　永田和宏『やぐるま』昭和61年

ぶな若葉風のきみどりさんさんとふいに誰かを抱きたき日照雨《そばえ》　渡辺松男『寒気氾濫』平成9年

反論が新年号に載るってさ日照雨《そばえ》に濡れている枯茨《かれいばら》　藤島秀憲『すずめ』平成25年

みんな仕返しが大好き極月の戯《そばえ》きらきらこうずけのすけ　佐藤弓生『眼鏡屋は夕ぐれのため』平成18年

日照雨と書いてソバエと読む。日照り雨とか天気雨、また狐の嫁入りなどともいうが、「そばえ」が現代生活で広く一般に使われているという印象はない。

さかのぼればハ行下二段活用の動詞「そばふ【戯】」があり、たわむれる、ふざける意のほか日が照っているときに小雨が降ることの意で使われていた。名詞化された「そばへ」が気象のただならぬ動きを示す語となり、日が照るなかで降る雨、通り雨をさすことにもなった。『角川古語大辞典』は、この名詞の「そばへ」がもっぱら気象に関して用いる語であったとしている。

一時的に降る奇妙な雨の意としては『万代和歌集』など中世の私撰集に用例がみられるが、どちらかというと日照り雨は「そばへあめ【戯雨】」といったようで、『角川古語大辞典』『日本国語大辞典』はいずれも浄瑠璃の例をあげている。

しかし、その後日照り雨の意は抜け落ちていったのか、明治期の『言海』『言泉』には登載されていない。『言泉』には「そばへ【弄戯】」があるものの「そばふること。ふざけ。狂ひさまよふこと」の意を示すにとどまっている。

現在でも方言とみなされる「そばえ」は、しぐれ、にわか雨、ゆうだちの意でかなりの地域に残っているとされる（『日本国語大辞典』）が、そのなかに日照り雨の意は見受けられないことからすると、やはり日照り雨の意の「そばへ」は時代のはざまに消え失せたのでもあろうか。

その後、短歌において「日照雨《そばへ》」が現れたとすれば、復活になるのかどうか、そこまではいえないにしても、「日照雨《そばへ》」の表記であれば意味も明瞭だし、歌ことばとして歓迎されたのかもしれない。

『広辞苑』は第一版から見出し語を「そばえ【戯】」としており、意味のひとつとして日照雨を示している。『大辞林』はというと「そばえ【戯へ】」としつつ解説の②の冒頭に〔「日照雨」とも書く〕としている。こうしてみると、日照り雨を意味する「そばえ」は、今の時代に一応存在を認められてはいるようである。

用例としてあげた一首目は『定本木下利玄全集』（昭和52年9月・臨川書店）歌集篇から引いた。「日照雨《そばえ》」のルビは原典どおりである。歌に見える光景もうたいぶりも時代がかってはいるが、たしかに大正期には「日照雨《そばへ》」が歌ことばとして受容されていたことがわかる。

二首目はいかにも前登志夫の世界で、古代の風習にのっとった秋祭「大汝詣」での歌である。「日照雨《そばへ》」のいささか異様な、しかし美しい迫力に、これこそわが吉野の景と心を寄せた瞬間をとらえた一首と思う。

永田和宏は、室町時代の歌謡（小歌）を集めた『閑吟集』の「わが恋は　水に燃えたつ螢《ほたる》　々《ほたる》もの言はで笑止《せうし》の螢」を呼び起こし、本歌の忍ぶ恋の趣を、言い返しもならずだんまりに徹する男の姿に移し替えてみせた。いまの時代「笑止」は可笑しいという意味でなじんでいるが、「笑止」は当て字で、普通でない意の「勝事」なのだという。思いに焦がれるのみでものも言えない哀れな螢よ、というのが本歌の放つ意味だが、永田の描く場面では、夫を思いきり晴れ晴れと泣きながらなじる妻の姿と向き合わせている。一首構築の妙と、永劫の不可思議というべき女《おみな》の描写が印象的で「日照雨《そばえ》のごとし」に納得してしまう。

樹木との親和が一貫した主題ともいえそうな渡辺松男の歌では、たえず木と自身とが交歓している。ぶなの若葉はきわだって美しいが、その明るいみどりが日照雨に濡れて光っていると気づいたとき、妙に官能的な気分を誘われたのだろう。日照りの雨の、辻褄の合わない現象ゆえであることが、読者にもなんとなく感受できる展開になっている。

五首目。「反論」というからには、藤島秀憲自身か、その側に立つ誰かの主張が、新年号という華やかな場を得て否定される見込みなのだ。この上の句には、迎え撃とうという心意気よりも、もうなかば負けている感じの気落ちのさまが漂い、それが下の句の日照り雨の変な感じと呼応する。その、どこかうなずいてしまうつながりが可笑しみを誘う。

佐藤弓生は表記も語源に近づけているうえ、日に照らされながら降る雨のさまから巧みに吉良上野介を引き出すなど、ことばそのものへの執着を匂わせている。ずばり言ってのけた語り出しもおもしろい。

そびら

氣づけば背後《そびら》の高處《たかど》に椿あり　遠近《をちこち》の高き低きに椿あり　葛原妙子『葡萄木立』昭和38年

焼跡の草のそびらにゐる雲のはがねのごとく一日冱えつつ　宮　柊二『小紺珠』昭和23年

澪標《みをつくし》濡るる表裏をかなしめど旅の背《そびら》を返すことなし　安永蕗子『魚愁』昭和37年

由良《ゆら》の門中《となか》の海石《いくり》のごとき背《そびら》欲し野はつかの間の花を飾れり
塘　健『出藍』平成元年

そびら這ふ指の先より絹糸を吐きつつ繭に包みてゆけり
本多　稜『惑』平成25年

「そ」が背を意味し「背平」からの語という。「背」「背な」「背中」も古語のうちに存在するが、「そびら」は上代での用例が多く、より古いらしい。また「背な」「そびら」は人体の背面をいい、「背」は物の後ろ、山の尾根などの意、「背中」は物事の裏面といった意味の分化もみられる（『角川古語大辞典』）。

掲出した用例のうち一、二首目は表記にもみられる通り「背後」の意味で用いられている。三首目は人体の背に基づく慣用的な使い方といえようか。

塘健は野に立ち、肉体としての頑強な背を欲しており、上の句はその「背」の喩。『古事記』下巻、仁徳天皇を語る終章の歌謡に「…由良の門の　門中《となか》の海石《いくり》に　触れ立つ　浸漬《なづ》の木の　さやさや」とあるのをふまえ、古代を遠望する大きさのうちに気概を述べた。気宇壮大という感じ。

本多稜の一首は指先に愛撫する性愛の場面を描いたものと思う。「背中」では現実的すぎるところを「そびら」とすれば抑えぎみ。幻想的なニュアンスになっている。

そむ

いやはてに鬱金《うこん》ざくらのかなしみのちりそめぬれば五月《さつき》はきたる　北原白秋『桐の花』大正2年
ヒヤシンス薄紫に咲きにけりはじめて心顫ひそめし日　同
君を見てびやうのやなぎ薫るごとき胸《むな》さわぎをばおぼえそめにき　同
日向にはふふつと椿咲き初《そ》めて癌は誰にも他人事ならず　河野裕子『母系』平成20年

「そむ」は文語の下二段動詞で『角川古語大辞典』での漢字表記は【始・初】だが、短歌においては「初《そ》む」と表記することが多い。口語は「そめる【初める】」（下一段）で『広辞苑』『大辞林』にも載っている。補助動詞として動きが始まる意を添える。

一説に「染む」と同源で、それは、染まるように現象や動きが現れるという含みなのだろう。現代では「なれそめ」や「見そめる」に残っているが、補助動詞の用法は詩歌においてくらいのもの。始まる意なのに「初」を用いることに戸惑いそうだが、言い回しとしてはどこか柔らかい情感をもたらすようだ。

近現代の短歌に「初《そ》む」は着実に採用されつづけている印象で、そのようななか石川啄木がその二歌集において一度も用いていないことなどは、逆の意味で興味をそそったりする。啄木の短歌は口語で語られていると思われそうなほど現代人に親しみやすいが、実は文語を基本としていて、いわば口語発想の文語表現といったところである。

しかしよく考えてみると、啄木が用いる文語は愛用の言い回しに狭く限られていたらしく、「咲きそむ」とか「散りそむ」などというのはいかにも古風で、食指が動かなかったのかもしれない。

一方、白秋の『桐の花』は、巻頭の第四首、第六首、第八首にたてつづけに用いるほど愛用のほどを感じさせる。用例としてあげた三首がそれに当たるが、いずれも白秋のよく知られた秀歌といえるだろう。「〜そむ」によって伝えるべき心情の発露、新たな事態、変化の発端を一首のいとぐちにすることが多く、そこに全身で反応してしまう気質でもあったようだ。

そのささやかな動き「ちりそめぬれば」「顫ひそめし日」「おぼえそめにき」というフレーズは、それのみで魅力があり、あやうい恋の緊張感すら美しく印象づけてしまう。

『桐の花』での「そむ」は、その一四回の登場すべてにおいてひらがな表記がなされ、「初《そ》む」は用いなかった。歌一首のなかにしっとりなじみ、視覚的にも流れる文体をなしている。

河野裕子の一首。下の句の述懐は箴言のようにもひびくが、内省の渕からこぼれた自身への慰藉として受けとめたい。上の句の椿の、ほころびそめて無心な明るさからすれば、そう読みたい。

そよ

雁《かり》よそよわがさびしきは南なりのこりの恋のよしなき朝夕《あさゆふ》
与謝野晶子『みだれ髪』明治34年

そよ、子らが遊びのままにつもる塵白雲かかる山となるまで
宮 柊二『忘瓦亭の歌』昭和53年

むっすむっすとこんにゃくだまは地に太り そよ近代のあらざりし国
渡辺松男『泡宇宙の蛙』平成11年

感動詞で、漢字を当てるなら「其よ」。代名詞「其」が意味するように、相づちを打つ意味であり、おそらくそこから歌謡のはやしことばとしての役割も定着したのだろう。

今様を集めた『梁塵秘抄』の冒頭十首の長歌《ながうた》はすべて「そよ」で始まる。実際に聞いたことはないのだが、長く息を引いて謡うのだと教えられたことがある。それでいえば、二音のみでも、けして軽い調子のはやしことばではないらしい。

明治期には日常の語でなくなったせいか『言泉』『言海』のいずれも「そよ」を立項していないが、現代の『広辞苑』『大辞林』は感動詞として解説している。現代語の「そうよ」になごりが感じられるにしても、感動詞として使われることはなさそうで、詩歌においても珍しいといえ

るだろう。

この語を『みだれ髪』は三度にわたって詠み入れている。用例の最初に置いたのはそのうちの三首目に当たるが、ここにあとの二首を示しておこう。

ぬしいはずとれなの筆の水の夕そよ墨足らぬ撫子《なでしこ》がさね　与謝野晶子『みだれ髪』
そよ理想《りさう》おもひにうすき身なればか朝の露草《つゆくさ》人ねたかりし　同

『みだれ髪』のなかでも以上の三首は解釈が難解で、さまざま読み解きがなされてきた作なのだ。引いておきながら無責任だが、ここでは「そよ」という歌謡調をもたらす一語に、初期の晶子が意欲的だったことをみる意味でのみ目を向けておくことにしたい。

「そよ」は一首の冒頭に置くことが多い語なのに、晶子の三首は詠み入れた位置がすべて異なっており、それなりに試みの意味があったかもしれない。掲出作の「雁《かり》よそよ」も、標準的語順とすれば「そよ雁《かり》よ」だが、『みだれ髪』には「誰ぞ夕《ゆふべ》」のように風変わりなうたいだしによって独特な流れになっている作品は少なくない。冒頭に置くのが普通というような歌ことばの流儀もおかまいなしの大胆さが晶子らしいともいえる。

歌は、おそらく北へ帰ってゆく雁に呼びかけて、残されたかたちの南の地に自身の恋のなごりのどうしようもないさびしさを重ねたのであろう。

晶子も『みだれ髪』ののちには、こうした挑戦的な叙述のスタイルを削いでおり、「そよ」の語も採用しなくなる。「そよ」じたい歌謡の色合いがつよく、歌人にとってはいささか気を入れて組み立てる構えになるのを敬遠するきらいがあるともいえそうだ。それだけに、使えば少なからず目立つ。

宮柊二は「そよ」から「まで」に至るまで、間違いなく歌謡を意識して一首をなしている。こども達が騒ぎ回る家庭内を嘆くのが発端なのに、「そよ」も含めての歌謡調が父としての寛容を前に押し出しており、温かく、ほほえましい。

歌謡を意識することも技巧の内だが、渡辺松男の使い方は、さらに技巧的な表現意欲を思わせる。蒟蒻芋の太りゆく形容ののち、唐突に導かれた下の句が、かなり辛辣だ。風土に根ざした食生活は、一国の文化とは別次元には違いないが、そもそもこの国に〈近代〉化はあったのか。そう問うて、なかったと結んでいる歌と読める。そんな歴史観を、歌謡めかした口調が、数倍やわらげている。

たうぶ　とうぶ

味噌うづの田螺たうべて酒のめば我が咽喉仏《のどぼとけ》うれしがり鳴る　斎藤茂吉『赤光』大正2年

はてしなきおもひよりほつと起きあがり栗まんじゆうをひとつ喰《た》べぬ　岡本かの子『浴身』大正14年

土によごれし顔のままなり子も我も食《た》ぶることはたのしきものぞ　齋藤　史『やまぐに』昭和22年

わが死もて償ひ得るは何ならむ雛の卵も日日食うべつつ　築地正子『鷺の書』平成2年

おそろしき夢の界より立ち戻り半熟卵を子らと食《た》ぶる　島田修二『渚の日日』昭和58年

こころの悲《ひ》からだの患《かん》と分かちがたく今朝も白粥の椀を食《た》べぬ　春日井　建『井泉』平成14年

子どもらは静かに食ぶむきだしのたまごの白の痛々しきを　大口玲子『トリサンナイタ』平成24年

文語の下二段活用動詞「たうぶ」は「たぶ」に等しく、漢字表記は【食・給・賜】があるが、古代の使い方として、すでに上位者から飲食物を与えられる場合の謙譲語に限定されていた。やがて飲食する意を語義とするようになり、近世以降は「食《く》ふ」よりも品のよい言い方として認識されていたという（『角川古語大辞典』）。そのような経緯のなかで「食《たう》ぶ」「食《た》ぶ」という表記に落ち着くに至ったのであろう。

和歌にはもともと飲食を避ける原則が徹底していたが、近代以降の短歌にその制約はない。といっても、口語の「食べる」より文語の「食《た》ぶ」を使うことで、飲食へのあからさまな言及をやわらげている印象があるように思う。

斎藤茂吉はむしろ好んで飲食に関わることを歌に詠み、「食《く》ふ」をどしどし使い、「食《た》ぶ」も「食《た》ぶ」も「食《は》む」も「食《を》す」も使ったし「食べたし」とも述べた。

例歌の「味噌うづ」は味噌汁の雑炊。方言かと思ったら『広辞苑』に出ていて『古今著聞集』の用例が引かれており、二度驚いた。味噌うずの田螺を肴に酒を飲む茂吉の幸せいっぱいの表情。のど仏が嬉しがって鳴るというのである。

かの子の一首は、けだるいもの想いの淵から身を起こした女人が、やおら栗饅頭を食べるという転換に意味があるのだろう。けして栗饅頭を味わってはいない。強いて現実のただなかに身を引き戻すような意味をその姿に感じる。

齋藤史の一首は歌文集『やまぐに』に昭和二一年の作であることが明記されている。ぎりぎりの食料事情に精一杯子らを守り育てるなかで、なんとか食卓を囲むことができる喜びをそのまま語っており、「食《たう》ぶること」の原点につつましく立つ姿を思わせる歌である。

鰻が大好きだった斎藤茂吉に「これまでに吾に食《く》はれし鰻《うなぎ》らは仏となりてかがよふらむか」（『小園』）があって、ユーモラスな哀悼とねぎらいを述べているが、築地正子は、大小さまざまな殺生のうえに成り立つ食生活に思いを致し、自身の死によって償いとなるものかどうかを思っている。どちらも、みずから味わい糧としたものへの思いを伝える歌だが、そのうたい方の違いが「吾に食《く》はれし」と「日日食うべつつ」によく表れている気がする。

島田修二の場合は、夢のなかの恐怖から現実に逃れ得た実感として、たぶん朝の食卓に半熟卵を食べているのである。しみじみと胸に受けとめた、いつもの家族の構図。半熟のほどよさが、日々の暮らしのささやかな幸を象徴しているかのようだ。

春日井建の一首に映し出されているのは病身を養う朝々のささやかな白粥の椀である。病身に最適の一椀は温かく、一日に向かう力を得るが、それにつけても弱り果てたわが身がせつない。そう読むほかない上の句が一椀の白粥に添えられたことの痛ましさを思わずにいられない。

大口玲子の歌のなかの「たまご」は同じ一連の作からも復活祭《イースター》でこどもたちが探し出したたまごである。たまごを包んでいた薄紙のきれいな飾りは、見つけたこどもたちの喜びのままに剝ぎ取られ、殻も剝かれて「むきだし」となる。子らの声が飛び交うのはそこまでで、静かに食べ始めるたまごの白さは「痛々しき」までに無垢。食べている子らも無心。近年は、たまごでなくチョコレートやゼリービーンズ、たまご型のケースに入れたお小遣いなんていうこともあるらしい。わたしは教会の行事とは無縁だけれど、これはやはり、つるんと白いゆで卵でないと…。

現代短歌の作者にとって、飲食の歌への抵抗はそれほどあると思えないが、「食べる」という動詞を用いるかどうかについては迷う場面もあろうと思う。逆に、あえて使うという場合もあるであろう。といって、古典ではその意味の基本動詞であったからと「食《く》ふ」を使うのは、特に女性はためらわれるに違いない。そんなとき「食べる」にこれほど近いのに、文語の語感によって品位が損なわれず、やわらかいひびきの「食《た》ぶ」は、短歌の叙述によくなじむのであろう。作品例のいずれも「食《た》ぶ」を採択したことがごく自然に成果をもたらしているとも思う。

たつき

怒りなき勤めはあらじ歎きなき生活《たつき》もあらじしづかなる宵《よひ》　佐佐木治綱『続秋を聴く』昭和35年

月低く草また深き生活野《たつきの》に夢のごときはまだ捨てきれず　清田由井子『古緋』平成26年

櫛風沐雨の生活《たつき》求めて来たれると大袈裟に吹く風に告げなん　福島泰樹『風に献ず』昭和51年

空の火に追われしのちも火を焚きぬ生活《たつき》は喜怒に関わりのなき　三枝昻之『農鳥』平成14年

極月の光のなかの細きビル生活《たつき》の時間を縦に重ねる　中川佐和子『春の野に鏡を置けば』平成25年

「たつき」は、古語としては【便・態】などの漢字が当てられ、万葉時代には「たづき」と濁音であった。「た（手）付き」からきており、手がかりなどの意を示した。多くの場合「たづきなし」と打消のかたちで用いられたが、平安時代以降は必ずしも打消文中でなくとも使われるようになり、発音も「たつき」と清音に変わっていった。意味もまた生活の手段や生業をいうように絞られていった（『角川古語大辞典』）。

ところが「たつき」の変遷はそのまま素直に落ち着くことがなかったようで、明治期の『言泉』『言海』は、いずれも「たづき【方便】」と濁音で登載した。方便という漢字表記が意味するところは前の時代を承けているように思われるが、発音ははるか古代に戻ってしまっている。

やや奇妙なのは現代の辞典である。『広辞苑』は第一版では「たつき」（漢字表記なし）と「たずき【方便】」の両方を立項した。意味はたより、手段などで、「たつき」にのみ生活の手段の意を併記しているが、その後『広辞苑』は「たつき」を引くと「↓たずき」と出るように、つまり濁音を優先するかたちに変更し、今日に至っている。実は、濁音を主にしているのは『日本国語大辞典』（第一版・第二版）も同様なのだ。

一方、『大辞林』（第二版）は逆に「たつき」と清音で取り上げていて、現代では清音の「たつき」が普通と注記まで添えている。複数の辞典の様相としては不可解であるにしても、『大辞林』のこの解説に出会って、なんとか一般の現状に近い印象を受けとめた。

といっても、「たつき」自体が一般的な語としては消えかかっているのであろう。

短歌では割合目にすることが多い。しかし、そこで意味の問題が前面に出てくる。本来の方便や生活の手段といった意味と異なり、短歌においては生活そのものの意として「たつき」を用いているように思えるのだ。発音の曲折にまぎれて、いつか意味が変わってしまった様相である。用例としてあげた四首もそろって「生活《たつき》」と表記している。

最初の治綱の一首は、前出（「おんじき」の項）の『現代短歌分類集成』よりの一首だが、同書は主題別の用語に基づく短歌集成で、「生活・たつき・暮らし」が一項目になっている。近現代の短歌において「たつき」は生活を意味するようになっていたといえるのだろうか。

治綱の歌そのものは昭和三五年一〇月刊行の遺歌集にあり、人生の見極めをさらりと述べて共感させるが、信綱の末子治綱が「生活《たつき》」を歌ことばとして採用するまでの経緯は、さらに探りたいところだ。「思草語彙」によれば、信綱の『思草』には「たつき」そのものがみられない。

清田由井子は月に照らし出されるめぐりは草深き野であるというところで「生活野《たつきの》」と言い換えた。その機転に注目したい。父祖の地をひとり守り、南阿蘇に居を構える暮らしをささやかに尊ぶ思いが、静かな矜持のうちに結ばれている。

福島泰樹の歌。冒頭の「櫛風沐雨（しっぷうもくう）」は、風に櫛《くしけず》り雨に沐《かみあら》う、すなわちさまざまな苦労を体験するたとえだという。強風に立ち向かいながら、こんな風に見合うほど難儀な暮らしを求めて生きて来たのだ、そう伝えようじゃないかと大いに意気を揚げているのだと思う。

三枝昂之は、空襲を体験した人びとの健気な暮らしの営みを社会の回想として述べる。空から降りそそぐ火と生きるために焚く火とが、一首にせつない交錯を見せている。

中川佐和子が見つめたのはペンシルビルの各フロアーに点る暮らしの灯。一二月のイルミネーションに紛れそうなそれらに「生活《たつき》の時間」の縦の連なりを捉えたところがこの歌の個性だろう。

たまゆら

君が手とわが手とふれしたまゆらの心ゆらぎは知らずやありけん　太田水穂『つゆ草』明治35年

闇ふかく鷺とびわたりたまゆらに影は見えけり星の下びに　古泉千樫『屋上の土』昭和3年

白き鯉の過ぎゆく膚《はだ》にかたはらの鯉の緋色のたまゆら映えつ　田谷　鋭『水晶の座』昭和48年

青水無月たちくらみたるたまゆらに無音の空へ神は引き上ぐ　秋山佐和子『半夏生』平成20年

酢の壜をゆすぐたまゆら遠き日の陰口ひとつ胸に熾《おこ》りくる　柳澤美晴『一匙の海』平成23年

「ほのか」や「夕」にかかる枕詞として「たまかぎる」があるが、その表記〈玉響〉を「たまゆら」と読んだ旧訓から、しばしの時間を意味する歌語として受け容れられ、『新古今集』前後の歌や連歌に好んで詠まれたという（『角川古語大辞典』）。

近代以降も古雅な響きで命脈を保ったようだ。例歌はいずれもほんの一瞬のニュアンスになっている。単独で副詞として、また助詞「の」を添えて形容句に、「に」を添えて副詞句にすることも多い。

水穂の歌では「たまゆらの」と、この語が掛かる「心ゆらぎ」とが響き合い、清新な雰囲気をもたらしている。古泉千樫の一首でも、星の光のみの夜にたまさか見たとするときの鷺の影の趣には「たまゆら」がふさわしいであろう。

千樫はモノクロの描写のなかで用いたが、田谷鋭は色彩的にはごく華やかな鯉のゆきあいの瞬間を捉える際に「たまゆら」の情調を添えた。つまりはそうした情調をささやかに添えうる語なのだろう。その純粋な静謐さは、秋山佐和子の一首のように「神」のイメージを招きやすいのかもしれない。神聖なイメージといったらいいだろうか。

若い柳澤美晴は、むしろそうした歌語のイメージを振り切る場面設定で、あえて俗っぽさと取り合わせたようにみえる。つんと軽い刺激を覚えた瞬間の記憶のよみがえり。現代短歌で生かす可能性はまだまだありそうだ。

づ　ず

愛でられし花も憎まれし草も枯れ僧形の頭《ず》に帽子かぶらん
　　　　　　　　　　　　　　　　大下一真『月食』平成23年

卒業は遠ざかること　プレパラートに頭《ず》を寄せ合えるこの夜からも
　　　　　　　　　　　　　　　　永田　紅『ぼんやりしているうちに』平成19年

今日でも「頭《ず》が高い」というが、この「頭《ず》」は漢音の「頭《とう》」に対する呉音であるという。「頭《あたま》」に当たる古語というわけではなく、古典のなかで「頭《づ》」とともに「頭《あたま》」も使われていて頭髪のある部分をいったものらしい。ただ、身体語を歌に詠むことはほとんどなく、ほぼ例外の髪にせよ多くはないから、和歌に頭部を意味する語がみられるとすれば、よほど珍しいといえるだろう。「頭《づ》」にしても狂言や浄瑠璃での例を基にしているようで、本来和歌とは無縁の語と思われる。

茂吉は「あたま」に執着を見せ、『赤光』でも「あたま」を三首に用いる一方、「頭《づ》」や「頭《つむり》」は用いなかった。茂吉の場合はおそらく即物的であることに意味を持たせたのであろうし、歌のなかで少しでも婉曲にいおうとする近代歌人の感覚からすれば、日常語をはずれる「頭《づ》」が歓迎され、定着するに至ったのだと思う。

現代短歌でも「頭《づ》」は比較的自然に採用されている。大下一真は僧侶ゆえ、草花への目線もどこか厳かで、人間の勝手な好悪につづけて栄枯盛衰の理まで浮かばせる。そして、北風の冷たさを避けるべく帽子をかぶろうと手に取る。焦点は「僧形の頭《ず》」と仕草。そこにいくぶん戯画的ニュアンスの生ずる間合いが妙。

永田紅は、卒業を機に学内の研究室を巣立ってゆく仲間たちを描いている。学ぶ立場での共同作業の現場を描く第三、四句は健気な時間の熱さそのもの。読者としてもいとおしくなる。

つくよみ

大海《おほうみ》の波のうねりを月よみの胸にわが聞く夜半のよろこび
谷川健一『海境』平成10年

月読に鼻は濡れつつ子を持てるようになるまで生きんと思う
染野太朗『あの日の海』平成23年

表記として【月読】【月夜見】などが示されているが、古代の暦法が月の満ち欠けに基づいていたことから、月を読むといえば暦月を計ることであり、それを司る者を神格化した語が「つくよみ」である（『角川古語大辞典』）。その後「つくよみ」は月そのものをいうようにもなる。一方、『万葉集』などにみられる「月読壮士《つくよみをとこ》」「月人壮子《つきひとをとこ》」は月を人格化して若い男と見立てた言い方である。

谷川健一の例でも「月よみ」は神格化されているが、歌集での一連の題に「アルテミス」とあるように、ギリシャ神話の月の女神が想定されている。月桃《げっとう》の葉に包んだ餅を捧げたりしているので、谷川が民俗学者として長く身を置いた沖縄が舞台なのだろう。開け放った部屋の臥所に女神がひそと入ってきたという官能的な幻想が語られている。

染野太朗の一首ははるかに現実的だが、心の屈曲の末に鼻先を月かげにさらすところが諧謔めいて、かつ慰撫されている趣でもある。

つま

暁こそ子《こ》さへ背子《つま》さへ遠く遠くさかりてひとりものの恋しき　若山喜志子『無花果』大正４年

ソ聯參戰の二日ののちに夫が呉れしスコポラミン一〇Ｃ・Ｃ掌にあり　葛原妙子『橙黄』昭和25年

出奔せし夫が住むといふ四国目とづれば不思議に美しき島よ　中城ふみ子『乳房喪失』昭和29年

書斎より明け方もどり来る夫のけはひかなしも蹌踉として　森重加代子『二生』平成17年

半開きのドアのむかうにいま一つ鎖《さ》されし扉《と》あり夫と暮らせり　栗木京子『水惑星』昭和59年

玄関のドアをあければ夫という夜の湿原われを待ちおり　後藤由紀恵『ねむい春』平成25年

自伝など密かに書いてゐるらしも夫《つま》は枕を抱きて眠れり　石川美南『裏島』平成23年

「つま」はもと配偶者の意で、男女いずれからも相手をさすのに用いた。やがて一般的に男性が配偶者を呼ぶときの語になったが、短歌では「夫《つま》」として女性が使うところが特徴的だ。「夫《をつと》」は「男《を》人《ひと》」の転（促音便）とされるが、歌のことばは古来、音便形を避けたから、もっぱら「夫《つま》」が好まれたのかもしれない。現代社会では地位関係の匂う「主人」などを排して「夫《おっと》」が優勢となり、短歌においても同様の傾向は感じられる。

明治一一年生まれの与謝野晶子は、おそらく生涯を通して「夫《つま》」を用いなかった。「君」以外では「人」「背」「背子」が多い。ただ、この点については、与謝野晶子の恋愛至上主義が突出していたのであって、晶子を基準にはできそうにない。

若山喜志子は同二一年生まれだが、第一歌集『無花果』に「背子《つま》」とあることが目を引く。この掲出歌は、長澤美津編『女人和歌大系　近代期後編』（風間書房・昭和53年）から引いた。晶子と同様、伝統に沿って「背子」を用いつつ、「つま」の音を採用するのは、この時期の新しいスタイルだった可能性もある。同じく一八年生まれの四賀光子はどうかというと『定本四賀光子全歌集』（柏葉書院・昭和51年）に収録の初期作品に「背」や「背子」の例がみられるが、第一歌集『藤の実』（大正13年）では、「背子」にまじって「わが夫《つま》の寝る間に出でて朝来れば物思ひしるきよべの顔みゆ」とする例に出会う。大正五年の作らしい。

そして、光子に師事した葛原妙子の第一歌集『橙黄』にも、三首にとどまるものの「つま」と読むと思われる「夫」がみられる。掲出歌は、医師であった夫が覚悟を示唆したとみられる場面の、冷たい緊迫感の走る一首である。

こうしてみると、明治時代には『万葉集』を重んじたからか「背」や「背子」が当たり前に使われ、その後「つま」の音の採用から「夫《つま》」の表記もみられるようになって、大正時代には優勢になっていった。おおよそ、そんな流れを受けとめていいかもしれない。大正一一年生まれの中城ふみ子の使い方も、その流れに沿っているといえるだろう。

森重加代子は、作家の夫（古川薫氏）を支える立場を、おそらく自身の第一に規定している。ただ、全身全霊で向かう執筆の凄まじい時間に寄り添うとき、妻としては夫の身を案ずるほかない。ふと情を先だててしまう一首に、「夫（つま）」の一語は、その心情を担っているかのようだ。

昭和四〇年代末ごろから短歌に関心をもつようになったわたしは、なんとなく抵抗があって使わなかったが、同世代の栗木京子はごく素直に使っていて、意外に思った記憶がある。

世代は下になるが、後藤由紀恵の歌でも音数からして「つま」と読むのだろう。歌集から察するに「夫《つま》」の語にさしたる抵抗はないようで、短歌の習慣に軽く応じているのかもしれない。用例とした一首は、夫という存在のいくぶん不可解な深さをよく言い得ている。

さらに若い石川美南が自作に「夫《つま》」を詠み入れているのは才知によるもの。ある家族を想定し、歌の主体を〈祖父〉やら〈母〉やら〈弟〉やらに次々移し替え、〈祖父〉の家出と帰宅をめぐる顛末を中心に構成した物語中の一首である。掲出作の主体は〈祖母〉。二十年ぶりに帰宅した夫の寝姿を見る妻の立場の歌ということになる。啄木の父石川一禎《いってい》みたいな夫であってみれば、自身の来歴を書き残すことに密かに意欲的というのも納得できそうで、どこか可笑しい。ついでにいえば、石川美南は〈母〉を主体とするとき、「おっと」と詠んでおり、明らかに使い分けていることが知られる。

とし

鷹の鋭《と》き爪感じつつ立ちをれば一つかみなるわが肩は冷ゆ　中城ふみ子『花の原型』昭和30年

鋭《と》きものは傷つき易しまだ若き柚《ゆ》の木の刺は青く香に立つ　尾崎左永子『青孔雀』平成18年

冬鳥の声に裂かれし朝《あした》より輪郭の鋭《と》きわれとなりたり

笹谷潤子『夢宮』平成25年

短歌ではよく「鋭《するど》い」の意で「鋭《と》し」を使うが、これは音数節約のための言い換えではない。文語の「とし【利・鋭・敏・疾】」は「するどし【鋭・尖】」より古くからあった語なのである。そして、意外といえば意外だが、『日本国語大辞典』『広辞苑』『大辞林』にも、現在なお文語のかたちで立項されている。ほかにも「疾《は》し」「愛《は》し」など、軒並み文語形容詞のかたちで立項しているの例はあって、これは口語形容詞に移しにくいという理由からであろうか。「細《くわ》し」「美《くわ》し」なども『広辞苑』『大辞林』は文語のかたちのままだが、『日本国語大辞典』は「細《くわ》しい」「美《くわ》しい」と口語のかたちで立項している。

一方の「するどし」は、「するどに」などと使う形容動詞が中世末期以降に形容詞化、次第に優勢になったものらしい（『角川古語大辞典』）。

そう知ってみれば、なおさら「鋭《と》し」を選び使う際の作者の判断は、音数に基づく以上に語感を重視した結果という気がする。

猛禽類の爪の鋭さを画像や映像によって誰もが記憶しているから、中城ふみ子が用例第一首のように語るとき、それは自虐に近いおのれの身の小ささ、あえかさの表現であることがすぐに察せられる。漠然とした怖れを抱きながら鎧《よろ》うことのない身の心もとなさともいえる。

わずか二音の形容詞「鋭《と》し」の連体形「鋭《と》き」はタ行音とカ行音の一音ずつという組み合わせでいっそう厳しい音感を放つが、短歌で採用されるのも多くはこの連体形「鋭《と》き」で、あげた三首いずれもこのかたちである。

尾崎左永子の述べる上二句の逆説は、世にあるものすべてに通ずる真理ということなのだろう。また、笹谷潤子の一首には、むきだしの神経に近い痛ましさがにじむようだ。いずれの歌も女性感覚に内面を反映させたうたい方で、一首が残すイメージに「鋭《と》き」の一語は抜きがたく作用している。

とふ　とう

その母に生き写しなる女《め》の童《わらは》今は忘れて母を知らずとふ　窪田空穂『鏡葉』大正15年

わが心さびしき色に染むと見き火のごとしてふことのはじめに　与謝野晶子『常夏』明治41年

凶物《まがもの》をもつてふことはさしおきて天に比するに足らぬ人間　与謝野晶子『瑠璃光』大正14年

恋すてふ浅き浮名もかにかくに立てばなつかし白芥子の花　北原白秋『桐の花』大正2年

須賀川の牡丹の木《ぼく》のめでたきを炉にくべよちふ雪ふる夜半に　北原白秋『牡丹の木』昭和18年

うすみどり／飲めば身体《からだ》が水《みづ》のごと透《す》きとほるてふ／薬《くすり》はなきか　石川啄木『一握の砂』明治43年

稲青き水田見ゆとふささやきが潮《うしほ》となりて後尾《こうび》へ伝ふ　宮　柊二『山西省』昭和24年

持たざれば夫子はらからを夢に見ず夢のやうなとふ限界をしる　富小路禎子『不穏の華』平成8年

螢田てふ駅に降りたち一分の間《かん》にみたざる虹とあひたり　小中英之『翼鏡』昭和56年

男とふむづかしき性を六十五年生ききてあはれこののちも男　馬場昭徳『風の手力』平成26年

ひとへつづく橋をわたらぬとふことを択べば刹那こころ凪ぎたり　横山未来子『樹下のひとりの眠りのために』平成10年

「とふ」のほか、類する語として「てふ」「ちふ」がある。いずれも上の語や内容を受けて下へつづける際の「といふ」をつづめた語で、古語に由来している。

現代短歌では三語のうち「とふ」（発音はトウ）が比較的多く、まれに「てふ」（同じくチョウ）も使われるが、「ちふ」（同じくチュウ）は、ほとんどみられない。

『角川古語大辞典』によれば「とふ」は「と言ふ」の約で「ちふ」ともいい、後世「てふ」ともいった。すなわち「てふ」は後発の語であり、同辞典の「てふ」の項には平安時代になって出現したとある。さらに「てふ」の項には、この語が未然形「ては」から命令形「てへ」に至る活用をすると説明しており、和歌によるその用例まで示しているのには驚いた。「てふ」は本来、活用語だったのである。『大辞林』は、この点にも触れているのだが、しかし、現代の使い方で「てふ」が活用することはまずない。

明治期の『言泉』は三語をそれぞれ助動詞として登載し、そのうち「てふ」については活用することなどを含めて比較的詳しく解説しているが、『言海』は、三語とも「卜言フ」の音便約であると簡単に説くにとどめている。

現代の『日本国語大辞典』『広辞苑』『大辞林』は三語をそれぞれ「とう」「ちょう」「ちゅう」として立項、『広辞苑』以外は、連語という解釈のようだ。そして、歌のなかでは一番使用頻度が低いとみられる「ちゅう」について、「なんちゅうことだ」「何ちゅうざまだ」といったかたちで今日なお残っていることに、いずれの辞典も触れている。「方言的な言い方」(『大辞林』)という理解のようだ。たしかに思い合わせることのできる一点である。

「とふ」「ちふ」「てふ」のうち、原型ともいうべき「とふ」を空穂が採用しているのは、『万葉集』研究に終生心を傾けた文学者の側面を思わせもしよう。同じく国文学者の信綱は第一歌集『思草』において「とふ」を一首に用いているが、「ちふ」「てふ」は採用の跡がない。

一方、与謝野鉄幹の『東西南北』では「てふ」が二首にみられるのみで、「とふ」の採用はない。『みだれ髪』には「てふ」「とふ」いずれもみられず、晶子の歌集で見つけたのは、用例としてあげた第七歌集『常夏』の一首、および第二〇歌集『瑠璃光』の二首で、「てふ」を用いた歌である。与謝野夫妻は基本的に「てふ」を採用したらしい。門下の白秋や啄木にも「てふ」がみられるところには、社内での傾向や流儀が多少とも作用していたのであろうか。

白秋の遺歌集『牡丹の木《ぼく》』の「ちふ」はかなり珍しいが、白秋の古典への関心がより時代をくだった歌謡などに傾いていたことを思わせるともいえそうだ。

啄木の場合、『一握の砂』に「てふ」は七首においてみられ、「とふ」の例はないというように明瞭な好みが感じられる（『悲しき玩具』には「てふ」「とふ」ともみられない）。

現代短歌では「てふ」よりも「とふ」を採用することが多い印象を述べたが、それは「とふ」（現代かな遣いでは発音どおりの「とう」）が元の「と言ふ」に発音上最も近いゆえではないかと思う。「てふ」は『小倉百人一首』の「恋すてふわが名はまだき立ちにけり人知れずこそ思ひそめしか」（壬生忠見『拾遺集』）によって知られてはいるものの、チョウと発音することに短歌用語としての親しみにくさがあるのかもしれない。

それでいえば小中英之の例は珍しいといえるが、この一首の場合、小田急線箱根湯本駅近くの実際の駅名「螢田」のゆかしげなひびきが、この歌の大きな牽引力であることからすれば、いくぶん古風で別格な感じの「てふ」を添えるのは、意識的選択であったかもしれない。

「てふ」に比べると「とふ」は、やはり自然な感じで歌の流れになじみやすいようだ。富小路禎子や横山未来子の歌のせつなさにも「とふ」は静かにその叙述の支えとなっている。名詞と名詞をつなぐ語として、馬場昭徳のように少々重い主題への導きとしても、違和感なく収まる使いやすさは、今後も現代短歌の叙述において重宝がられるに違いない。

ともし

馬鈴薯の鈴の一つをむきながら玉城徹の古稀を羨《とも》しむ　岡井　隆『神の仕事場』平成6年
通俗といえど羨しき夭折の瞳ぞ冥き松田優作　藤原龍一郎『ジャダ』平成21年
あめはゆきをふかく羨《とも》しみ愛《かな》しみて純白の肉打ちつつあらむ　水原紫苑『くわんおん』平成11年
日溜まりと日陰を歩き分けるひと羨《とも》しと思えどなりたくはなし　野口あや子『夏にふれる』平成24年

「ともし【羨・乏】」は「求《と》む」の形容詞化で、その原義は、跡を尋ねたい、求めたいの意。羨望感や、もう少し欲しいと思うほどにものが欠乏しているさまを表すことから羨ましいという心情表現に結びついたらしく、上代からすでにこの意の用例がみられる（『角川古語大辞典』）。

「うらやむ」の形容詞化とみられる「うらやまし【羨】」も古語として存在した。その用例は平安期の『日本霊異記』『伊勢物語』『源氏物語』などからとなっており、「ともし」の用例が「記紀歌謡」『万葉集』から引かれていることで考えると、「ともし」のほうが「うらやまし」よりも古くから使われていたのであろう。

『言泉』には「ともし【乏】」があり、乏しい意味を先にしたうえで古語としての羨ましい、珍しいといった意味をあげているが、この事情は『言海』もまったく同じである。古くからの「ともし」は、羨ましい意が後退して、近代には乏しい意味が中心だったということになる。

そして現代、『広辞苑』も立項している（表記は【乏し・羨し】）ものの、「ともし」という見出し語からして古語として載せているものと思われる。『日本国語大辞典』『大辞林』は「ともしい【乏しい・羨しい】」として口語体によって載せているが、用例は『古事記』『万葉集』『伊曾保物語』などからなので、やはり古語の認識なのだろう。不足ぎみという「乏しい」の意では残っているが、うらやましい意の「ともしい」はあまり耳にしない語といっていい。

現代短歌では「羨《とも》し」とする表記で意が明瞭となるうえ、「うらやまし」よりも音数が節約できることもたぶん歓迎されるせいか、日常的には耳慣れないのによく使われ、動詞化された「羨《とも》しむ」もみられる。

この動詞化はすでに上代からなのだが、調べて意外だったのは、「ともしぶ」がうらやましがるという上二段活用の自動詞、「ともしむ」はうらやましがらせるという下二段活用の他動詞であったとされていることであった（『角川古語大辞典』）。あらためて確かめてみると、現代の辞書も両者を同じように説いて載せている。

一般的には使われなくなっているのだから問題にならないことだが、用例を集めてみたところでは、現代歌人は「ともしぶ」よりはもっぱら「羨《とも》しむ」をよく使い、連用形は「ともしみ」、連体形は「ともしむ」として四段活用と心得ているように思われた。

形容詞が動詞化するとき、「かなし」から「かなしむ」「かなしぶ」になる。「かなしむ」は四段、「かなしぶ」は奈良時代には上二段、平安以後四段と活用に変化を生じたとされている。また、「はかなし」は上二段活用の「はかなぶ」ののち、中世以降は四段活用の「はかなむ」とする動詞化がなされた。こうした例からも、現代人にとっては形容詞が動詞化すれば四段活用（口語では五段活用）という感覚があるのではないだろうか。

忘れられていた「ともし」を歌のなかで再生したとき、歌人たちは自然にその形容詞を動詞化し、そうして生まれたのが四段活用の「羨《とも》しむ」だったのだろう。あくまでも想像だけれど、四段活用の「ともしむ」は誤りであるなどとみるよりも、たぶん歌ことばの存在にとっては意味があろうと思う。

あげた用例には動詞「羨《とも》しむ」の連用形と終止形、それに形容詞「羨《とも》し」の終止形と連体形が使われている。

岡井隆の歌はいくぶん揶揄の様相である。「馬齢を重ねる」といったら自分のことについて卑下していうのが普通だが、この歌では「馬鈴薯」に「馬齢」を忍び込ませ、冷やかすような表情で「玉城徹の古稀」を羨んでみせているのである。レトリックの楽しい一首である。

藤原龍一郎は青春のスターの暗い眼差しを映し出すに当たって、夭折願望がそもそも「通俗」という認識を添える。訳知りを牽制するようで、そこが小気味よい。

水原紫苑のいう「羨《とも》しむ」関係はいくぶん変わっていて、ベクトルは雨から雪に向かう。この地上の「純白」に対する恒久的な憧憬を空想の美しさで伝える趣だ。

大人社会に交わり始めたばかりでも、けっこうシビアな見方を示す野口あや子の一首。世の中うまく泳ぐばかりが人間の器量だろうか、と言いたいような。正しいと思う。

な…そ

な逢ひそと医師《くすし》はいへりあはずしてかへしやらるる君ならなくに　落合直文『萩之家歌集』明治39年

誓《ちか》ふとて心《こころ》ただしく云《い》ひいづる古《ふる》き言葉《ことば》をおろかになせそ　与謝野晶子『春泥集』明治44年

春の鳥な鳴きそ鳴きそあかあかと外《と》の面《も》の草に日の入る夕　北原白秋『桐の花』大正2年

な怖れそ／れんげつゝじは赤けれど／ゐんじゅも臨む　青ぞらのふち　宮澤賢治「歌稿B」大正10年

な忘れそ　日本のことば日本の美　平成悲歌の時代の一己　　橋本喜典『な忘れそ』平成24年

不逢恋《あはぬこひ》逢恋《あふこひ》逢不逢恋《あふてあはぬこひ》ゆめゆめわれをゆめな忘れそ　　紀野　恵『さやと戦げる玉の緒の』昭和59年

副詞の「な」と終助詞の「そ」の間に動詞の連用形をはさみ、禁止の意を示す文語の用法である。「な歌ひそ」といえば、歌うな、の意を示す。特殊なカ変とサ変の動詞については連用形でなく未然形を用い、「な来《こ》そ」（来るな）、「なせそ」（するな）となる。終助詞の「そ」は単独でも禁止の意をもつから「な言ひそ」も「言ひそ」も、言うな、という解釈になる。

明治期には文語体がごく身近で作文もなされており、相手を制する場合には自然に「な…そ」を採用したらしい。『言海』は、この「な」に【勿】の字を当て、「な忘れそ」と並べて後世の使い方、つまり動詞の下に「な」を置く「忘るな」と、二通りの用法として解説している。

直文の一首は、明治三二年の春、病臥するなかで詠まれたもの。国文学者、歌人として与謝野鉄幹ら多くの門弟に慕われた直文らしく、見舞い客も絶えなかったのであろう。病状から医師は面会を止める。「お逢いなさいますな」という感じ。そのまま帰らせていい君ではないのにと涙を呑む心情に文語の趣がよく合って、悲しみが静かに伝わる。

晶子も、ごく当たり前のように「な…そ」を用いた。一例を引いた『春泥集』は第九歌集である。晶子は恋を生涯のテーマと心得ていたから、誰にとっても何より尊いのが相手への不変の思いなのである。現実とも物語世界とも、その境界などはない。誓ったからには、それがどんなに昔のことになろうと、おろそかにしなさんな、と言っているのだろう。言い換えれば心変わりは許さないというに等しい、少しコワイ歌。

「な…そ」といったらこの歌といえそうなのが白秋の一首。『桐の花』巻頭歌である。森鷗外が主宰した観潮楼歌会の明治四一年七月四日の作であることを、啄木がその日の日記に書いている。題は「戸」。「啄木日記」によれば歌会席上、第四句は「との面の草に」であった。「戸外」の意で応じたと思われるが、歌集では「外《と》の面《も》の草に」となり、このほうがはるかに意が通りやすい。「な鳴きそ鳴きそ」という繰り返しは「そんなに鳴いてくれるな」と哀願するふうである。小刻みでありながら語尾が揃って冷たくはずむこの構成は、青年白秋の作ながら、文語がすっかり手の内にある見事さといえるだろう。

白秋より一一歳下の宮澤賢治の例はどうであろう。歌集を残さなかった賢治だが、「歌稿B」と称されるのは賢治自身の筆写による作品群をさしている。初夏の高原を鮮やかに染めるレンゲツツジの朱を、その激しさゆえに怖れるでない、と制したものであろう。高木の槐だって堂々と青空の縁に臨んでいるのだからと、よくわからない理由づけをしているところが賢治らしい発想である。白秋と比べても、どこかぎこちなく、文語の扱いに器用さは感じられない。ただ、「怖るるなかれ」という初句の心理的基盤は、いかにも宮澤賢治のものであるという気がする。

短歌においても消えかかっているかに見える「な…そ」ではあるが、逆にいうと、文語は非日常の語であるだけに、禁ずることを詩的に伝えようというとき、案外有効なのかもしれない。「忘れるな」の文語形は「忘るな」だが、より特殊な用法の「な忘れそ」のほうに、歌ことばとしての安定感はある。歌集一冊の題を『忘れるな』とすることはまずなさそうだが、『な忘れそ』とすれば、何か深遠な情調がたちのぼる。橋本喜典の例歌はそんなことも思わせる。

ただ、文語体の言い回しとしても、さすがに古めかしい「な…そ」は、現代短歌に生かすとなればハードルが高い。それだけに昭和期の終わりに、まだ若い紀野恵が魅力的な一首に使ってみせたのは感服だった。上の句には和歌の題を列ね、〈恋〉を響かせながら下の句へと流してゆき、ただひと言を戯れのように突きつけるなかでの「な忘れそ」。実に巧緻である。

なくに

今はとて柳の糸を手にまきて笑みしおもわの忘られなくに
太田水穂『つゆ艸』明治35年

あひびきの朝な夕なにちりそめし鬱金《うこん》ざくらの花ならなくに
北原白秋『桐の花』大正2年

何ひとつ身に創《きず》などはもたなくにむかし母よりわれは生《うま》れき
前川佐美雄『白鳳』昭和16年

鶏はめしひとなりて病むもありさみだれの雨ふりやまなくに　佐藤佐太郎『帰潮』昭和27年

ひき出だす狂気といふもあらなくに日にいくたびも庖丁拭ふ　雨宮雅子『水の花』平成24年

ターミナル駅の朝《あした》の轟々と時は流れてとどまらなくに　香川ヒサ『The Blue』平成24年

打消の意の「なく」に接続助詞「に」を添えた「なくに」は、「に」に逆接の働きがあり、「…ないのに」という意で使われ、やがて詠嘆の意を添えて「…ないものを」といった嘆くニュアンスを帯びるようになった。といっても上代に発達した用語で、中古にはすでに「伝統的な語法」(『日本国語大辞典』)と受けとめられていたとされる。近代短歌は『万葉集』を愛好した時代背景もあり、上代語への親近感は如実で、現代短歌においてもその傾向は維持されているせいか「なくに」の用例も数々見ることができる。

水穂の第一詩歌集からの一首は、初々しい相聞といえるだろう。あの面輪を忘れられようはずもないのに…と愛おしむ心で、ほとんど定型的結びとして歌人に愛好されたに違いない。

白秋の例の「ならなくに」も定型の言い回しで、『日本国語大辞典』『広辞苑』『大辞林』は「なくに」とともに「ならなくに」も立項している。「なら」は断定の意で、「…ではないものを」というように、思いとは異なる現実を嘆く言い方である。『桐の花』にはもう一首鬱金《うこん》ざくらの歌があり、ほかより遅く咲きそめて散ることに心情の極みを重ねた詠み方をしているので、掲出の一首も、鬱金ざくらというわけじゃないのに憂わしい思いを抑えきれない、と嘆いているのであろう。『桐の花』には「ならなくに」の二例のほか「人あらなくに」の用例もみえる。

前川佐美雄の例では、一見逆接の用法の位置にある「なくに」だが、内容的には詠嘆していて、上の句と下の句は倒置関係に読む構造なのだと思う。自らの五体をあらしめた母を素直に尊ぶ。立派な男《おのこ》たるべく自分は生まれたのだ。「創《きず》」など何ひとつない。その詠嘆は「なくに」を添えることで、心にはこれほど苦悩を抱えているのに、という含みになるのだろう。もともと生誕を思うこと自体が自己否定的な思索を感じさせよう。存在をめぐる葛藤の、かなり独特な表現の一首と思う。

佐藤佐太郎の「なくに」は古来の用法にごく近い詠嘆である。戦後、生活のために始めた養鶏に材を取っている。養ったのは百羽ほどだったと歌集後記にあるが、健康でない鶏も混じっていたわけだから、傍業としてもわびしいくらいのものだったのだろう。ただでさえ鬱陶しい梅雨の雨が、いっそうやるせないというのである。

雨宮雅子が用いた「なくに」は詠嘆を添えながら下の句に流れてゆくといったらいいだろうか。孤愁を極め、いっそ狂うことができたら…という思いさえ「なくに」の逆接の意味合いにこめられているようである。

香川ヒサの例の結びは、ほとんど純粋な（逆接をはらまない）詠嘆を意味している。ただ、英国滞在中の作ということから、地球上のどこにあろうとも、という感慨がもたらされ、微妙に屈曲をはらむ語調となったのではなかろうか。

なだり

見はるかす山腹なだり咲きてゐる辛夷《こぶし》の花はほのかなるかも　斎藤茂吉『赤光』大正2年

響《とよも》して若葉のなだり吹く風に問はずや過ぎむわが常處女《とこをとめ》　前　登志夫『縄文紀』昭和51年

秋萩は野分のあとの傾《なだ》りにて虹も老ゆるか力なく垂る　高山鉄男『風の記号学』平成25年

究竟の紅葉に会えり酷薄な狂喜に会えり秋のなだりに　沖ななも『三つ栗』平成19年

『角川古語大辞典』では動詞「なだる【傾・頽・雪崩】」はラ行下二段活用の語である。その名詞形は「なだれ」であり、「なだる」「なだれ」のほかに、つながりのある語は登載されていない。短歌でよく使われる「なだり」は、これでみる限り、古語に由来する語ではない。

明治期の『言泉』『言海』、現代の『大辞林』にも「なだり」はみえない。おもしろいことに『広辞苑』は第一版に登載されていなかった「なだり」が第三版では「なだり【傾】」として立項されていて「（ナダレの転）斜めに傾くこと。また、そのような地形」と説く。そして第六版でも維持されている。

一方、『日本国語大辞典』は「なだり【傾】」に「斜めに傾いていること。また、そのところ。傾斜。なだれ。」と説いたのち、川田順の『鷲』（昭和15年）から「鳥海山の傾斜《なだり》緩やかに曳きたればそのはてに在る海を考ふ」を引く。さらに大分県別府に傾斜地をいう方言として残っているとも記す。同辞典の第二版においても異同はない。

『日本国語大辞典』に詳しい方言の存在については、現代短歌の用語に少なからず影響の可能性をみることができるということを「濃ゆし」の項でも述べた。方言が一般語と異なって、やや文語めいていたりすれば、歌ことばへと容易にシフトしてしまうらしい。ここで断言できることでもないけれど、おもしろいことである。

川田順は明治一五年、東京に生まれた人だから、ここに方言由来のみなもとをみることができるわけではなく、むしろ『鷲』の刊行された昭和一五年より以前に、「なだり」は短歌表現に浸透していたとみるべきなのだろう。『日本国語大辞典』は用例を可能な限りさかのぼっていると聞くが、大正二年刊行の『赤光』に一首「山腹なだり」がみられるので、あげておいた。「死にたまふ母　其の四」よりの一首である。

前登志夫の一首は、エネルギッシュな初夏の山中に身を置くと、永遠のおとめを求める青春期の切実さなど、もう身に覚えぬまま過ぎてゆく…といった、やや懐古的寂寥の感覚であろうか。

三首目において、視線は、さらに内面へと向かう流れを如実にしている。野分ののち、無惨に傾《なだ》れる萩から空に目をやると、おりよく現れた虹というのに、どこか生気を抜かれて、その脚を曖昧にしているというのであろう。作者高山鉄男は、ル・クレジオの『悪魔祓い』翻訳などで知られるフランス文学者。学究に尽くした人生を心静かに想う一首でもあるようで、自身を重ねての風景の引き取り方に味わいがある。

四首目の究竟（くっきょう）は、きわめてすぐれていることをいう。「くきょう」に促音が加わったらしく、仏教で真理の究極をいう語でもある。和歌では避けた促音の、堅い漢語を見事な紅葉の讃嘆として添えるというのも現代短歌ならではのことかもしれない。しかも酷薄、狂気とつづく沖ななもの一首。大いに意識しての表現なのであろう。結びの「なだりに」が穏やかな和語のひびきを残している。

なづき　なずき

若夏《わかなつ》の青梅選むこずゑには脳《なづき》も透きて歌ふ鳥あり　山中智恵子『みずかありなむ』昭和43年

芋虫が造られるのとおんなじに脳《なずき》ができるいのちの不思議
柳澤桂子『四季』平成24年

腸詰のやうなる雲が累々とわれの脳《なづき》の上に混みあふ
志垣澄幸『遊子』平成11年

ああでもなしかうでもなしと下ろし金の突起くらゐに脳《なづき》はたらく
小黒世茂『やっとこどっこ』平成24年

とりとめのなき話などせぬように父のなずきの明るむ朝は
中畑智江『同じ白さで雪は降りくる』平成26年

「なづき」は古語で骨髄のこと、特に脳髄また頭部全体をも指していた。古語には「脳《なう》」も存在しており、『曾我物語』の用例がみえる（『角川古語大辞典』）。それでいうなら「脳《なづき》」は古語の範囲内にとどまったということだろう。

『言泉』は「なづき」に【脳髄】の字を当てており、『言海』は【脳】。また『言海』には「今モ奥州ニテハイフ」とあるように、方言として各地に残っていることは『角川古語大辞典』『日本国語大辞典』にもみることができる。『広辞苑』『大辞林』は脳の意味のほか、転じてあたまの意を示すとしているが、その用例は『東海道中膝栗毛』「浮世草子」からであるので、近世には頭の意の「なづき」は比較的身近なことばとなり、方言に残ることにもなったのであろうか。

青山脳病院がおりおりの作品背景となった『赤光』に、「脳《なづき》」の例はない。おそらくノウと読む「脳」が一首、また「脳解剖書《なうかいばうしよ》」が一首あるのみである。それにしても「脳《なう》」じたいが、和歌ではもちろん、近代に至っても歌には詠み入れられにくかったに違いなく、近代短歌の用例は容易に見つからなかった。

現代短歌がたとえば人体や食べ物といった歌に詠む対象の制約を取り払ってゆく過程で、脳もやがて歌人の意欲をそそったにしても、「脳《なう》」という場合の直截的な生々しさをやわらげる意味で、古語が採用されたのかもしれない。

目に入ったなかでは山中智恵子の一首が早い時期の用例で、かつよく知られるようになった作と思う。昭和三九年に村上一郎が創刊した雑誌「無名鬼」に発表した大作「會明」に初出であるらしい（現代歌人文庫『山中智恵子集』国文社）。山中の古典の知識による「脳《なづき》」の導入という想像もしてみたくなる。さえずりの透明感からイメージされた形容と思う。

専門的なことを専門家の立場から述べながら、なんとも楽しげな語りでまとめた柳澤桂子の例では、主題の神秘性が古語によっていっそうの落ち着きを得ているようである。

志垣澄幸の例歌の「脳《なづき》」は自分の頭をさす。音数に差はなく、むしろあえてという使い方を示したのかもしれない。初句の「腸詰」に揃えたとみるのは考えすぎだろうか。

小黒世茂の場合も、日常的には「頭がはたらく」というところだろう。ただ、一般にまで右脳だ左脳だ海馬だという時代でもあって、どこかそんな風潮に従いつつ、さらにひと味添えて古語に置き換え、「下ろし金の突起くらゐ」と添えた比喩が軽妙だ。

この語を若い世代が用いるとしたら、まず短歌の先例から記憶にとどめてのことであろう。中畑智江の歌集では例歌の前後に父を脳外科に見舞う歌が置かれている。「なずき」は闘病の現実をそのまま伝える語といえるが、古典に由来する歌ことばの採用は、父を想う情にやわらかく寄り添う流れをもたらしたようだ。

なみす

たれよりもさきに見《み》そめしかたはらの人《ひと》をなみするおん涙《なみだ》かな　与謝野晶子『佐保姫』明治42年

平和ぼけと平和を蔑《なみ》するごとくいひぐづぐづに崩れゆかむ平和は　蒔田さくら子『サイネリア考』平成18年

踊りのやうなしなありとわが歌を評せし人をいまだも蔑す　藤井常世『鳥打帽子』平成25年

なにごとにも反対をする世代なり父は蔑《なみ》せりき教員志望を　大松達知『ゆりかごのうた』平成26年

サ変動詞なので現代の辞書での見出し語は「なみする」。「無《な》みす」から生じた語で、ないものとみなす、ないがしろにする意をもち、漢字は古典においても【無】【蔑】が当てられた。今の時代、すでに日常語ではないものの、語意がやわらぐ印象のゆえか、歌ことばとしては若い世代にまで浸透している。

晶子の一首は山川登美子追悼歌である。鉄幹の妻となってのちも、晶子は夫の心がほかの女性に傾いているのではないかという不信の念に悩みつづけた。登美子の早世に夫は慟哭し、晶子は冷めた目でそれを見つめる。あなたの涙は、あなたを誰より先に見そめて今も寄り添うこの私をないがしろにするもの――。哀しみの向け方が独特の挽歌。

蒔田さくら子の主張もふるっている。「平和を蔑《なみ》するごとく」と斬り込み、その先を案ずるのは正論そのものだが、そこには古語の「蔑《なみ》す」がぴたりと据えられていて、主張としても卓抜である。

三首目では藤井常世の抑えた憤りが「いまだも蔑す」にこもっている。歌集ではこの歌のすぐ次に「日常を離れはなやぐ稽古場にあれどしなをつくるをどりは習はず」という一首が並ぶ。藤井は舞い手でもあったが、舞と歌とを結びつけた安っぽい評は腹に据えかねたに違いない。「蔑す」の一語に静かな迫力があり、小気味よい斬り返しを万全のものにしている。

四首目。「父」の脳裡には〈でもしか教師〉などという揶揄の残像がよぎったのだろうか。教師にでも…、教師にしか…という侮りは高度成長期のもの。しかし息子は心のうちで、そんな父を反体制に走った世代と括って返す。「蔑《なみ》せりき」は穏やかにして辛辣だ。大松達知は昭和四五年生まれ。世代ごとに負う社会の変遷を納得させる。

なれ　な・なれ・いまし

短夜を耳にはなれぬ蚊の声のほそくちさきに似ずや汝《な》が歌　尾上柴舟『銀鈴』明治37年

道行くに狭しと云ふな強き手にたゞおしひらけ汝《なれ》は大丈夫《ますらを》　同

さまざまの七十年すごし今は見る最もうつくしき汝を柩に　土屋文明『青南後集』昭和59年

寂しくて老い行く父母を吾は思ふすがるかた無く居る汝を思ふ　近藤芳美『早春歌』昭和23年

サキサキとセロリ噛みいてあどけなき汝《なれ》を愛する理由はいらず　佐佐木幸綱『男魂歌』昭和46年

吾《あ》を産みし母より汝れの父よりもいのち間近にわが肉を蹴る　河野裕子『ひるがほ』昭和51年

奏法を知らざるビオラさながらに汝《な》の総身をみつめていたり　大滝和子『銀河を産んだように』平成6年

童わが茅花《つばな》ぬきてし墓どころそのかの丘にねむる汝《いまし》か　明石海人『白描』昭和14年

をさなごよ汝《いまし》が父は才《ざえ》うすくいまし負《おぶ》へば竹群《たかむら》に来《く》も　宮　柊二『日本挽歌』昭和28年

わらふこゑ大きいことは遺傳ならむ古き椅子にゐて汝《いまし》の笑ひ
森岡貞香『帯紅』平成23年

ああわれの永遠《とは》なる外部 汝《いまし》らの砂丘に踊る影を踏みつつ
高島 裕『旧制度《アンシャン・レジーム》』平成11年

ここでは「な」および「なれ」を一緒に考えたい。そして「いまし」にも触れておくことにしよう。「汝《な》」「汝《なれ》」「汝れ」「汝《いまし》」といった表記から二人称であることが察せられそうではあるが、短歌以外の場で見ることは稀であるに違いない。

「わ」と「われ」の関係に等しく、「な」と「なれ」は同義で、上代では最も一般的な対称代名詞であった。しかし、平安時代以降は歌のなかくらいでしか使われなくなった（『角川古語大辞典』）。一般には使われなくなったことばが歌のなかでは命脈を保つということが、このようにごく身近な二人称においてすら平安時代から現実的だったわけである。

『角川古語大辞典』は「な」に比べると「なれ」にそれほどの行数を割いていない。明治期の『言泉』の場合、立項しているのは「な」と「いまし」のみで、「なれ」については見送ってしまっている。『言海』は三語を載せているが、解説はごくあっさりしたものである。

一般的に使われる語ではないにもかかわらず、現代の『広辞苑』や『大辞林』が「な」「なれ」「いまし」の三語とも立項しているのは殊勝なことかもしれない。

用例最初の柴舟の第一詩歌集『銀鈴』は、個人の一時期の作品を集めた歌集出版としては初期のものだが、あげたように「汝《な》」「汝《なれ》」の二例がみられるから、この二語はともに近代短歌でも定着して用いられていたのだろう。ただし、この二首の「汝《な》」「汝《なれ》」は自身に向けられており、この語がそうあらたまった二人称ではないことを感じさせる。その意味ではむしろ使いやすかったのではなかろうか。そもそも「な」「なれ」「いまし」は、敬意を伴わない二人称として夫が妻に、親が子に、というかたちで使われる語であった。

『みだれ髪』には二語とも例がないが、晶子が「な」「なれ」を用いた歌の例は残っている。『東西南北』『一握の砂』には「なれ」の用例が二首ずつあり、『思草』『赤光』は「な」「なれ」を複数回で用いていることも、この二語の近代歌人による使い方をよく反映しているものと思う。

二人称として「汝」一字で示すことも少なくないが、ほとんど韻律で判断できる。用例三首目では「なれ」、四首目では「な」と読んでよいのだろう。

三首目は、文明九二歳の年に妻を失ったときの悲しみの歌。多くの別れをうたう歌集の終わり近く、六四年もの歳月を支え合った妻に最大限の愛をこめての挽歌である。四首目はおそらく結婚直前の歌で、曲折を経て愛を確かめ合った相手をひたすら想うとき、おのずと発せられた「汝」だったであろう。

佐佐木幸綱初期の相聞歌は豪快な男くささで包み込むようなざっくり感が魅力である。そんななかでも五首目はとりわけ人気の高い一首。擬音の効果が相手の素《す》のままのかわいらしさをリアルに伝え、それゆえに「汝《なれ》」と呼ぶこともごく自然で、とにかく理屈抜き!! という下の句は大いにまともな端正さ。この物言いのかっこよさに歌のことばがおのずと貢献していることをあらためて思わせる。

永田和宏と河野裕子の相聞にも「汝」はよく登場した。述べたように、本来男性から女性に使うことが一般的であるから、河野裕子が恋人や夫に対して使う「汝」は、いくぶん独特の太っ腹な印象を放っていた。例にあげた六首目は胎動の歌である。世に生まれる前の母とのつながり、相愛の相手との一体感すら及ばない身ごもりの、一人の女性の命の充実を明朗にうたうなかに「汝れ」が効果的だ。

大滝和子の一首も異性を想う歌であろう。作者の年代が若いほど対等意識というのか、女性が想う相手に「な」や「なれ」を用いることも自然な印象を与えるようだ。未知というに近い相手への恋心として、知り尽くしたい心を述べた歌と思う。

短歌への口語導入が進むなか、人称は多様化の傾向にあり、「な」「なれ」はいかにも古いイメージをもたらすのかもしれない。佐佐木幸綱は恋人に「汝《なれ》」を使う一方、「おまえ」とも呼んで歌をなしたし、永田和宏の『メビウスの地平』にも同様の例があった。また俵万智は子に対してもっぱら「おまえ」を使う。男女どちらにも、またどちらからも使う人称としての「君」は健在だが「あなた」も増加傾向。人称は歌語の変化をよく映し出している。

それでいえば「いまし」はかなり後退した人称のようでもあるが、それでいて現代歌人が今日なお使う場面があるということには、やはり目をとめておきたくなる。

「いまし」の用例の最初は、妻子と離れて暮らし始めた海人が、次女急死の知らせに慟哭しての一首である。ハンセン病の宣告を受けた海人への知らせは葬り後のことであった。二歳にもならない幼子の最期もその後も思い描くのみでしかない父親の深い嘆きの歌。「汝《いまし》」はその幼さ、いとおしさを静かに、控えめに、深く伝えている。

宮柊二の一首に描かれているのは、頭のなかが創作のことでいっぱいの父親だ。「才《ざえ》うすく」という嘆きは矜恃と紙一重と感じられるが、この犀利な自己認識を、いかにも古風な語並びが穏やかに包み込んでいる。歌集では「子守歌」として独立して置かれたこの歌には、三人の子に「うたひ聞かせる」という趣旨の詞書が添えられている。「汝《いまし》」は宮の上代への関心の強さから自然な選択だったと思わせるが、子守歌のように聞かせるという役割からも、似つかわしい二人称といえるだろう。ここでは三音であることが求められるが、社会的地位の上下関係を強く思わせる「汝《なんじ》」はとても使えない。結果的に恰好の一語としての「汝《いまし》」であったと思う。

三首目。森岡貞香の『帯紅』は遺歌集として三冊目のもので、いわば最晩年の作品を集め、子息の編集によって刊行された。察するところ、急逝した夫の年齢をかなり超えた息子の豪快な笑い声に、まざまざと夫を思い起こしたというのである。大の男の笑い声と、母が息子に言う語としての「汝《いまし》」が福々しい印象をもたらし、絶妙に近い取り合わせになっている。

高島裕の一首に接すると、「汝《いまし》」という短歌のなかでさえ珍しくなっているこのことばが、案外便利な二人称であるかもしれない可能性を思いたくもなる。永遠に他者でありつづける者たち。「なんじ」の厳めしさはなく「おまへ」といった粗っぽさもなく、「汝《いまし》」は短歌の叙述においてこそ生かせるという確信をもって据えられたことだろう。

「汝《いまし》」は主に親から子へなど下降的な関係で用いられるが、「な」「なれ」のように動物に対して使うことはないとするのは『角川古語大辞典』である。平安時代以降はほとんど使われず、近世になって「八犬伝」などに復古的に登場しているともされ、ことばと時代の関係が浮かぶようだ。晴れの歌中心の王朝和歌には導入されにくかった「汝《いまし》」も、現代短歌に展開される人間関係の多様さからすれば、もう少し使いどころがありそうな気もする。

なゐ　ない

地震《なゐ》すると人の手とりて戸を出でしここちにさめし朝の夢かな　尾上柴舟『静夜』明治40年

地震《なゐ》の夜の草枕をば吹くものは大地が洩らす絶望の息　与謝野晶子『瑠璃光』大正14年

この大地震《おほなゐ》避くる術なしひれ伏して揺りのまにまに任せてぞ居る　北原白秋『風隠集』昭和19年

朝地震《なゐ》す空はかすかに嵐して一山《いちざん》白き山ざくらかな　若山牧水『海の声』明治41年

地震《なゐ》よりも烈しく揺りくるジグザグデモわが學生の旗を見守る　太田青丘『六月の旗』昭和40年

ことことと小さな地震《ない》が表からはいって裏へ抜けてゆきたり　山崎方代『迦葉』昭和60年

うつうつと地震《なゐ》に揺れゐし朝あけて身内に何のなまめきか残る　中城ふみ子『乳房喪失』昭和29年

地震《ない》予報広がる夜の街地震《ない》よりも地震《ない》待つこころのふるえゆらして　大野道夫『夏母』平成22年

小さなる地震《なゐ》に戸を開け戸を閉めつ終始ひとりのふるまひにして　小笠原和幸『定本　春秋雑記』平成15年

地震《なゐ》ふるを予想もしつつ積むあまた蔵書の崩れむさまを思へり　真中朋久『火光』平成27年

「なゐ」は「日本書紀歌謡」91に〔那為〕としてみえるが、「地《なゐ》が揺《よ》り来《こ》ば」と読まれているとおり、そもそもは大地の意だったという。「なゐゆる」「なゐふる」などとして大地が揺れる意を示した。ただ『日本書紀』（推古七年四月）に「地震の神《ナヰ》」とみえることなど、早くから地震そのものの意に転じた痕跡が伝えられている（『角川古語大辞典』『日本国語大辞典』）。

長く散文において使われたのであろう「地震《なゐ》」の語も、近代歌人が暮らしの現実を歌に詠むなかでは、「地震《なゐ》す」という動詞化、「朝地震《なゐ》」や「大地震《おほなゐ》」のような複合語も含めて、すでに定着していた観がある。

晶子、白秋の歌は関東大震災に際してのものである。晶子は麴町区（現、千代田区）に住んでおり、家の倒壊は免れたが外濠で避難生活をした。「草枕」は枕詞ではなく旅寝の意で、その間のことをさすとみられる。

白秋の一首が伝えるのは関東大震災のその瞬間である。文語動詞「揺る」には下二段と四段の活用があり、「揺り」は四段活用の連用形が名詞化した語。「まにま（随）に」は「〜のままに」の意で、揺れのままに任せているほかなかった、と恐怖を甦らせているのである。

変わったところでは青丘の一首である。「地震《なゐ》よりも烈しく搖りくる」は比喩表現で、この歌での「搖りくる」も四段活用によっているが、歌は昭和三五年六月一五日安保闘争が背景だ。全歌集の年譜によると、自身も〈教授研究者団体のデモ〉に参加した。上の句は行動せずにいられなかった自分の思いの反映でもあるのだろう。

山崎方代の歌には、地震を危ぶむときにもひょうきんな味わいがまつわり、中城ふみ子は女性の感度を基《もとい》としてしんねりとした感触を打ち出す。

阪神大震災以降、さらに東日本大震災を経て、短歌や俳句での「地震《なゐ》」の使用頻度は跳ね上がったが、多くは地震《じしん》の言い換えの「地震《なゐ》」であり、「地震《なゐ》す」といった動詞化は、あるとしても珍しい例だろう。「地震《なゐ》」は、おそらく詩歌用語であるという自覚のもとに使われている観がある。

大野道夫の歌では「地震《ない》」を繰り返すことで不安と怖れが増幅する流れになっているが、音数の上からも、日常語をはずれた語の響きからもふさわしいと判断したのだろう。阪神大震災と東日本大震災の間の時期の一首と思われる。小笠原和幸はむしろ地震に際して孤としてあることの認識に立ち返る。

あげた用例中では一番若い年代の真中朋久（昭和39年生まれ）が、上代の「地震《なゐ》ふる」を採用しているのは意外だったが、「地震《なゐ》」の語を用いるに当たって思案した結果、自覚的に選びとったかたちだったのだろう。

にはたづみ　にわたずみ

雨そゝぐ桜の陰のにはたづみよどむ花あり流るゝ花あり
正岡子規『竹の里歌』明治37年

ゆくりなく思ひぞいづる風吹きて曾丹《そたん》の歌のにはたづみはも
山中智恵子『短歌行』昭和50年

銀色の月が宿借る潦《にはたづみ》そのむかうより百合が匂へり
武下奈々子『フォルム』平成14年

自転車のほそきタイヤですっぱりと傷つけていくにわたずみの空
江戸　雪『駒鳥《ロビン》』平成21年

なんだらう心のなかの潦《にはたづみ》踏みつつあるく駅まであるく
大松達知『ゆりかごのうた』平成26年

花冷えのやうな青さのスカートでにはたづみ踏むけふの中庭
澤村斉美『夏鴉』平成20年

にはたづみに見おろす葉月のあをぞらに鳥を待ちゐしのみ少年期
光森裕樹『鈴を産むひばり』平成22年

幾筋か底に轍をしづめゐるにはたづみあり足裏は越ゆ
藪内亮輔「花と雨」平成24年

水たまりのことをいう「にはたづみ」は古語である。『角川古語大辞典』によると表記は【潦・庭水】。雨ののちにできるたまり水や、そこにできる泡のことをいい、『万葉集』では「流る」「川」にかかる枕詞として使われたようだ。さらに『能因歌枕』に「はかなき世にたとふ」とあることも紹介されていて、平安時代には雨の名残を道に見るときの心情表現が前面に押し出されて定着していたらしいことも知られる。『日本歌語事典』（大修館書店・平成6年）では「流る」「すまぬ」「行く方知らぬ」などにかかる枕詞と解説されている。

語源について『角川古語大辞典』は「庭」を示し、『言泉』や『言海』は「俄」を示しているが、その両説のあることに触れながら、『日本国語大辞典』はアクセントによって「庭」が有力としている。

近代以降は水たまりの意で歌に詠み込まれるのがもっぱらとなり、その習慣的な使い方が現代短歌にも流れ込んでいる。ただ、日常的に使われることばではなく、歌ことばとしていかにも古い語感という印象はあるのだが、しかし、この語はしっかり生き延びて、今日、意外なほど若い歌人も採用していることは本書冒頭の「画家と作家とニワタズミ」で述べたとおりである。

最初にあげた子規の一首は、この時代のほとんど典型といってよい用例なのであろう。見る影もなくなってしまった桜の痛ましさは、水たまりといった小さく限られた光景のなかに映し出すことで、より身近なあわれを訴える。

山中智恵子は平安中期の歌人曾禰好忠に詠み込まれた「にはたづみ」をにわかに思い起こすという趣向でこの語に焦点を当てた。『国歌大観』によって調べてみると、それは「にはたづみながれて人や見えくるとくるればたのむなつのゆふぐれ」であるらしい。この一首では「ながれて」に掛かる枕詞なのかと思うが、好忠は革新的な歌人であったと伝えられていることからすると、『古今集』の流れを受け継ぎながら、「にはたづみ」という卑俗なイメージを導入することに少なからず意図があって、山中智恵子もその点に感応したのかもしれない。

武下奈々子は、むしろその卑俗な古来のイメージに美を見ようとしたのであろうか。

江戸雪はぐんと現実的、日常的な一瞬として水たまりに映る空に自身の動きを割り込ませた。発想としては、勢いのままに、きれいなものに傷つけてしまったなりゆきへの思い返しということになるが、「水たまり」と音数も変わらない「にわたずみ」を選ぶところに歌人の意識を見るべきなのだろう。

大松達知の一首のなかで「潦《にはたづみ》」は心理的よどみの謂である。古来の喩法とはまったく切り離され、この語に引き出されるかたちで「踏みつつあるく」とつなぐところも現代歌人なりの操作を印象づける。

澤村斉美の一首においては、ファッションの繊細な感触が地上の暗い水に作用する。それはまことにささやかな一瞬といえ、対照的なものとものとの否応のない関係として作者の「けふ」の記憶にとどまった。とどめるところが歌人であるということだろう。

光森裕樹にしても、少年らしい孤の記憶を場面化するに、その場面の描出が独特である。鳥を待つのみといっても空を仰ぐのでなく、視線は地面に下降する。下降するところに表現上の意味があるであろう。にわたずみに映る八月の空の青さは、少年の心に映った空に等しいといえるかもしれない。

平成元年生まれの藪内亮輔の一首は、角川短歌賞を受賞した「花と雨」（「短歌」平成24年11月）一連中のものである。おおかた若手が清新な個性を競う新人賞の、その受賞作に織り込まれた「にはたづみ」は、それのみで意外な観があったが、結句の据え方を含め、藪内はすでに相当の近現代の短歌を読み、用語も手法も手の内にしていたことを思わせるから、「にはたづみ」に驚くまでもなかったようだ。現実のささやかな闇を底にとどめて動かない水のなんでもなさは、なんでもないように足裏《あなうら》が越えたとき、歌ことばとしての「にはたづみ」をはっきり認識させたのだと思う。どんなに短歌が新しさを加えようと、伝統の継承をあだやおろそかにはできないということか。

のみど

死《し》にたくはないかと言《い》へば／これ見《み》よと／咽喉《のんど》の痍《きず》を見《み》せし女《をんな》かな　石川啄木『一握の砂』明治43年

野の鳥ののみど伸ばして呑むみれば湧水甘き春となりたり　築地正子『みどりなりけり』平成9年

早朝ののみどをくだる春の水つめたし今日も健やかにあれ　春日井 建『朝の水』平成16年

峠道越え来し甲府勤番のかわく喉《のみど》をうるおしし葡萄　青沼ひろ子『石笛』平成25年

のみどより「ああ」ところ出すよろこびを知らず老いたり水中の鯔《ぼら》　都築直子『淡緑湖』平成22年

古語としては清音「のみと」であった。「と」は「処」「門」の意かと『角川古語大辞典』にある。「飲み処」「呑み門」で喉の意である。「のみと」が転じて「のんど」。さらに「のど」という流れだったようだ。「のど」の用例は『宇治拾遺物語』から引かれており、鎌倉時代には「のど」が定着していたのかもしれない。「のんど」は『和名抄』にみえ、平安期に使われていたことになるが、和歌では髪以外の人体に関わる言葉を避けたから、おそらく和歌には「のみと」も「のんど」も用語の内になかったであろう。

近代短歌はそうした制約を取りはらい、『みだれ髪』の歌には口、唇、うなじ、背《せな》、胸、手、指、足、肌などが複数回で詠み込まれた。そこには鯉の背や幼子の足も含まれるが、官能的な要素を意図して使われたことは如実であろう。突出して多いのは「手」で、単独で二一回のほか「やは手」「手枕」「手づから」などもみられる。そのくらいなのに『みだれ髪』に「のみと」「のみど」は登場しない。生涯にわたって使っていないと断言はできないが、一方、「のど」は次のように使っている。

わが口に含み居たりし恋しさの喉より胸の中《なか》に沁み行く　『晶子新集』大正6年

伝わりやすいこの歌の心情は恋しさゆえの渇きであるから、「口」「喉」「胸」すべて官能をまつわらせて生々しいほどだが、現代語の「喉」を採用していることがややふしぎである。「のみど」を用いて韻律を調整するくらい晶子はお手の物だったはずだから、これは好みだったのか、「のみど」には食指が動かなかったようなのだ。

啄木の『一握の砂』『悲しき玩具』には「喉《のど》」一回、「咽喉《のど》」二回、「咽喉《のんど》」一回がみられる。「咽喉《のんど》」を用いているのが最初の例歌で、釧路時代に啄木と交渉のあった芸者小奴《こやつこ》を回想したもの。何やらすさまじい人生を偲ばせるが、日本近代文学大系『石川啄木集』（角川書店・昭和44年）の補注によれば、吉田孤羊《こよう》『啄木を繞る人々』（改造社・昭和4年）が小奴の談話を伝えており、それは幼時の腫れ物の傷痕であった。啄木の深刻さをそらそうとしたものであったが、後年この歌を読み、小奴は「慚愧の念を覚えた」という。啄木二三歳、小奴一九歳（ともに数え年）だった。現実はともあれ、啄木の一首のなかの「咽喉《のんど》」には撥音便「ん」の迫力も作用して「喉の傷」という以上に抱えた闇の深さを思わせよう。

築地正子は野鳥の姿のなかでも飛翔とはまた違う野鳥らしさを伝えている。多くはさしのべた口に水を含み、首を起こして小さな水の玉を飲み下すような飲み方をする。いかにものどかで春の到来を思わせる様態なのだ。

一方、春日井建の喉をくだる水はせつない喜びと祈りをまつわらせ、その一瞬の尊さまでをにじませる。喉に病を得た春日井の最終歌集『朝の水』には、新約聖書「ロマ書」をふまえた「のどは暴《あば》ける墓とぞ噤下できかぬる一句が夜のしじまをふかむ」という一首もある。掲出歌が残すのは、痛苦を超え、鳥の喉《のみど》をくだるに等しい水の美しさだろう。

趣かわって甲州の女人青沼ひろ子の一首。江戸期の甲府勤番の道中に救いとなったという葡萄である。その後、人びとの努力と丹精で甲州の葡萄は見事に進化・発展し、名産のひとつとなった。郷土の歴史をふり返り、誇りに思う柔和な視線に「喉《のみど》をうるお」すというフレーズが重なり、快い一首である。

都築直子のうたい方はなんとも個性的だ。喉が渇ききったり疲れたりしたそののち、水やビールを流し込んで思わず発する「ああ」を引き出している。爽快なその幸福感は人間だけのもの。鰡が浅瀬に頭を突き出したところで、「ああ」と発するはずがなく、その「ああ」はヒトだけの特権だというわけで、いくぶん人を食ってすましている表情の一首。おもしろい。

はし

死に近き狂人を守《も》るはかなさに己《おの》が身すらを愛《は》しとなげけり
斎藤茂吉『赤光』大正2年

肝向うこころ太れと春の夜のわれに給いぬ美《は》しき海のもの
佐佐木幸綱『天馬』平成13年

男とうポプラに光るいちまいの葉である美《は》しきわが恋人よ
大滝和子『銀河を産んだように』平成6年

勢揃いせぬまま欠けるさみしさよ美《は》しき名をもつ十一人の子ら
松村由利子『大女伝説』平成22年

はらいそを見しとぞ語る人ありて終末論は美《は》しき雨だれ
川本千栄『青い猫』平成17年

日本史の大動脈の真水《まみづ》美《は》し富士安倍大井天竜木曾と
楠見朋彦『神庭《かんば》の瀧』平成22年

たとえば「愛しき」という表記を目にしたとき、現代の一般的な読者は「いとしき」と読むのではないだろうか。では、歌人は？

にわかに立ち上がる想像だが、短歌に接している人ほど、「愛しき」の読みに迷いを生ずるのではあるまいか。「愛《いと》しき」か「愛《かな》しき」か「愛《めぐ》しき」か「愛《は》しき」か「愛《を》しき」か。

『広辞苑』はなぜか「いとしい」に漢字を当てていないが、『日本国語大辞典』『大辞林』が

「愛《いと》しい」を載せているのはもちろんのこと、一般的にも通用していると思う。そして、「愛《かな》しい」のほか文語のかたちの「愛《めぐ》し」「愛《は》し」「愛《お》し（愛《を》し）」も、いまあげた現代の辞典に登載されている。ただ、これらに意味の違いがあるとはいえず、また「愛《いと》しい」以外は、今日使われることがほとんど、ない。

歌人が「愛しき」の読みに迷うように、短歌においては、先にあげたいずれの語もまだ生き残り、自身の語感に基づいて選択しているということである。おそらく短歌のなかくらいの用語、つまり歌ことばとして、歌人はひとつの表記を五通りほどの読みで使い分ける。その意味で「愛し」は最も如実な例のうちに入るであろう。

それはそれとして、実は、「はし」という読みの語については、少々意外な現代の事情がうかがえる。現代歌人は「愛し」を「はし」と読むよりも、「美し」を「はし」と読むことのほうを好んでいるらしいのだ。古語に由来して「はし」といったら「愛し」だったのに、それはせいぜい明治時代までで、現代歌人はそうでないらしいことは、用例を探すなかで感じられた。これは、きわめて個人的な印象にすぎない。しかし、ここにあげなかった歌を含めて、用例として目に入った歌は世代によらず「美《は》し」が多く、というより「愛《は》し」はなかなか見いだせなかったのが実情なのである。

古語の「愛《は》し」は、かわいいさま、いとおしいさまをいった。ただし、小さなものや無邪気なことに対するかわいらしさよりは、恋愛感情に近い意味合いだったようで、多くは男性の女性に対する気持ちを表した（『角川古語大辞典』）。

その「愛《は》し」の認識は明治期にも受け継がれていたと思われる。『赤光』（改選版）には「愛《は》し」がこの表記で三首にみられ、三首とも自身に向ける心情として意識されている。古来の恋愛感情とはやや趣が異なるものの、掲出の例に如実なように、これは『赤光』の主題に限りなく迫る一語、自身に向ける心情の一語だったのではないかとわたしは思う。『赤光』に「美《は》し」という使い方は一度もみられない。

一方、「うつくし」を二九回も使っている『みだれ髪』だが、「美し」を「はし」と読む例はなく、「愛《は》し」もみられない。『東西南北』『思草』『一握の砂』『桐の花』にも「はし」と読む語の採用はない。

そもそも「美し」を「はし」とする読みは、今昔の辞典類を探しても出てこない。どこから始まったのか、現代短歌の比較的新しい習慣なのであろうか。美しいことを意味する「くはし【妙・精】」（『角川古語大辞典』）があり、『広辞苑』にも「くわし【細し・美し】」として載っている。この「くはし」の「く」が抜け落ちたか、などと考えてみたりするが、それはまったく想像にすぎない。

それでも、現代短歌ではもっぱら「うつくし」の言い換えとして「美《は》し」がある。佐佐木幸綱が「美《は》し」とみたのは、春の海の獲れたての烏賊らしい。「肝向う」は心にかかる枕詞である。賜りものの烏賊に身も心も満たされて、味わいばかりじゃなく見るからに美しい、と讃嘆の面持ちなのだ。謝意をこめた挨拶の歌でもあるのだろう。

大滝和子の歌には「愛《は》し」に近いニュアンスが感じられ、その思いを引き出すまでのひとすじに、固有の表現スタイルが見える。

四首目の内容は「十一人の子ら」によって察しのつく読者が多いのではないか。歌集での一連の題は「晶子様　御許へ」。与謝野晶子が一一人もの子の母であったことには誰もが感嘆するが、松村由利子はもう少し複雑な家庭事情にも踏み込みつつ、子らの名の個性を眺める。鷗外の命名による双子の八峰《やつお》、七瀬《ななせ》、晶子による佐保子、宇智子、エレンヌ、藤子。「美《は》しき名」と引き取る心寄せに、自身も歌びとたる感応のやわらぎが漂っている。

川本千栄の一首もおもしろい展開をみせている。はらいそはポルトガル語の〈天国〉だが、キリシタンが登場する物語であるかのような場面から、歌の語り手には終末論が静かに広がっていったらしい。結句の落着はイメージとしての言い換えと思うが、独自の収めで、この表現に大きな魅力がある。

楠見朋彦はめくるめく時の長さに列島を走る川の名を列ねて重ねた。生命線というべき水の美しさが思われる。

はつか

椎の木の木末に蟬の声老いてはつかに赤き鶏頭の花
正岡子規『竹の里歌』明治37年

恍としてうぐひす鳴くをこのゆふべあはれはつかに雪降りにけり
山中智恵子『短歌行』昭和50年

嘆きゆくこころをはつか照らしたり昭和末期の舗道のひかり
島田修二『東国黄昏』昭和61年

雛の面《おもて》紙もておほふややありて絶え入るこゑやはつかもれたる
平井　弘『振りまはした花のやうに』平成18年

ゆるやかにひらかれてゆくわれのうえを雲よりはつかこぼれくる春
笹井宏之『八月のフルート奏者』平成25年

「はつか」の語義については、ちらっと現れるさまで「ほのか」「わずか」と同じであるという『角川古語大辞典』以上に、少々意外だが『日本国語大辞典』が詳しい。それによれば「はつはつ」と同語源で「か」は接尾語。「はつはつ」も「はつか」と同じように使われた古語ということになるが、現代に「はつはつ」が登場することは、詩歌においても滅多になさそうである。

一方、「はつか」は現代短歌で人気の語。「かすか」「ほのか」「わずか」のいずれでもなく「はつか」としたいときがあるという実作者の感覚は、大いにわかる気がする。

子規の「はつか」は夏の終わり、かすかに色づき始めた鶏頭への思い入れで、その思い入れがたぶん「はつか」を選ばせた。ささやかな生命きわだつイメージは、壬生忠岑《みぶのただみね》の名歌「春日野の雪間をわけておひいでくる草のはつかに見えし君はも」(『古今和歌集』)に等しい。

山中智恵子は、鶯が鳴く季節を迎えたのに、夕べの薄闇に雪が舞い始めた風趣をいう。古雅な雰囲気はすべての語からもたらされていて、「あはれはつかに」の取り合わせが揺るがないのも山中智恵子ならではであろう。

「はつか」の出番は風雅な場だけではない。島田修二の歌が抱えるのは鬱屈の様相なのだが、たまさか見出す慰藉の景について控えめな心理とともに伝えようとしたのだと思われる。その控えめ気分に「はつか」はなるほど似つかわしい。

お雛様を飾ったり仕舞ったりする場面には、おのずと娘に向ける思いがまつわるものだが、平井弘の一首はさらに「をみな」を浮かばせる雰囲気をもつ。「はつかもれたる」という聴き取りが、そう思わせる。

笹井宏之の一首。春の訪れをうたいながらも定番を感じさせないささやかなひねり。「はつか」もその意味で有効だったようだ。

はつなつ

西の京大阪かけてはしきやし吉井勇のあそぶ初夏《はつなつ》
与謝野晶子『春泥集』明治44年

はつなつのゆふべひたひを光らせて保険屋が遠き死を賣りにくる
塚本邦雄『日本人靈歌』昭和33年

若草はひばりを隠しはつなつの心にわれは鶺鴒を飼う
佐佐木幸綱『瀧の時間』平成5年

はつなつの運転手さんありがたう　やっぱりぼくは此処で降ります
光森裕樹『鈴を産むひばり』平成22年

初夏《はつなつ》に心は実に遠くまで響くものだと遠雷を聴く
堂園昌彦『やがて秋茄子へと到る』平成25年

軍事用ヘリコプターがはつなつの入道雲に格納される
木下龍也『つむじ風、ここにあります』平成25年

接頭語に等しく初（はつ）を添えて初めての意を示すかたちの語は古来多く存在したし、名詞に初を添えれば新語も生まれる。日本語にとってすっかり定着したスタイルである。『角川古語大辞典』で「はつ」のつく名詞をたどると、「はつあき【初秋】」に始まって「初秋風」「初嵐」「初市」とつづき「はつをばな【初尾花】」まで、かなりの数にのぼる。季節を冠する例は春と秋

のみだが、『日本国語大辞典』は「はつふゆ【初冬】」を登載しており、浄瑠璃や俳諧の例をあげているので、近世になって新たに「はつふゆ」も生まれていたらしい。

『言泉』は「初春」「初秋」のみ、『言海』は「初春」のみ載せていることを考えると、「はつはる【初春】」だけが一般でも使われるという現代の状況は、かなり歴史的に長い習慣でありつづけたということなのだろう。

となれば、短歌に詠み込まれた「はつなつ」が、歌人に違和感を与えたとしても致し方のない面はあったのかもしれない。かみついたのは斎藤茂吉。大正期に与謝野晶子の好んで使った「はつなつ」を〈晶子女史の造語〉として皮肉たっぷりに批判した。その経緯についてはすでに述べた（『24のキーワードで読む与謝野晶子』「はつなつ」の項）ので繰り返さないが、論争において晶子は「はつなつ」は自分の造語ではなく「徳川時代の俳人」が早くに用いていると応えたのであった。その俳人が加舎白雄《かやしらお》の弟子の筆頭鈴木道彦であるらしいことについても知ることができた。

たしかに「はつなつ」は晶子の愛用の語であったが、それはある時期を境にしている。与謝野鉄幹創刊（明治33年4月）の雑誌「明星」では、明治三〇年代後半の誌面で「初夏《はつなつ》」の語が流行といっていいくらい採用された形跡がある。

先駆けとしては、蒲原有明が寄せた詩「夏まつり」（明治36年7月）の「ことし十五の初夏と」「十五初夏くろがみの」という例があげられる。ルビはないが、七五調の新体詩であることからすれば、きっと「はつなつ」と読むのだろう。つづいて同三六年一一月号の「明星」に、同人の平野弔影（萬里）の「初夏の木の葉草の葉」で始まる詩「木太刀」がみえる。こちらは五七調で、やはりルビはないが「はつなつ」と読むと思われる。

明けて三七年になると高村砕雨《さいう》（光太郎）、大井蒼梧《そうご》、茅野蕭蕭《しょうしょう》らが短歌のなかに「初夏《はつなつ》」「はつ夏」などと詠み入れ、晶子の場合は三八年六月の「明星」に出詠した五二首中三首で「初夏《はつなつ》」（二首はルビなし）を採用した。かなりの頻度である。歌集のなかにも多くの「はつなつ」を見いだすことができる。

「はつなつ」は現代短歌において大人気である。晶子がいうように、作品に使い始めたのは俳人であるらしいのに、当の俳句では漢語の「初夏《しょか》」のほうが好まれるという様相からしても、実に興味をそそる歌ことばである。啄木の「ローマ字日記」にまで「Hatsu-natsu」（明治42年4月5日）とあるとなれば、よほどのことと思うほかない。浪漫派好みの語ということになりそうだが、しかし、『一握の砂』に「初秋《はつあき》」は三回も出てくるのに、啄木の二歌集に「初夏《はつなつ》」は一度も出てこないのだった。

現代の辞書は、軒並み「はつなつ」を立項している。正確にいうと、『日本国語大辞典』（第一版）『大辞林』（第二版）『広辞苑』（第六版）は「はつなつ」を初夏《しょか》の意で載せている。ただ、『広辞苑』の第一版、第三版は立項していなかった。第五版には載り、第六版も受け継いでいることを確認した。それでいう限り、明治時代から文芸の場で使われるようになった「はつなつ」が、辞典に新たに加えられるまでに認識されるようになったのは、各辞典の収録語を検討する昭和四〇～五〇年代あたりから、ということになるだろうか。

現代の辞典のうち『広辞苑』以外は「はつなつ」を夏の季語としている。また『日本国語大辞典』のみは語義に添えて用例を示しているのだが、それは「初夏《はつなつ》の風が心地よく窓に入る」という啄木の小説「鳥影《ちようえい》」よりの一節と、原石鼎（明治19年～昭和26年）の「初夏や蝶に眼やれば近き山」の二例で、同辞典の第二版においてもそこに異同はない。啄木の「鳥影」は「東京毎日新聞」に明治四一年一一月から一二月にかけて連載された小説だし、石鼎の句を収めるのは、生前唯一の刊行句集という『花影』（昭和12年）であることがわかった。啄木と石鼎は同年生まれだが、両者の「はつなつ」につながりがあるようにはみえない。啄木の「はつなつ」愛好は間違いなく新詩社内の影響といえようし、石鼎は俳人として先蹤のある「初夏（はつなつ）」を季語として採用したのであろう。

『日本国語大辞典』の示す用例の充実にはつねづね敬意を抱いているが、できるだけさかのぼって提示ということであるなら、「鳥影」よりも、晶子の「初夏《はつなつ》」の歌（初夏《はつなつ》の玉の洞出《ほらで》しほととぎす啼《な》きぬ湖上《こじやう》のあかつきびとに）を収めた第五歌集『舞姫』（明治39年）が先であるし、雑誌の誌面等を含めて考えるなら、先に示したとおりであることをここに記しておくことにしよう。

晶子が残した多くの「初夏《はつなつ》」の歌のなかでも、とりわけおもしろいのが用例の最初にあげた一首である。勇は啄木と同い年で新詩社の若手として二人はよく行動をともにした。啄木の日記にはそのこまごまが描かれ、「吉井君には十八人許《ばか》りあつた」（明治41年6月30日）と、女性遍歴の話題まで飛び出すのだが、そんな勇の人物像はそのまま晶子の目にも映ったに違いない。

晶子が啄木に電話をかけ「吉井が来てゐて歌をつくるから来い」（同10月23日）と誘うこともあった。晶子自身、楽しんでいたのだろう。吉井勇の好漢ぶりを伝える掲出歌の「はしきやし」は「愛しきやし」で、親愛を示す語。「あそぶ」には色恋沙汰への冷やかしがこもるが、結びの「初《はつ》夏《なつ》」が品よく一首を引き締めて効果的だ。

現代短歌で歌語「はつなつ」を鮮やかに使ってみせた例といえば、やはり塚本の一首だろう。「はつなつの」によって導かれる清涼感は、営業マンのてらてらの額が映し出されることでたちまち裏切られ、怜悧な毒を含む下の句の現実認識に至り着く。このように、塚本の歌では、匂いかけた美や美意識が、それとは裏腹な結末となるとき、匂わせた美は完璧に美として記憶される。この歌の「はつなつ」が、今日なお皮肉な存在感を放ちつづけているところにも、同じ意味があるのではなかろうか。

「はつなつ」を使った現代短歌のとびきりの一首として、個人的には佐佐木幸綱の一首を思うことが多い。「はつなつ」を間に、ひばりのフレーズと鶺鴒のフレーズが向き合っている。均整のとれた一首のなかで、季節は春から初夏へ。情緒的感応が、心に鶺鴒を飼うというかたちで示される。細い尾を上下する動きの際やかさをたえず心に愛おしむということだろう。敏捷な一羽のイメージが初夏の水の流れとともに甦り、セキレイの響きも「はつなつ」に呼応して、さわやかに、美しい。

光森裕樹の「はつなつ」は、小さなドラマを包んでいる。目的地を探し、迷い、進むための決断をくだす。場面はほとんど青春の縮図でもあるだろう。季節はとどまることなく進んでいる。「ありがたう」「やつぱり」が青春のなごりを漂わせ、「はつなつ」に向かう心に陰翳を添えている。

三〇代、二〇代の歌人たちも「はつなつ」をよく詠み入れる。堂園昌彦がこの一首にこめているのは人の心への率直な信頼だろうか。あやぶみながら信頼したい思いの表現でもあるようだ。

木下龍也はもっときわどく軍事増強に傾く社会への違和をみせている。さわやかであるべき「はつなつ」をけがすごとき様相として捉えたその日の空。季節のいとなみと、国家の不穏との対比に「はつなつ」の語が貢献していると読んだ。

付けたりになるが、「わかなつ【若夏】」についても、ここで触れておきたい。わたしがこの語を知ったのは「なづき」の項に引いた山中智恵子の歌のなかであったと思う。

若夏《わかなつ》の青梅選むこずゑには脳《なづき》も透きて歌ふ鳥あり　山中智恵子『みずかありなむ』

現代短歌に接するようになって間もない二〇代の目には「若夏《わかなつ》」「選む」「脳《なづき》」いずれも新鮮で、こんなところから、わたしは現代短歌を学びそめたのだという気がする。

古語でもない「若夏《わかなつ》」の語はたいへん目新しかった。「若夏《わかなつ》」を用いて何首も試し、四冊目の歌集を『若夏記《わかなつき》』（平成5年）とした。その頃、お目に掛かった民俗学者の谷川健一氏は歌人でもあったが、「若夏」は沖縄のことばで「ぱがなつ」と発音するのだとお教えくださった。

いま、あらためて辞典を引いてみると、「若夏」は『広辞苑』第一版にはみえないが、第三版には「（沖縄地方で）四・五月の季節」として「おもろさうし」の一節をあげており、この記述は第六版も受け継いでいる。

『大辞林』は第二版に至っても「若夏」を立項していないが、『日本国語大辞典』は「旧暦の四、五月の頃。初夏。《季・夏》」と、時節を旧暦による理解で示したうえで『広辞苑』と同じ「おもろさうし」の例をあげ、さらに琉球や鹿児島県喜界島の方言であるとして「わあなとぅ」という音を示している。同辞典第二版になると、この方言について詳しくなり、「わかなつぃ」が沖縄県首里の、「わあなとぅ」が鹿児島県喜界島の、さらに「ばがなつぃ」が沖縄県石垣島の発音であるとしている。谷川氏から聞いた発音といずれも呼応しているようだ。

現代歌人にとって「はつなつ」人気は、「わかなつ」人気にも及んでいるとわたしは思う。

いそのかみ水の常夏《とこなつ》若夏《わかなつ》のいのちばかりを青ふかみゆく　山中智恵子『虚空日月』昭和49年
両の手に小犬を抱かせて行く人のあとを降りつつ若夏の夢　平山良明『時を織る』平成18年
散りゆきし牡丹の白き花びらゆ蝶生れ出づる若夏のころ　櫟原　聰『碧玉記』平成25年
行く春は若夏へわたる時のままをしびるるやうに垂るる藤房　渡　英子『みづを搬ぶ』平成14年
英雄はたちまち生まれ若夏を四歳馬あな影も踏ませず　今野寿美『若夏記』平成5年
若夏の枇杷をくるめる薄紙のあなたの分も座席をとりぬ　藤島秀憲『すずめ』平成25年
若夏の風に吹かれて相思樹の花咲く野の道ゴッホの絵となる
大城永信　アンソロジー現代沖縄年刊合同歌集第二十九集『若夏』平成24年

はふる

夜をまれに畑《はたけ》の赤きはだか火を何ぞと思へり人葬《はふ》るなり　齋藤　史『うたのゆくへ』昭和28年
夜目にたつ黄金《こがね》の銀杏に誘《ひ》かれ来し寺は縁なき人の葬《はふり》す　富小路禎子『芥子と孔雀』平成14年

葬《はふり》より帰りきたれる人浄む塩ふる指灯《おゆび》に浮かびたり　奈賀美和子『説話』平成16年

肺胞に終《つひ》に残れる息のいろ遠く葬《はふ》りのけむり見て佇つ　栗木京子『中庭《パテイオ》』平成2年

亡くなった人もしくは生き物を葬る意の「葬《はふ》る」は現代短歌にもよくみられる。たった一音でも「ホウムル」より切り詰められ、古語に由来して日常語から消えていることがもたらす厳かな印象も歌人の気持ちを引くのであろう。

『角川古語大辞典』によると「はふる」にあてはまる動詞としては「溢る」「羽振る」「放る」「葬る」がある。このうち「放る」「葬る」については「はぶる」と濁点型が並記され、「放る」についてはく後世「ホウル」〉と発音されるようになる〉と説明されている。

現代の辞典は揃って「はぶる【葬る】」を単独で立項しているが、「はふる」と読む可能性も示唆している。ただ、一般的には「葬る」を「ハブル」と読むことはなさそうで、一方、現代歌人は「葬《はふ》る」と書いて「ハフル」と発音しているように思う。

例歌一首目は昭和二三年の作。疎開地にとどまった齋藤史が、死者を送る村の儀式のつつましい揺るぎなさに胸を突かれた一瞬である。合点を意味する結句の簡潔さが、事柄をいっそう重く残している。

二、三、四首目はいずれも動詞の連用形を名詞化した使い方で、表記に違いがあるが、どちらにも理があり、通用すると思う。富小路禎子の歌では、やや思いがけない、しかしほぼ当たり前のなりゆきになっている。「縁なき」ことが当然でありながら、それによっていくぶん寂寥がまつわるかのようだ。

奈賀美和子は死者を送って帰宅した家族を出迎えてお浄めの塩を振る場面を描いている。ささやかな儀式のような指先のみを浮かび上がらせたところが「葬《はふり》」の心を静かににじませていよう。

栗木京子の歌は実景として読みたいところだが、上の句の幻視の趣や、火葬炉の性能が向上して煙が立たないという現代の実情からは、化野や鳥辺野といった古来の「葬《はふ》り」の伝統に心を添わせた歌とも読める。ひとすじの煙に死者が昇天するイメージを抱いた時代が想起され、最期の息に重ねて、金輪際この地上から失せてしまう命のあえかさを思ったのであろう。

はむ

篁に牝牛草食む音きけばさだかに地震《なゐ》ははてにけらしも　北原白秋『風隠集』昭和19年

犬さへもひもじきものか道に出て草食みてゐる夏さりにけり　宮　柊二『群鶏』昭和21年

無花果を食めばこの世の悪を食む如く楽しき顔してみむか　築地正子『鷺の書』平成2年

冴え冴えとひかる空より何者かの見つめる視線　桃食《は》みながら　田中教子『乳房雲』平成22年

ねむりつつパンを食む子の右手より手品のごとくパンは消えたり　松村正直『午前3時を過ぎて』平成26年

どしゃぶりの雨はねかえす茶屋で食むあんみつ　君は美しかった　笹　公人『念力図鑑』平成17年

光らない流しに向かいしゃくしゃくと西瓜を食めば少しを忘れる　山口文子『その言葉は減価償却されました』平成27年

斎藤茂吉の食べることへの執着は、その歌に食べ物や食べる場面の多いことから容易に察せられる。『赤光』（改選版）では「食《く》ふ」「食《は》む」「食《を》す」「食《たう》ぶ」「食《た》ぶ」の五つの動詞の使用が計二九回に及んだ。尊敬語「食《を》す」を自身の行為として使い、それを指摘されながら強引に自前の解釈で押し切ったことでも知られる。論争後はさすがに自身が主語の「食《を》す」は控えたらしいが、「食物《をしもの》」という使い方は茂吉の作に複数でみられ、これもまたかなり独特ではある。

食べ物や食べる行為を詠むことは和歌において避けられ、近世末くらいからの新しい領域ではあったが、それでも与謝野晶子の歌には滅多に登場しない。『みだれ髪』には食べ物も食べる場面も皆無である。石川啄木の場合、『一握の砂』『悲しき玩具』にサラド、バタ、ハム、味噌などは出てくるが、食べる行為をいう動詞はみられない。近代歌人において、その姿勢の違いすら、ここにうかがえるように思うが、そのなかでも茂吉の突出した個性の一端が感じられよう。

現代短歌に「食《は》む」はよくみられる。もうひとつ「食《た》ぶ」も使われ、現代の日常語の「食べる」のほか二語も文語動詞が健在というのも珍しい現象かもしれない。おそらく古典において食べる行為をいう基本動詞の「食《く》ふ」がその後男性用語となり、どちらかというと粗っぽい口調の印象を与えるため、短歌のなかでは別の語に言い換える傾向が強いのだろう。

「食《は》む」は古くは人についてもいったが、古典では多くの場合動物について用いたという（『角川古語大辞典』）。これは『言海』が「はむ」について「食マシム。食《クラ》ハス」と説いていることと符合することである。ただ、そうなると「食ふ」より「食《は》む」のほうが上品に聞こえるなどと言っていられないことになるのだけれど、用例としてあげた白秋や宮柊二の歌は、たしかに伝統的な用法ということになる。白秋の歌は関東大震災直後のもの。柊二の歌では「犬さへも」という初句にこもる自己投影があわれ深い。なお、『風韻集』は『雀の卵』につぐ白秋の第四歌集に当たるが、生前未刊で、白秋没後に木俣修の編纂で刊行された。

築地正子の歌では、食べているのが無花果であるゆえの想像の展開が、この果実特有のクセの強さを放っている。

田中教子の歌のかぐわしい桃には、病のために失った胸部への哀惜がこもっていると思う。第四句までの受動的感覚の表現は、命ながらえて在ることの意識そのもの。静かに口に運ぶ桃の甘さがせつない。こんなとき「食ぶ」より「食ふ」より「食む」がふさわしいに違いない。

松村正直はある日の食卓風景を描く。眠くてならない子の手から落ちたパンは、ふだん子が見せてくれるたわいない手品のつづきのように消えた。イクメンの視線である。

笹公人の歌に登場する同級生は、現実とも架空ともつかない謎の美少女の輪郭をもつ。少し芝居がかっていても、美女にはあんみつ。そこでの動詞が「食う」であるわけにはゆかない。

食む行為もそのうたい方も、現代の先端ふうにはみ出しぎみで、かつ繊細な内面が匂う山口文子の歌。品よく食べるのが厄介な西瓜だから、かたちばかりのさえないキッチンの流しに向かって、なりふりかまわず食べる。その荒っぽさに気がラクになり、忘れたいことが少しは忘れられそう。軽快な口調の一首に「西瓜を食めば」もところを得たように収まっている。

はも

親の顔見ぬ日はあれど大空を見ぬ日なかりし青空はもよ
窪田空穂『青水沫』大正10年

にんげんの赤子《あかご》を負へる子守居りこの子守はも笑はざりけり
斎藤茂吉『赤光』大正2年

煌々《くわうくわう》と光りて動く山ひとつ押し傾《かたぶ》けて来る力はも
北原白秋『雲母集』大正4年

轟《がう》と吹くけふ木枯らしの常磐木《ときはぎ》の木立にさわぐ鳥のこゑはも
花山多佳子『木立ダリア』平成24年

とほき世を生きしものはも斎場のゆふべのゆめに開きしあふひ
永井陽子『なよたけ拾遺』昭和53年

『角川古語大辞典』の「はも」の項の冒頭に古代語であると断じているように、「はも」はおもに『万葉集』で用いられた代表的な詠嘆の表現であった。

春日野の雪間《ま》をわけて生《お》ひいでくる草のはつかに見えしきみはも
壬生忠岑《みぶのただみね》

『古今和歌集』のこの一首にいたく感動して、わたしは歌を詠みたいと思うようになった。うたいだしから「草の」までは、それにつづく「はつかに見え」たことの比喩表現になっていて、この歌が述べているのは、ほのかに見えたあなたよ、といった恋のときめきの発端のみである。そんな表現法があることに学生のわたしはすっかり感応してしまったし、「はつかに見えしきみはも」の「はも」が『古今集』としては古風であることくらいは察しても、歌のフレーズとして大きな魅力と映った。

近代歌人は『万葉集』を重んじ、実作面でも『万葉集』の用語や手法を好んだから、詠嘆の終助詞でも「かな」より「かも」を採用することが多く、その傾向は現代短歌にも流れ込んでいる。

「はも」の登場する頻度も、王朝和歌より現代短歌のほうが高いかもしれないくらい目に入る。

この「はも」は、古来一語としての認識ではなく、係助詞の「は」と「も」の接合による語とされており、現代の『日本国語大辞典』『大辞林』も同様に説く。『広辞苑』は第一版から第六版に至るまで「はも」を登載しておらず、明治期の『言泉』や『言海』も載せていない。

「はも」が文中の語に添えられている場合は強調の意、文末に置かれている場合は詠嘆の意をもたらす。二番目にあげた茂吉の歌は強調の例で、上の句を直接受けて繰り返した主語の「子守」のあわれをさらに強調するかたちである。それによって社会の暗部を一瞬の鋭さで掬い取った凄さは、「はも」の用法とともに忘れることができない。

用例のあとの五首は文末用法である。「青空はもよ」「力はも」「こゑはも」というように、感動の対象である名詞に添えて詠嘆のかたちをなす直截さは、音数に制約のある短歌という詩型にとって大いに重宝といえるだろう。例歌のいずれも光景や現実を描くために言葉を費やしながらも、結びに至って感動の一切を「はも」にゆだね、文脈を断ち切るように閉じている。比較的大振りの描写からすうっと収束する歌の流れも似通っていようか。

花山多佳子の目の前には音につつまれた音がある。木枯らしの中でも木立の繁りに守られて声のマッスとなっている鳥たち。驚きを一気にまとめた「こゑはも」である。

永井陽子の一首は第二句でいったん切れるものと理解した。下の句の形容は、たぶん実際に斎場で目にした葵の花に「ゆふべのゆめに開」いたとでもいえそうな、という喩を添えたのだと思う。遠き世の死者を呼び起こす「あふひ」の花、というイメージを幻想的な語りのうちに描いている。

はや

三輪山の背後より不可思議の月立てりはじめに月と呼びしひとはや

山中智恵子『みずかありなむ』昭和43年

春の水を制御してゐる水車　水は悦びと告げしひとはや

松川洋子『月とマザーグース』平成24年

おそらくは君が内耳の迷路にてとまどいおらんわが愛語はや

永田和宏『メビウスの地平』昭和50年

籠に飼へぬ頼家螢と吾がことを呼びし母はや呼ばぬ父はや

坂井修一『ラビュリントスの日々』昭和61年

「はも」と同じく詠嘆の表現に使われ、やはり係助詞「は」と間投助詞（係助詞とも）「や」の接合した語という。短歌では結びに置かれることがほとんどのようだ。

短歌における「はや」といって誰もがただちに想起しそうな山中智恵子の一首は、上古の世界を香り立たせつつ、陶然とするほど緻密な組み立てである。意思疎通のための言語を獲得した民族が、天に現れては消えゆき、形さえ変えてゆくものを「月」という名に呼びそめた。途方もないロマンに満ちて心惹く瞬間を、こんな一首にまとめ得る短歌という詩型にもほれぼれとしてしまう。

松川洋子の歌の「ひと」は、いっそ擬人化していると読むほうがわかりやすいかもしれない。水車のたゆまぬ廻りは春の水を制御しているようにも見えて、春の水に軽快に従っている。それが限りない悦びであるというかのように。流れること自体の悦びと、春の悦びと。それを夢見心地で語る趣である。

永田和宏は思いをこめて口にした愛のことばが素直に受け容れてもらえなかったらしい口惜しさに満ちて、そのことばのゆくえをいとおしむ。拙さがいじらしいともいえる青年らしさは「愛語はや」という結びにも感じられそうだ。

坂井修一の一首は下の句で「はや」による詠嘆のフレーズを繰り返す。それぞれ上の句を受ける七七は一対となっていて、母と息子の曰く言いがたい情愛を浮かばせる意味で機能している。頼朝の長子頼家。母は北条政子。北条氏に操られ、最期は北条氏の手にかかった頼家は、母にとって御しやすかったのか、御しにくいがために疎まれたのか。歴史に残るきわどい母子関係を

「頼家螢」にゆだね、情のからむイメージとしたうえで、個の嘆息は二つの「はや」に集約。印象深い奥ゆきを据えた一首と思う。

「はも」と「はや」とを並べたが、では、この二つはどう発音するのか。「ワモ」か「ハモ」か。「ハヤ」か「ワヤ」か。実は、かなり以前から調べ、尋ねて回り、考えた。しかし、どれが正しい、正しくないという断言はできそうにない。理由は、万葉仮名の〔波〕〔者〕を含め、古典における「は」の発音はもともとfaに近く、それが現代の「ハ」「ワ」に移行したと考えられていることが大きい。今までに接した多くの見解に照らして、わたしは「はも」はワモ、「はや」はハヤ、すなわち「この子守ワモ」「呼びしひとハヤ」と読んでいる。

はり

玻璃《はり》を滴《た》る花《はな》ゑんどうの柔《やは》らかき緑《みどり》のしづく臙脂《えんじ》のしづく

与謝野晶子『青海波』明治45年

明るき晝のしじまにたれもゐず　ふとしも玻璃の壺流涕す

葛原妙子『葡萄木立』昭和38年

夕映えの玻璃に炎えゆく時想ふ厨のほかのこと浄からむ

安永蕗子『魚愁』昭和37年

月光の鳴りやまぬためいつまでも玻璃を曇らせ待つ下車の時

吉岡太朗『ひだりききの機械』平成26年

「はり【玻璃】」は梵語で水晶を、やがて同じく七宝のひとつである青い瑠璃《るり》をさすようになり、ガラスもこれによって呼ぶようになった（『角川古語大辞典』）。明治時代以降、おそらく日常語としてはオランダ語によるガラスを使うのが一般的だったであろう。『言海』は「ガラス」も「玻璃」も載せていないが、『言泉』は「玻璃」の解説の二番目に「がらす（硝子）に同じ」と記している。ガラスが一般的になるほど、古来の「玻璃」は、なお歌ことばらしいイメージを付与されたのかもしれない。

明治期の用例としては与謝野寛や晶子の歌にみることができるが、ここには晶子の一首を引いた。同じ『青海波』にもう一首玻璃《はり》の歌があるが、やはり花をさしたガラス器を詠んだものである。『さくら草』（大正4年）では「玻璃《はり》の窓」を詠んでおり、そうした使い方が現代短歌にも流れ込んでいる。

葛原妙子の把握はいくぶん幻想的で、それが「玻璃の壺」とのバランスをみせる。安永蕗子が見たのは厨のガラス窓を通して受けとめた夕焼けである。命を奪って切ったり捌いたり、厨という忌まわしい手仕事の場とは異質の美を思ったのだろう。

吉岡太朗の一首では、夜の電車のドアの前に立つ青年が、奇妙な閉塞感にとらわれている。電車は明るさにつつまれていて、息がかかるほど顔を近づけて待つドアガラスは、いっこうに開く気配がない。ただ一首によって鬱屈を伝えようというとき、その心が、日常語にない「玻璃」の語を選ばせたに違いない。

ひとひ

死はそこに抗ひがたく立つゆゑに生きてゐる一日《ひとひ》一日はいづみ　上田三四二『湧井』昭和50年

アルバイト一日《ひとひ》終わりて坂降る西日に長きわが影踏みて　岸上大作『意志表示』昭和36年

夏のその一日《ひとひ》をいまも生きている友よ水玉のブラウスを着て　山崎聡子『手のひらの花火』平成25年

基数としての「一《いち》」も、助数詞を添えて「ひとつ」「ひとひら」などと使う「一《ひと》」も、ともに万葉の時代から用例がみられる。「一日《いちにち》一夜《いちや》」が『源氏物語』の「御法の巻」に、「ひとひふつか」が『伊勢物語』にあることからすると、韻文、散文の使い分けということではないらしい。

ただ、佐佐木信綱の指南書『歌の栞』（明治25年）によれば「一日《いちにち》」の「俗語雅訳」が「ひとひ」である（中編「歌詞便覧」下）。「一日《いちにち》」は日常語で、その意を歌に詠むときには雅やかに言い換えた「ひとひ」がふさわしいというのである。同様に「イカホド」には「いくばく」、「色ガマサル」には「いろはゆ」を採用するとよいという具合で、和歌実作における「俗語雅訳」は、その時代大切な心がけとされたことが知られる。

明治期の『言泉』『言海』も「ひとひ」を載せていて、一日《いちにち》の意であるが、『言泉』の「ひとひ」には、ひねもす、その月の第一日、ある日などの意もみられ、現代の『日本国語大辞典』『広辞苑』『大辞林』は、『言泉』の「ひとひ」の複数の意味をそのまま受け継いでいる。

そうすると、現代短歌も「ひとひ」について複数の意味を心得ていいはずだが、どちらかというと「一日《いちにち》」の意で使われることが多いのではないか。そして、「一日《いちにち》」と「ひとひ」の間には、音数の違いだけでなく、ことばの姿、趣にどことなく差があって、その差をふまえて採用しているような気がする。岸上大作が学生の実生活を語るにも「一日《ひとひ》」を採用したのは、知識に基づく意識的な選択だったたであろう。

上田三四二の歌では、みずから余命をいとおしむせつない心情が「ひとひ」の繰り返しによって滲み出るように伝わる。雅語などというより、「ひとひ」の澄んだ音が、水の静かな広がりとなって、祈りに近い安らぎを残すのだと思う。

若い世代にも「一日《ひとひ》」は好まれているようだ。雅語とか文語という出どころはともかく、短歌にとっての習慣的な用語、それも日常語を少し読み換えただけの語とあって、何の抵抗もないのであろう。

山崎聡子の第一歌集は、少女期の記憶のかけらを敷き詰めてできあがっていて、しかも記憶のこまごまが勝手な物語に増殖してゆき、勝手にきらめいているかのようだ。例歌は、それっきりになってしまった愛おしい一日を今も忘れがたく抱きつづけているということだと思う。かの日、着ていたのが水玉のブラウス。可憐で清楚な少女のイメージが添えられる。「友」であって「われ」、また誰の心のなかにもいる少女のはずである。

ひとよ

われの一生《ひとよ》に殺《せつ》なく盗《とう》なくありしこと憤怒のごとしこの悔恨は　坪野哲久『碧巌』昭和46年

たゆみなく虚空をにぎりしむるかな歌詠むひと生《よ》またなくさびし　前　登志夫『樹下集』昭和62年

背負ひ水　あはれ一生《ひとよ》に呑む水の量《かさ》定まりて人は生《あ》るとふ　結城千賀子『天の茜』平成23年

観覧車回れよ回れ想ひ出は君には一日《ひとひ》我には一生《ひとよ》　栗木京子『水惑星』昭和59年

古語の「一世《ひとよ》」は「一世《ひとつよ》」と同じだという。「一世《ひとつよ》」は「一世《いっせ》」の訓読語で、前世、現世、後世のひとつ、特に現世をさすことが多いようだ。「一世《ひとよ》」は『万葉集』に、「一世《ひとつよ》」は『山家集』に詠み入れられた例がある（『角川古語大辞典』）。

明治期の辞典を比較すると、『言海』は「ひとよ」をまったく取り上げていないが、『言泉』は「ひとよ【一夜】」と「ひとよ【一世】」をそれぞれ立項しており、「ひとよ【一世】」にまず「一生《いつしやう》」と同じ意をみていることが大いに目を引く。

その用例としてあげているのは『万葉集』の「一世には二たび見えぬ父母をおきてや長くあが別れなむ」で、これは、『角川古語大辞典』が「一世」を現世の意で示したのと同じ歌なのである。この歌の「一世」は、たしかに現世、一生いずれの意とも取れそうで、いわばそのような曖昧な境界線も作用して、明治時代のそう遅くない時期に、一生の意の「ひとよ」は歌に登場していたのかもしれない。

ただ、その時代、短歌において「一生《いつしやう》」を「一生《ひとよ》」と言い換えることに積極的であったかどうかはわからない。

「ひとひ」の項で参照した佐佐木信綱の『歌の栞』を探してみても「一生《いつしやう》」の俗語雅訳は見当たらず、「一生ガイ」を「よとともに」「身をつくす」と言い換えよ、などとある。しかし「一昨日」は「をとつひ」、「一周忌」は「はてのわざ」、「一匹」は「ひとむら」というように、数詞「一」を添えた漢語は和語に言い換えることが推奨されているから、「一生《いつしやう》」もまず避けるべき語ではあったのだろう。
「思草語彙」によると、信綱の第一歌集『思草』に「ひとよ」といえば、一晩の意の「一夜」が二首にあるのみだが、「ひとのよ（人の世）」が一一首にみられる。その一一首のうち九首は、この世の意の「人の世」と思われるが、「うつくしき妻あり我に光よき鍬あり我に楽し人の世」、「長くとも千年へがたき人の世ぞ憂忘れていざくまむ君」の二首においては、人生とか一生の意で解釈することも考えられ、そのような「ひとのよ」が「ひとよ」になるまではそう時間がかからなかったのではないかと思いたくなる。

現代の辞典は、先の『言泉』の理解を受け継いでいるらしく、『日本国語大辞典』『広辞苑』『大辞林』いずれも「ひとよ【一世】」を単独で立項し、一生涯の意を示している。用例も『言泉』と同じ『万葉集』の一首であるから、ここにもはや「一世《ひとよ》」を現世の意とみる理解は後退し、「ひとよ」といえば一生涯の意と受けとめられるようになったのだろう。

ということは、短歌のみの特殊な使い方ではないといっていいわけだが、今の時代に「一生《いつしやう》」を「ひとよ」と読むといったら短歌の作品中くらいしかないであろうから、これとても歌ことばといっていいに違いない。訓読語のやわらかさが歓迎され、すっかり定着したともいえそうだ。

例歌としてあげた四首の「ひとよ」は、表記からしても「一生《いつしやう》」の意である。

坪野哲久の代表作のひとつといえる用例第一首。思想的弾圧に苦しみ、貧困も味わったにせよ、よもや犯罪に手を染めることはなかった。今にしてみれば、犯罪に走るほうがはるかに楽であったかもしれない。思い至って憤怒ともいうべき激しい悔恨を覚えるという。最大級の逆説が圧倒的なこの歌、初句七音中の「一生《ひとよ》」もまっすぐにひびく。

前登志夫の一首は、歌集の配列からすると昭和五二年の作。作者は五〇代に入ったばかりだが、歌詠みとしての来し方、行く末を思う心には実年齢とはまた別の感慨があるはずで、下の句全体が魅力のフレーズとなっている。

結城千賀子の一首にある「背負ひ水」は荻野アンナの芥川賞受賞作品の題ともなった語で、歌に言われているとおりの意が人生訓のように取り沙汰されるようだ。独立句の「背負ひ水」につづく「あはれ一生《ひとよ》に」。この呼吸が一首を定かに導いている。

栗木京子の一首の眼目は、「回れよ回れ」に気息を合わせた一対の下の句という叙述の妙である。「君には一日《ひとひ》我には一生《ひとよ》」という下の句は、骨格正しい一対のうちに、ほろ苦い追憶が品よく収まっていて抜群の安定感。「一日《ひとひ》」「一生《ひとよ》」という短歌特有の語の軽快な採用が、この一首の動かない評価の決め手になったことはたしかだと思う。

ひら

ゆく秋の大和の国の薬師寺の塔の上なる一ひらの雲　佐佐木信綱『新月』大正元年

何となきただ一ひらの雲に見ぬみちびきさとし聖歌《せいか》のにほひ　与謝野晶子『みだれ髪』明治34年

ふたひらのわが〈土踏まず〉土をふまず風のみ踏みてありたかりしを　齋藤史『ひたくれなゐ』昭和51年

宿無しの吾の眼玉に落ちて来てどきりと赤い一ひらの落葉　山崎方代『右左口《うばぐち》』昭和48年

蝶々のひとひら舞ふに魅せられて遅れがちなる野の花時計　櫟原聰『碧玉記』平成25年

可視不可視のあわいにあるものひとひらはふわりとわれの手の中に消ゆ　佐藤晶『冬の秒針』平成24年

薄く平たいものを数える際に助数詞として「ひら」を使ったのは上代からららしい。近世には板や小判などにも用いたようで『角川古語大辞典』は「黄金百両、紙に包み《も、ひら》」(『八犬伝』)という例をあげている。同辞典が示す漢字表記は【平・枚】だが、『日本国語大辞典』は名詞の【平】と別に【片・枚】と書く「ひら」をあげ、助数詞の働きを示している。

この語を採用した歌としてよく知られているのが佐佐木信綱の第二歌集『新月』の一首であろう。助詞「の」を多用したたたみかけによって焦点を雲に合わせてゆく叙述の妙味とともに「一ひらの雲」も人びとの記憶するところとなった。

石川啄木の二歌集、茂吉の『赤光』に「ひら」という助数詞の採用がないことも興味をそそるが、一方、『思草』より早く『みだれ髪』に「一ひらの雲」が登場しているのだった。『国歌大観』に句としての「ひとひら」はみられないので、歌のなかでの採用は近代短歌以降ということになるのだろうか。それにしても、「一ひらの雲」が現代歌人の愛誦のフレーズとなるまで広めたのが信綱の一首であるということは動かないだろう。

名歌の存在に、逆に及び腰になるのか、現代歌人が「ひら」を使うのは、「雲」などより人体について。たとえば「耳」などにはよく使われる。齋藤史の「土踏まず」はやや珍しい四首目。「宿無し」「眼玉」「どきりと赤い」。もうこれで完璧に方代である。この〈赤〉のきわどいもたらされ方のうちに、古語に由来する「一ひら」がちゃんと収まっている見事さ。山崎方代の歌の手並みと人生の哀しさを、とことん味わえる気がする。

櫟原聰の例歌の「蝶」については恰好の「ひとひら」といえるだろう。『数え方の辞典』（小学館）どおりに蝶を「匹《ひき》・頭《とう》・羽《わ》」と数えるのは、短歌のなかでは抵抗を覚える作者がたぶん圧倒的。「ひら」はそんなときにも重宝する。

薄さのイメージは存在感の淡さに通ずる。佐藤晶が描いたのは雪のイメージながら、現実感覚の不確かさのなかで、それでも何かを摑もうとする飢渇感まつわる意志のほうに、一首の主題はあるようだ。

まにまに

秋風のふきのまにまに翻へるひと羽の蝶を見てぞわがたつ　太田水穂『つゆ艸』明治35年

この大地震《おほなゐ》避くる術なしひれ伏して揺りのまにまに任せてぞ居る　北原白秋『風隠集』昭和19年

運命《うんめい》のまにまに生きし秀次を主《しゅ》は許さじと書きしも悲し　宮柊二『小紺珠』昭和23年

わらわらと天《そら》わたりゆく鴉らが風のまにまに啼き響《とよ》みつつ　宮柊二『山西省』昭和24年

歳月の流れのまにま不穏なる蕊のごときか離教者われは　雨宮雅子『水の花』平成24年

気にかかる憂ひ抱きて幾月か時のまにまに夏過ぎむとす　来嶋靖生『硯』平成26年

ぬばたまの夢に現れ微笑みし者あり風のまにままにまに　田中拓也『雲鳥』平成23年

古語「まにまに」は「まにま」ともいった。【随】の一字で示すとおり、神などの心のままに、それに従って、の意である。『広辞苑』『大辞林』も同様の解説によって「まにま」「まにまに」を載せている。『角川古語大辞典』によると、平安期以降は「ままに」の形がふつうとなるが、「まにまに」も歌語として長く用いられた。

実際、現代短歌でも目にするが、安田純生が『現代短歌のことば』（邑書林・平成5年）で指摘したのは、「まにまに」の用法にまつわる変化であった。たとえば「間に間に」と表記し、この表記が示す「何かのあいだに」の意で「まにまに」を用いる例については、たしかに現代短歌でも目にすることがある。安田によると「こうした誤解は、『まにまに』が古語化していた平安時代には生じていた」そうだから、驚くほかない。

たまたま原口泉著『龍馬は和歌《うた》で日本を変えた』（海竜社・平成22年）を読んでいて、次の二首に出会った。

有明の心の月も薩摩がた　波のまにまにやがて入りぬる　　月照

ぬれぎぬを干そうともせで子どもらがなすがまにまに果てし君かな　　勝海舟

一首目は西郷隆盛とともに錦江湾で入水を遂げた歌僧月照の辞世の歌、二首目は西郷の「最大の理解者」（原口氏）である勝海舟が西郷を思って詠んだ歌という。

この二首が並んで登場するわけではなく、また、歌の鑑賞とは別のことになるが、二首にみえる「まにまに」の意味は、この二首の間で、どうみても違っている。月照の歌は、入水の意志をこめて波間に沈む自身を客観視したものである。海舟の歌の「子どもら」は隆盛が郷里鹿児島の城山に創設した私学校《しがっこう》の生徒たちをさす。隆盛は担がれただけだということなのだろう。生徒たちのなすがまま、の意味で「まにまに」はまったく正統派の使い方ということになる。安田純生の指摘したとおりの事実は、明治時代初期に、こんなに明瞭なかたちでみえるのだった。

ここで誤用の指摘をしようというのではないし、おもしろく読んだ本からこのような引き方をしては申し訳ないとも思うのだが、歌ことばの変遷に向ける関心からすれば、恰好の二首と映った。時代によってことばは否応なしに変化をするし、変化したほうの語が広く定着することも少なくない。ただ、誤用の指摘がされる間は、まだ変化として容認されていないわけで、表現する立場としては、そう心得ておくのが無難であるとは思う。誤用を誤用と知らずに従ってしまうことを危ぶんでおきたいという、それに尽きる。

用例としてあげた七首はどうであろう。白秋の一首は「なゐ」の項でも触れた関東大震災の歌である。「揺りのまにまに任せて」は、揺れのままに任せて、と読むべきことが明瞭である。また「運命《うんめい》のまにまに」「歳月の流れのまにま」「時のまにまに」といった使い方であれば、まぎれもなく「ままに」の意と読める。

一方、そのほかの「まにま」の上に置かれたフレーズを見ると、三首とも風をともなっていることに気づく。水穂の一首のように「秋風のふきのまにまに」とあるなら、おのずと、秋風が吹くままに、と解釈することができそうだ。それに比べると「鴉らが風のまにまに啼き響《とよ》みつつ」については、やや揺れるかもしれない。しかし、ここにあげた第二首がある以上、宮柊二は正統的な使い方に従っているとみていいはずだから、鴉が風の吹きすさぶままに、と解釈すべきなのであろう。

そうすると、田中拓也の「風のまにままにまに」も風が吹くままに、吹くままに、という解釈になるだろうか。それが作者の意図に添うかどうか、不安は残る。「まにま」を重ねて使うと、安田純生が指摘した「間に間に」と近く、本来の「まにま」の意からは遠くなるという印象がぬぐえない。風と「まにま」の取り合わせは、そんなリスクをともなうことなのかもしれない。

まほら

うつせみの吾が居たりけり雪つもるあがたのまほら冬のはての日　斎藤茂吉『白き山』昭和24年

母恋ふる空のまほらにとめどなく湧く秋あかね何とすべけむ　岡野弘彦『飛天』平成3年

りんりんと凍てるばかりの空遠し甲斐が嶺はわがまほろばである

三枝昂之『天目』平成17年

空のまほらかがやきわたる雲の群千年くらゐは待つてみせるさ

山田富士郎『アビーロードを夢みて』平成2年

まほろばをつくりましょうね　よく研いだ刃物と濡れた砥石の香り

東　直子『春原さんのリコーダー』平成8年

鍵穴にほそき光を差し込んで2LDKのまほろば開く

天道なお『NR』平成25年

『古事記』の歌謡の「大和は国のまほろば〔麻本呂婆〕」のくだりがよく知られ、「まほろば」は一般に親しまれている古語といってよさそうだ。同じフレーズが『日本書紀』の歌謡では「大和は国のまほらま〔摩倍邏摩〕」となっており、『角川古語大辞典』によれば、まず「まほら」があって、これに状態を意味する接尾語「ま」がついた「まほらま」が生まれ、それに等しい語として「まほろば」も使われるようになったという経緯らしい。

原形の「まほら」の「ほ」は秀。「ら」は接尾語で、優れた良い状態、そのような場所をいう語である。原形だからというわけではなさそうだが、現代短歌ではこの「まほら」の採用が目につく。「まほろば」が特に目新しいわけではないし、同じ意で三音と四音という違いのあることも、おりおりに作用しているのかもしれない。

茂吉は「あがた」を県の意味で「山形あがた」（『白桃』）などと使ったが、用例としてあげた歌の「あがた」は鄙びた地の意であろうか。昭和二二年大石田での歌で、歌集ではすぐ次も冬至の歌である。心の屈曲を抑え込んでのせつないふるさと讃歌の趣で、一面の雪の景を詠んでいるものと思う。

用例二、四首目の「空のまほら」という続き柄は現代短歌によくみられる。目に映る空を讃嘆する意がこもっているのであろう。岡野弘彦の一首においても、なすすべのない視線の先には空がどこまでも美しい。湧き出るような秋あかねに、虚しいばかりの母恋は、いっそう内攻する。対照的なくらい明朗な山田富士郎の一首。あまりに美しい空そしてそこに広がる雲の輝きは、永遠の愛も明るい未来もたちまち確信させてしまう。輝かしい青春歌である。

「まほら」と同義の「まほろば」も、晴れわたった空や郷土への愛着をいうときに恰好の語となるようだ。三枝昂之の一首は、甲斐のめぐりの峻厳な山並みと、その向こうの空という遠さが、おのずと「まほろば」を立ち上がらせているようだ。

一方、東直子の「まほろば」はぐんとさばけて突飛だ。カップルが一緒になって暮らしをいとなもうとする。従来なら家庭を築く約束というところだけれど、上二句は今どきの、ちょっと気の利いたセリフ…といえそうで、ところがいきなり古代が飛び出す奇抜さ。それでもちぐはぐにならない第三句以下の具体が周到に支えとなっているようだ。

「まほろば」の神秘性が茶化されているような登場は天道なおの一首にも通ずる。２ＬＤＫの所有空間を「まほろば」と心得るにせよ、立派な自分の領分なのだし、この使い方もおもしろい。

ところで、歌のなかの「まほら」には「まほろば」と同義ではない場合がある。【真洞】と表記されていれば意味は明瞭なのだが、判然としない例にも出会う。

根の国の底つ岩根につづくらむ高ねの真洞底ひ知られぬ
佐佐木信綱『思草』明治36年

なきがらを燃やす煙を吸ひこみてはてしもあらぬ青き真洞《まほら》ま
結城　文『新しき命を得たり』平成23年

朝鮮人強制労働の記憶　九州にて
〈アイゴー〉の叫び聴きしとちちのみの父はいひしか炭鉱のまほら
水原紫苑「歌壇」(平成26年5月号)

最初にあげた歌は「そこひ」の項で示したのと同じ作である。「思草語彙」に「まほら」の項はなく、この歌の「真洞」は接頭語の「ま【真】」と名詞の「ほら【洞】」とに分けられており、それが当然の理解であるだろう。富士登山に際しての歌で、深い深い洞を形容しているのである。

古語の「まほら」にこの意はないし、『日本国語大辞典』に新たに加えられたということもない。「真洞」と書く「まほら」は、あくまでも真を添えた洞なのだ。しかし、この「まほら」も現代歌人にはけっこう好まれているようで、もし「まほら【真洞】」が定着したら、『古事記』以来の「まほら」とはまったく別の新参の短歌用語ということになるのだと思う。

二首目の「真洞《まほら》ま」は作者の創意による表記であろうか。友が荼毘に付される場面で、作者の視線は空に向けられているから、美しいすぐれたところという本来の「まほらま」にかようともいえそうだが、煙が吸い込まれるイメージで「洞」が採用されたのかもしれない。ただ、「真洞《まほら》ま」という表記には戸惑う読者もあろうかと思う。

三首目のひらがな表記の「まほら」は、歌の内容から、当然「真洞」の意である。信綱の例では多少感じられた讃嘆のニュアンスも、ここではばっさり切り捨てられている。

新しい歌ことばとしての「まほら【真洞】」が勢いづいてゆくのかどうか、ここは静観することにしたい。

まもる

ただまねび従ひて来し四十年一つほのほを目守るごとくに　土屋文明『青南集』昭和42年
とどめむとする動きにも加はらず優柔不断はただ目守《まも》るのみ　宮地伸一『続葛飾』平成16年
棲み棄てし家の年ごとふえゆくを大くすのきは目守《まも》りたまはむ　十鳥敏夫『風日』平成25年
ビロードの表紙あをければ厚ければしばらく開けず遺歌集目守《まも》る　河野裕子『歳月』平成7年

『角川古語大辞典』で「まもる【守・護・衛】」を引くと、じっと見つめる、見守る、様子をうかがう、という意が最初に置かれている。そして「みまもる」という語は立項されていない。このことからすると「まもる」という語にもともと見守る意は備わっていたのであろう。

「まもる」の見守ったり目を離さず見詰める意は、辞書上は現代にも受け継がれている。ただ、日常的にはその場合「みまもる」とすることのほうが多いに違いない。『日本国語大辞典』の「まもる【守・護】」の項は、まず「「目守《まも》る」の意」と説き、古語以来の意を最初に置きつつ、別に「みまもる」を立項している。『広辞苑』『大辞林』も同様であることから、大まかに言って「見守る」は近代以降のことばなのだと思う。

短歌においては「見守る」を使う可能性はあるが、音数からしても「まもる」に見守る意を託したいとき、古来の意を汲む「目守《まも》る」という表記が習慣となったようで、現代でも短歌では「見守《まも》る」より「目守《まも》る」のほうが浸透しているようである。

土屋文明の一首は「追悼斎藤茂吉」と題された五首のうちにある。文明より八歳年長の茂吉には、単に先輩格の歌人というにとどまらない敬愛、さらには畏敬の思いがあったことだろう。「まねぶ」は「真似る」と同源で、真似て倣うことから「学ぶ」となった。ここではやや古風な語を選んで故人の偉大さに風格を添えたのだと思う。燃えつづける炎から目を離さぬごとく、しかと見つめ、学び、従ってきたという思い返しに万感がこもっていよう。

宮地伸一は「アララギ」終焉に際して、このように自己批判することで心理的な折り合いをつけようとしたのだろうか。「我」を言い換えた「優柔不断」が痛烈だ。

昨今の空き家問題を思い起こさせる十島敏夫の一首。土地の守護神に近い「大くすのき」に向ける愛着と、そっと委ねるような思いが「目守《まも》りたまはむ」に感じられる。

河野裕子の歌からは、遺歌集に向ける畏れ慎むような気持ちが伝わる。逡巡を装幀に絡めて述べたさりげなさ。そこがいい。

みゆ

水の上に下りむとしつつ舞ひあがる鴨のみづかきくれなゐに見ゆ　古泉千樫『屋上の土』昭和3年

うち揃ひ夕餉なしたる日のありき小さき額の絵のごとく見ゆ　大西民子『風水』昭和56年

米内川《よないがは》にて拾ひ来し黒石に人の顔見ゆ雨の夜見れば　柏崎驍二『百たびの雪』平成22年

おお！ひばりかけのぼる見ゆとりの目のみひらいているさまもまた幻《み》ゆ　村木道彦『天唇』昭和49年

想念は電光石火を厭ふなり鈍き歩みに花こそ見ゆれ　寺尾登志子『奥津磐座《おきついわくら》』平成28年

山土に竹筒《ごんご》のあればけもの塚花の挿されて褪せたるが見ゆ　なみの亜子『バード・バード』平成24年

意思をこめた「見る」に対して、自然に目に入る、見える意の文語動詞「見ゆ」は、短歌にかなりの頻度で登場する。見えることをいうのであるから「見ゆ」の上に置く助詞は「の」もしくは「が」だが、助詞を置かないことも多い。

語の性格として「見ゆ」は受け身的ともいえる。独自の美意識に基づいて恋する女性の姿を描こうとした『みだれ髪』の場合、三九九首中、「見ゆ」は四回と極端に少なく、「見る」は三九回も使われ、「見る」だけでなく「みやる（見やる）」「見おろす」などもあることが目を引く。「見る」の使用度といったら茂吉が突出するような気がしていたが、『赤光』（改選版）での使われ方でいうと七六〇首中、「見る」八一回に対して「見ゆ」四四回で、一冊の歌集においての「見る」の使用率は、『赤光』が『みだれ髪』をほんのわずかに上回るのみの結果だった。ただ、『赤光』中の「見ゆ」四四回は、『みだれ髪』四回と対照的に多い。二人の歌人の視線のありようを想像させるところである。

掲出の一首目は観察に尽くした歌である。じっくりと時間をかけて野鳥を見ることができる水辺は、生態のみならず多様な姿の美しさを堪能するチャンスでもある。マガモやカルガモは脚全体が赤く、飛び立ったときに見える赤は、やはり焦点となる。

二首目を収めた歌集『風水』は大西民子の第七歌集に当たるが、『大西民子全歌集』（沖積舎・昭和56年）に未刊歌集として収録された。歌は、ありふれていようとも家族の夕餉のいっときがいかに尊いか、かつての光景を小さな額絵に収めて呼び起こしたもの。結びの「見ゆ」が、ただ受けとめようとする心情を思わせ、その余韻もせつない。

盛岡市に住む柏崎驍二にとって、市内を流れる米内川は日常的な親しみの川なのだろう。宮澤賢治のように歩き、石を拾う。拾った石の置きどころは、たぶん机の上か書棚の手前。おりおりに見る。雨の夜など、気分的に石そのものが語り出す。人の顔が見えるとなると不気味だけれど、目鼻の愛嬌が感じられたということではなかろうか。

村木道彦の一首は「見ゆ」に重ねて「幻《み》ゆ」を置いており、そこまで像として心に描こうとする青年の一途な希求を述べたものであろう。それでも天にかけのぼるひばりであるからには「幻《み》ゆ」よりも「幻《み》ゆ」がふさわしい。そこに、希求そのもののあえかさも感じられる。

寺尾登志子が一首にこめたのは、日頃の信条に近い思いかもしれない。鈍い歩みでいいのだ。それでこそ見える花があるはずだ、と。こちらも一途で律義で、かつ浪漫への傾きがある。結びの「見ゆれ」は「こそ」の係り結びで已然形になっている。

なみの亜子の六首目には、西吉野の山間集落に居を定めた作者ならではの目線が感じられる。山の土に竹筒が置かれていたら、それはけもの塚である。塚であってみれば、竹筒にはおりおり花が挿されるが、その花の褪せた色が目に入ると、そぞろにあわれを覚えてならない、というのであろう。

めを　めぉ

女男《めを》の峰ひとつ筑波の頂にうべ鎮《しづ》もらすこの夜いみじく　北原白秋『夢殿』昭和14年

天球図飽きるまで見て過ごしたり風に憩ふ女男《めを》の星あれ　阪森郁代『夕映伝説』平成9年

女男《めを》の別もつ生きもののかなしさを醒めて想へり猫さわぐ夜　桑原正紀『火の陰翳』昭和61年

シャガールの街の空ゆく若き女男《めを》ただ花色に歪《ひづ》みて遠し　大塚寅彦『夢何有郷』平成23年

一組の女男でしかなきわれらなり性愛に遠き声を交わして　後藤由紀恵『ねむい春』平成25年

現代ではまず「男女」と書き、その逆はない。「女男」と書く「めを」は古語で、『角川古語大辞典』は「女と男。また、妻と夫」の意とする。おもに散文で使われていた語という。明治期の『言泉』『言海』はいずれも「めを」を載せていないが、『日本国語大辞典』『広辞苑』は「めお【女男・妻夫】」として、『大辞林』は「めお【女男・〈陰陽〉】」として、それぞれ立項している。おそらく古語の認識なのであろう。そして、古典でおもに散文で使われたという「女《め》男《を》」が、今の時代、短歌のなかでごく当たり前に使われている。もちろん「男女」の言い換えとしてである。

この言い換えは、たとえば近代短歌の時代から多くみられるということでもなかったようである。『東西南北』『みだれ髪』『思草』『一握の砂』『桐の花』『赤光』に「女男《めを》」の採用は皆無であった。

与謝野晶子の歌には「男女《をとこをんな》」とか「男と女《をとこ　をんな》」などが数々みられ、漢語である「男女《だんぢよ》」を避けた結果とみることができる。晶子はその初期から「下界《げかい》」だの「下品《げぼん》」だの「紺青《こんじやう》」だの、漢語を使うこともためらわなかったから、これは好みの問題だったかもしれないが、晶子の作品中に「男女《だんぢよ》」はなかなかみられない。古典に精通していたことを考えると「女男《めを》」を採用した例がありそうにも思うが、それにしては「男女《をとこをんな》」などの言い換えのほうが多かったようだ。

用例の最初にあげた白秋の一首は、第七歌集『夢殿』の「筑波新唱」よりのもの。現在でも筑波山の双峰は夫婦《めおと》や男女になぞらえられるが、白秋は昭和三年の夏、筑波山に登り、山上に一泊した。このとき同道したなかに横瀬夜雨夫妻があり、「生れて初めての蜜月遊ぞ」などと洩らしたことが詞書として添えられている。夫妻をいくらか冷やかすように重ねながら、双峰を「女男《めを》の峰」と讃えた歌である。「うべ鎮《しづ》もらす」の「うべ」は、まことに、などと肯定する意味合いの副詞、「鎮《しづ》もらす」は静かにおわすという敬語表現であろう。

『夢殿』の刊行は昭和一四年だが、一方、『斎藤茂吉全集』第四巻（岩波書店・昭和50年）の「短歌拾遺」に次の二首がある。

女夫《メヲ》雀しづめる耳にきき居れば人の子が言、いふが如しも　明治四〇年

山田もと刀自八十五歳賀

めをの道楽しきまにまいましつつなほ極みなき老のたふとさ　昭和一六年

「女夫《メヲ》」はつがい、「めを」は夫婦の意であろう。二首目はすぐ前に「山田傳藏翁八十八歳賀」の一首が置かれており、おそらく夫妻それぞれに祝意を述べた二首だから、「めをの道」は意識的に詠み入れた語であったと思う。

また、先に触れたとおり『言泉』『言海』は「めを」を載せていないが、両辞典とも「女《め》」と「男《を》」を単独でそれぞれ立項している。これも古典に由来する語で、「女《め》」は女性、妻、動物の雌を意味し、「男《を》」はその対で、この二語は一対による使い方が多かったらしい。近代短歌でも次のような例がある。

とろとろとあかき落葉火《おちばひ》もえしかば女《め》の男《を》の童《わらは》あたりけるかも　斎藤茂吉『赤光』

籠《こ》にあるは女《め》と男《を》と分かぬ二羽の鳥酔へるあはれさ君もおのれも　与謝野晶子『さくら草』

一首目の使い方は、現代短歌でも「女孫《め》」とか「男の孫《を》」という例を思い出させる。「女雛《め》」「男雛《を》」、「女時《め》」「男時《を》」などとも使うが、「女の人《め》」などとはいわず、使われ方は限られているといっていいだろう。一対であるとき、「宿《やど》つ女《め》」（斎藤茂吉『赤光』）といった「女《め》」のニュアンスはなく、単純に男女を意味しながら、少しやわらかい和語のひびきで言い換えた語になるということだと思う。

こうした経緯ののち「女男《めを》」は、おのずと現代短歌で「男女」の言い換えとして浸透していったのだろう。

阪森郁代は宇宙の星にも性別があらんことを空想的に述べているが、それをいうのに「男女の星」では到底見合わない。その意味ではありがたい一語である。

桑原正紀の一首の直接のきっかけは春の夜の恋猫の声なのだが、主題は自身を含めた人の世の哀しさへと静かに収束している。ここでもやはり「ダンジョの別」などといったら、詩的な緊張感はたちまち緩んでしまうに違いない。

大塚寅彦がシャガールの絵を一首で再現する際にも、「若き女男《めを》」は、どこか性別の意を超えてシュールな絵の個性に直結するようである。

後藤由紀恵の一首は、夫婦の少し冷めたありようをいうが、「女男」の採用がなまなましさを削いでいることはたしかだろう。

もだ

よしきりの千声百声語れども一人もだせる石仏かな　　佐佐木信綱『思草』明治36年

友とともに飯《めし》に生卵《なまたまご》かけて食ひそののち清き川原に黙《もだ》す
斎藤茂吉『遍歴』昭和23年

衰へてやさしき父と火に寄りてはにかむ如し共にもだせば
富小路禎子『未明のしらべ』昭和31年

南部鉄器あきなふ店はくろがねの黙《もだ》をならべて雨にをぐらし
木畑紀子『水繭』平成16年

海はいまノートひらきて黙《もだ》しをりＡＢＣ《アーベーセー》の波のかそけさ
水原紫苑『くわんおん』平成11年

沈黙の意の「黙《もだ》」は短歌によく登場する。現代の暮らしのなかで使われることはまずないから、短歌用語と受けとめてよいのだと思うが、名詞の「もだ」の歴史は古く、『角川古語大辞典』は「もだある」のかたちをとることがほとんどであるとして「雄略紀」の用例を示している。

また『万葉集』から「黙然《もだ》をりて」「母太《もだ》もあらむ」というフレーズが引かれていることからすると「黙《もだ》をり」という使い方もされていたらしい。これも動詞化ということになるのかもしれないが、名詞「黙《もだ》」の派生した動詞としては「黙《もだ》す」が万葉時代からあり、この「黙《もだ》す」が現代短歌にも受け継がれている。

「もだ【黙】」は、『言泉』『日本国語大辞典』『広辞苑』『大辞林』に登載されており、動詞化された「もだす」は『言海』を含めた五つの辞典にみえる。ただ、用例からしても古語の認識であるようだ。

近現代の短歌での採用例をみると、動詞のほうがその機会が多いようで、最初に一首あげた

『思草』には動詞の「もだす」が二例あり、名詞の「もだ」はみられない。一般的には耳慣れないものの、「だまる」という日常語とはやや異質のその響きは、歌語の趣としても迎えられるにふさわしかったに違いない。

沈黙の意味で使われることがもっぱらだが、為すべくして為さぬという意味合い、あえて言葉を交わさないその場の空気というように、心理をまつわらせた状況を伝えるのには、たしかに恰好の一語である。

例えば二首目はミュンヘンで関東大震災を知り、家族の安否もわからない頃の茂吉の心境を反映している。こんなときに自身を食べる場面に置いて作品化するのは『赤光』以来の茂吉の流儀といえるが、それだけ下の句の沈黙の程合いが読み手の心に現実的に沁み入るのだろう。一語の動詞として「黙る《だま》」とは別格というべき「黙す《もだ》」の重苦しい存在感を思う一首である。同じく三首目の父と娘の一語もない静けさにも浅からぬ襞があろう。

木畑紀子は名詞「黙《もだ》」を採用している。鉄の古称「くろがね」を形容として添えつつ「黙《もだ》」と引き取って、いかにも堅固な黒さを強調している。「もだ」という暗く重い二音がいかにも鉄器にふさわしい。

水原紫苑は海を描写しつつ、フランス語の初学びの場をそこに重ねた。「黙《もだ》しをり」と述べる穏やかさのなかにもフランス語のささめきが生まれ、そのささめきと日本の古語とが海の明るさにいくぶん異質のままきらめきあっている。

もて

いざさらば、今は怨の、火《ほ》むらもて、／世をも人をも、やくよしもがな。
与謝野鉄幹『東西南北』明治29年

八つ口をむらさき緒もて我れとめじひかばあたへむ三尺の袖
与謝野晶子『みだれ髪』明治34年

光もて囚人の瞳《ひとみ》てらしたりこの囚人を観《み》ざるべからず
斎藤茂吉『赤光』大正2年

歌をもておのが虚像を描ききて描き残したるは実像と知れ
築地正子『自分さがし』平成16年

ショートケーキを箸もて食し生誕というささやかなエラーを祝う
内山晶太『窓、その他』平成24年

「以て」の促音《そく》「っ」が脱落した語で、「○○もて」「○○をもて」のように使われ、『万葉集』からすでに用例がみられる。もともとは動詞「持つ」に接続助詞「て」のついた「持って」によるらしく、『日本国語大辞典』は〈連語〉と解釈している。口語ではもっぱら「で」を使うところだが、これは「にて」が転じたものである。

短歌においては、「もて」を使うか「で」を使うかでずいぶん印象が異なる。「もて」はさすがに古風といえそうで、ときに形式ばったニュアンスをもたらす。

まず鉄幹の一首。今となってはもう自分の怨みという炎で世の中すべて焼きつくすことができたらいいのに、と憂国の思いを際立たせており、『東西南北』の勇ましい文体に「火《ほ》むらもて」が自然になじんでいるように思える。

一方、晶子の大胆な恋の歌においては「むらさき緒もて」が抒情的に作用するようだ。「八つ口」は着物の袖付けの下の空きの部分をさし、そこを縫いとじることはそもそもないのだが、比喩的に紫の緒《お》（糸）でとめることはしませんと訴えているのである。なぜといって、もしあなたがこの袖を引いたら喜んでさしあげましょうから、というのだから、いたく挑発的。「むらさき緒もて」によって品位を保っているといえるかもしれない。

三首目は犯罪人の精神鑑定の場である。医師として感情を抑え、冷徹になろうとする茂吉の葛藤が苦しいほどに伝わる一連中にある。医師の仕草に添えられた「もて」、下の句の漢文調の二重否定も緊張感をはらんでいよう。なお、この歌は大正二年の作で、これを含む「麦奴（むぎのくろみ）」一六首は改選版で大きく手を加えられたが、掲出の一首はまったく同じかたちで再録されている。

築地正子はストイックな印象の強い歌人で、それが大きな魅力でもある。歌に描いた自身は

「虚像」であると述べ、すぐにその言を引き取って「描き残した」ものこそが「実像」だと念を押す。結びの「知れ」は「実像とこそ知れ」の「こそ」をはずした強調文体と思われるが、命令形によって自身に突きつけているとも読める。そんな厳しさ、つつましさも築地正子らしい。

　以上のような文語色の強い「もて」を、内山晶太は反語的な表現として据えた。世間並みに誕生日を祝い、お決まりのようなケーキを粗っぽく平らげる。自身の生誕が「ささやかなエラー」でしかないという自己否定の一首は、わざと文語をもって表現することで、逆説的言挙げの様相が明確となる。若い世代の意識的な手法にも文語は健在のようだ。

やさし

玉櫛にねくたれ髪ぞときて見ん羞《やさ》しかるべき朝顔の花　与謝野鉄幹『鉄幹子』明治34年

戦ゆ生きて帰れりあな羞《やさ》し言葉少《すく》なにわれは居《を》りつつ　宮　柊二『山西省』昭和24年

買ひ持てる卵は孵すすべなきに心羞《やさ》しくいたはりてゆく　富小路禎子『未明のしらべ』昭和31年

大香炉の煙を受けてそれぞれの病めるところに当つる恥《やさ》しさ　北沢郁子『道』平成25年

妹を呼び棄ててわれにくる五月呼び棄てむもののいる羞さしさは　平井　弘『顔をあげる』昭和36年

盲目の子を率《い》てバスを待つひとありなにに恥《やさ》しくわれは過ぎ行く

三枝浩樹『みどりの揺籃』平成3年

やさしい人、やさしく接する、といった場合の〈優しい〉の意味を、古語の「やさし」も兼ね備えていたが、もともとは「やす【痩】」を形容詞化した語であって、身の痩せ細る思いをするのが原義。〈恥ずかしい〉の意であり、表記にも【恥】がみられる。以上の解説は、どの辞典にも示されている。

現代の語としては、思いやりのある気だてや「優しげ」などという場合の優美なさま、平易である「易しい」が一般的で、「恥《やさ》しい」と表記する意味の示し方は、おそらく短歌くらいであろう。古語とつながりが深い短歌の事情も背景にあるが、個人的に複雑な曰く言いがたい心情を述べようとするとき、「羞《やさ》し」「恥《やさ》し」といった表記と音のもたらす意味は、羞恥の意を匂わせつつも、その直截性をやわらげるのだと思う。例歌にもそのことが感じられる。

用例最初の「玉櫛」の「玉」は美称。櫛に梳く髪は寝覚めの見苦しい姿なので、朝早くからきりりと花開いている朝顔に恥がましい思いを抱く、という歌と思われる。

また用例にはあげなかったが、『赤光』の「けだものは食《たべ》もの恋ひて啼き居たり何《なに》といふやさしさぞこれは」は、すぐ前に、自殺した狂者を葬る歌が置かれていることからも、けだものの飽くなき食欲に恥がましさを覚えた歌で、「やさしさ」は「羞《やさ》しさ」なのであろう。『赤光』にはこの一首のほかに「やさし」が二度使われているが、いずれも「優し」の意のようである。

花と散ることを美徳として送り出され、理不尽な夥しい死を目の当たりにして帰還した宮柊二は、自身では収拾のつかない苦悩を「あな羞《やさ》し」の五音に凝縮した。胸に迫る一首であると思う。

富小路禎子の歌の背景には、命をみごもり育む時間を可能性として有するおみなの心情があると思う。同じ可能性を鶏から奪って食べてしまう人間の傲慢さが心をよぎるときの後ろめたさが下の句に集約されている。

北沢郁子が描くように、名利では殊にみな熱心に同じ仕草を繰り返す。信心がなければ意味もないのだが、その場に立てば求められもしないのに半ば陶然と、つかめぬ煙をつかまんばかり。そう思えば少しユーモラスな光景でもあるが、病むところがあるなら、それは切実な仕草であるほかない。すがる思いの哀しさ。やはり「恥《やさ》しさ」の言い換えがうなずかせよう。

平井弘の歌に登場する〈妹〉は、永遠に庇うべきいとしい存在である。掲出の一首を含む一連には「禁じられた遊び」の〈死〉をまだ理解していない女の子のイメージが呼び起こされており、いくぶん優位に立つ少年の少年らしさが語られている。呼び棄てに呼ぶときの如実な年齢差の表れという思いがけない角度が斬新だ。初々しい羞恥といえようか。

三枝浩樹のいう「恥《やさ》し」さも、それを「なにに」つまり、名状しがたい心情と自覚していることとも、読み手にはそのまま素直に伝わるのではなかろうか。わが子を全身で、それも当然のさりげなさで支える姿の崇高さに、ふと視線が内面に向く。わが身を省みる瞬間とは尊いものである。

ゆかし

常にくふかぐのたちばなそれもあれどかしはのもちひ今日はゆかしも
正岡子規『竹の里歌』明治37年

都落ちゆかしや鳴らす琵琶のぬし花も散りゆく朧月夜に
青山霞村『池塘《ちとう》集』明治39年

露に滿ち甘きにほひをたつるさへ果實はゆかしみどりごの眼に
小野茂樹『黄金記憶』昭和46年

世阿弥翁のえにしゆかしく鶯山荘《あうざんさう》に鼓の音をふかぶかと聞く
沢口芙美『やはらに黙を』平成26年

悪源太・悪七兵衛はた武悪《ぶあく》　悪を支ふる心ゆかしも
水原紫苑『武悪のひとへ』平成23年

石の国に石のすみれの咲くような菫青石の何かゆかしき
野樹かずみ『もうひとりのわたしがどこかとおくにいていまこの月をみているとおもう』平成23年

「ゆかし」は動詞「ゆく」の形容詞化で、心が惹かれる意。見たい、知りたい、聞きたいといったところ。転じて慕わしい意、さらに、どことなく気品漂うさまをいうようにもなった。『野ざらし紀行』の「やま路来てなにやらゆかしすみれ草」はその例となる。これ自体が魅力の古語だが、現代文のなかで使われることは滅多にない。古語の知識に基づくのか、歌人好みの語らしい。

子規の一首は明治三四年の作で、長い詞書のある一〇首のうちにみえる。古来、旅先で食べる物を木の葉に盛ることもあったが、五月五日の柏餅にわずかにその名残があるとして、「ゆかしき」思いに「かしは餅の歌をつくる」と詞書にいう。歌は、香り立つ橘の実はつねづねの物として味わい深いが、今日という日に食べる習いもろとも、このうまさは格別だ、という柏餅讃歌である。

『みだれ髪』刊行の明治三四年ごろ、青山霞村は独自の口語詩歌を創始したと伝えられる。『池塘集』はその第一歌集。用例は巻頭一〇首目の歌で平曲の平家都落ちの段に感銘を受けてのものらしい。琵琶の音に花の散る月夜も恰好で、乱世のあわれがしみじみと身に染みるというのだろう。基本的に口語採用の霞村の歌においても、「ゆかし」のような古語がぴたりとおさまって伝わるのは七五の韻律のゆえもあるのだろうか。

三首目は『黄金記憶』巻尾の作。父に抱かれたみどりごが、みずみずしい果実の香りに瞳を向けるような表情を見せた。みどりごを介して伝えるなかに、果実の香しさはより繊細な美となる。

その香しさを、「ゆかし」が恰好の一語として受けとめていよう。

沢口芙美の用いた「ゆかしく」は連用形で副詞的な用法だが、この歌では「世阿弥翁のえにし」よりの続き柄に味わいがにじみ、佐渡の鷲山荘や鼓の音がさらに加わる流れとなっている。

五首目。悪源太義平、悪七兵衛景清、いずれも「悪」は勇猛さの意とされるが、狂言の武悪の場合、その強さにも人情がまつわり、面もどこか気弱そうな風貌だ。揃って〈悪〉を冠せられてはいるけれど…というたゆたいを添えて、その内面へと心を寄せている。武悪を演じた人の芸の魅力を偲ぶ挽歌として「ゆかし」が呼応している。

野樹かずみは「何かゆかしき」とぼかすようにいうが、心が惹かれる現象をそう明瞭に分析できるはずもなく、この心情はどこか不分明な快感といえるだろう。その心の赴き方をいうには、対象の魅力をどう伝えるかにかかっている。菫青石は〈きんせいせき〉と読み、宝石としてはアイオライトあるいはウォーターサファイアと呼ぶとか。すみれのような青紫となれば、おおよそのイメージも浮かぶ。名前のひびき、字の美しい組み合わせ。上の句を占める比喩も含めて、初々しい美しさを思った。

ゆくりなく

亡き友がいまはの面わゆくりなく枕に見ゆる秋の夜半かな　佐佐木信綱『思草』明治36年
ゆくりなく映画に見ればふるさとの海に十年のうつろひはなし　明石海人『白描』昭和14年
しののめの下界に降りてゆくりなく石の笑いを耳にはさみぬ　山崎方代『迦葉』昭和60年
ゆくりなく「神の使ひの羊」見ゆ　けふ在ることのおろそかならず　恒成美代子『暦日』平成24年
ゆくりなくわれは他人の悲しみに手首をふかく差し入れてゐつ　大口玲子『東北』平成14年

現代語の副詞「ゆっくり」に該当する古語は「ゆくらかに」、「ゆくらゆくらに」の二語で、一方、古語には形容動詞「ゆくりか」およびそれと同根の「ゆくりなし」があり、こちらは突然とか不意の意味であった。とすれば「ゆくらかに」と「ゆくりかに」はほとんど逆の意味なので、いささか戸惑うことではある。

「ゆくり」にそもそも思いがけない突然のさまの意があって、「ゆくりなし」の「なし」は甚だしいの意であるとみているのは『角川古語大辞典』である。ただ、「ゆくりなし」の語源をめぐっては、現代語の「ゆっくり」と同義の語を「なし」によって打ち消しているとみる説もみられ、現代人にはこちらのほうが素直に受けとめられるかもしれない。

というように、少々ややこしい「ゆくりなし」だが、古典においても副詞として使われることが多く、にわかに、といった意味で定着したようだ。今の時代、日常語としては聞かれないが、不意の意を添える「ゆくりなく」は、五音であることも手伝って、歌には詠み入れやすい副詞なのだろう。

近代の例として信綱の一首。友の最期に立ち会った記憶が、床に就こうと枕に目を落とした瞬間に甦った。それも秋の夜の寂寥によってもたらされた感が残る。

明石海人の例は「朝日トーキーニュース」の小題がついた五首の一首目である。瀬戸内海長島の愛生園にあって、帰る望みのない故郷の暮らしの象徴というべき海。その出現の唐突なさまが「ゆくりなく」の一語にこもる。予期しなかっただけに、変わりのない郷土への恋しさは募り、逆に一〇年の自身の変転に思いがゆく。海人のことばは重い。心情をぴたりと言い当てた、有無を言わさぬ強さのゆえだと思う。

方代の一首は、同じ一連の少し前に「明方の小仏峠を下り来て山形館の湯にひたりけり」があり、同様の状況を思ってもよさそうだし、また孤高を守る暮らしから、たまさか世間に交わるべく赴いたとでもいうニュアンスを受けとめることもできるだろう。「石の笑い」は羅漢像、あるいは風土に深く染みついたものの気配。何か霊妙な感じが漂うところにも「ゆくりなく」が作用しているといえようか。

恒成美代子のいう「神の使ひの羊」は、羊雲が太陽を横切るとき、太陽のまわりに接して美しい光の輪が見えることをさすらしい。いかにも訳語だが、空の現象には「ヤコブの梯子」など同様の命名が多く、瑞祥の雰囲気をもたらしてもいる。「ゆくりなく（思いがけず）」見えた慶びの歌集巻頭歌である。

大口玲子の歌のように、ゆきがかりで思いがけず他者の悲しみに立ち会うということは、世に少なからずありそうだ。その事実に向ける思い返しとして、下の句の比喩表現が巧み。感じ入りながら、手を引こうとしても容易に抜けない、深みにはまりそうな様相と、その複雑な苦しさを言い得ている。

ゆまり

尿《いばり》すれば金の光のひとすぢがさんさんと落ちて弾《はぢ》きかへすも　北原白秋『雲母集』大正4年

一度停りてまたしをしをと出できたる尿《ゆまり》よけふは原爆の日ぞ　竹山　広『遐年』平成16年

狼藉はつねなつかしき姿して夜の電柱にゆまりする人　前川佐重郎『不連続線』平成19年

水面にゆまり降らしむきららかにあるべき日々はとうに過ぎたか　内山晶太『窓、その他』平成24年

『角川古語大辞典』によれば「ゆ」は湯、「まり」は排泄する意の動詞が連用形によって名詞となったもの。加えて同辞典は、後世「しと」は人、「ゆまり・ゆばり」は動物（特に馬）に用いられる傾向があったとする説を紹介している。

『紫式部日記』では、後一条天皇となる皇子誕生にまつわる話の中で「しと」が使われている。入内させた彰子に皇子が生まれ、狂喜した藤原道長は、おもらしされても「あはれ、この宮の御《おん》しとにぬるるは、うれしきわざかな」と言いながら直衣をあぶらせるのである。宮中での「御《おん》しと」、赤子には禁忌がないことなどが知られておもしろいが、もちろん「しと」も「ゆまり」も和歌には登場しない。

尾籠にして禁忌の事柄であるだけに、室町後期の俳諧連歌撰集『犬筑波集《いぬつくば》』にみえる「かすみのころもすそはぬれけり／さを姫のはるたちながらしとをして」は画期的だったに相違ない。前句から衣のすそがぬれてしまった粗相のさまを呼び起こし、春の女神「さを姫（佐保姫）」を登場させて立春を言いながら、立ったままの「しと」を引き出すという戯れ。禁忌を逆手にとった印象である。

また、以上のことから人には「しと」を、という使い分けにも納得がゆくわけだが、近現代の

短歌においては「しと」より「ゆまり」あるいは「いばり」の採用が目につく。これは推測だが、はばかりの意味合いから、現代の常用語と音の上で距離のある語を選びがちなのかもしれない。

現代短歌において、この語をためらいなく詠むとしたら、女性では育児、介護の場が考えられる。それとは違う印象を与えるのが男性歌人の作で、多くは自身の現場を詠んでいる。おのずと〈個〉であることが前提、強調されるせいか、感慨が素直に絡まるものらしい。

白秋の歌は、気を晴らすために舟で三浦の海に出たときの一場を描いている。二〇代の終わり、精神的には起伏の多い状況にあった白秋も、予期しなかった解放感を覚え、その結果こんな一首が生まれたようだ（「弾《はぢ》き」のルビは『白秋全集』のとおりである）。

もっとも、その快感は若さの特権でもあるらしく、ときに老いの嘆きともなることが竹山広の一首から知られる。普遍的なことであるにもかかわらず、ユーモラスな自嘲的描写ののち、竹山の人生と切り離しようのない思い合わせを結びに置いたことで、固有の哀しみの漂う流れになっている。

三首目。この「狼藉」ほどたわいないものはなさそうだけれど、誰にいわせても「狼藉」に違いないところが可笑しい。前川佐重郎は、それがなつかしい光景だといって、やんわりと昔の話に追いやった。そこが紳士の歌である。

内山晶太の一首は、水溜まりにでも放った想定だろう。竹山の一首をふまえていえば、その放物線のきらめかさはやがて薄れてゆくほかない。そんな人生の当然に重ね、まだごく近い過去にあると同時に、最も輝いているべき青春への愛惜を個性的に引き出した一首と思う。

よは　よわ

地震《なゐ》の夜半人に親しきこほろぎのよそげに鳴くも寂しかりけれ　与謝野晶子『瑠璃光』大正14年

虹ににてうつくしきものわれをまきただ何となう泣かす夜半かな　相馬御風『睡蓮』明治38年

ねむられぬ夜半《よは》に思へばいつしかに我は影となりかげに生きゐる　前川佐美雄『植物祭』昭和5年

これがわが　鼻か眼窩《がんくわ》か頬骨か夜半《よは》にめざめて手にさぐりつつ　吉野昌夫『これがわが』平成8年

夜半《よわ》にきてまなく去りたる雨のことべつにどうということなけれども　村木道彦『天唇』昭和49年

冷ゆる指胸に組みかえ眠る夜半ただ内海に霧は湧きいん　糸川雅子『水蛍』昭和56年

ペンを持つことで何かが救えるか　夜半《よわ》に鳴きだす蟬はアカペラ　千葉　聡『微熱体』平成12年

『角川古語大辞典』は「よは」について「よる。夜中。夜《よる》のうち、夜中《よなか》より暁《あかつき》に傾く刻限をいう」と説明している。見出し語の表記も【夜】と【夜半】を併記。これらのことは、平安末期の漢和辞書『類聚名義抄』に【夜】の読みとして「ヨル、ヨハ」とあることに基づくらしい。そもそも「夜」は「ヨハ」とも読んだことが知られる。そして『角川古語大辞典』に「夜半《やはん》」は立項されていない。

しかし、『日本国語大辞典』が「やはん」の用例として『平家物語』の「童神子《わらはみこ》、夜半斗《やはんばかり》にはかにたえ入《いり》にけり」（巻一「願立」）を引くように、古典に「夜半《やはん》」の語がなかったわけではない。古語辞典に「夜半《やはん》」が載っていないのは、これが漢語だからで、同じ意の和語「よは」のみを載せたのかもしれない。「夜半《よは》」とする表記が当て字であることは『広辞苑』も指摘しているが、同義の漢語から当てられたと思えば納得のゆく過程である。

「夜半《よは》」の出番は一般的には近代以降後退し、だからこそ古語に由来する短歌用語として浸透したのかもしれない。『伊勢物語』（二三段）にもみえる『古今集』（九九四）の「風ふけば沖《おき》つしら浪たつた山夜半《は》にや君がひとり越《こ》ゆらむ」が広く愛誦されたことにもよるのか、多くはルビもなく、使い方としては古典の用法に近い。

与謝野晶子は「夜《よ》」「夜《よる》」と区別して「夜半《よは》」を用いており、先に示した真夜中から暁に傾く頃を想定していたようだ。用例にあげた一首は関東大震災当日、一家で避難して今の飯田橋から市ヶ谷につづく外濠の土手で夜を明かしたおりのものである。

晶子より五歳下の相馬御風は新詩社で活躍、大正期には郷里新潟県に帰って良寛の研究に尽くした。『睡蓮』は二二歳のときの第一歌集で、その浪漫派らしい甘美な情調は掲出作にも濃く感じられる。

現代短歌でも前川佐美雄、吉野昌夫、村木道彦の作品からすると、時間帯としては晶子の例と変わらないといえるだろう。

佐美雄の歌の第三句以下に込められた青年の苦悩は『植物祭』の主題でもあるが、それを訴える表現の新鮮さと、「夜半《よは》」の語を含めた正統的に端正なうたいだしとが微妙なバランスをとっていて、魅力ある一首である。

歌集題にもなった吉野の一首は、初句ののちの間《ま》を含め意表を衝く流れである。深夜の床のなかでの命の実感といえば重くなりそうなところを、顔の造作のひとつひとつをあげてゆき、そこに戯画的要素が生まれる。深夜の手探りであることが一抹の悲哀を伝えてもいるであろう。

五首目。夜の間に存分に降って、そのことがうっすら記憶にあっても、朝になればやんでいたりすると、天の気遣いのように思えたりする。でも、それをまともに恩に着たりはしない。そんな内容の「べつにどうということ」あたりは口語の言い回しなのに、村木道彦は一首を文語の文脈にいともあっさりと収めてしまった。従来の短歌語法を熟知したうえでの個性というべきだろう。

糸川雅子は香川県の生まれで、学業を卒えてのち郷里で教鞭を執るようになった。『水蛍』は第一歌集だし、青春のなごりをまだまつわらせがちな意識がおりおりに顔を出す。穏やかな眠りに静かに及ぶ気配のように、霧たちこめる海のありようが浮かんだ。感情の起伏を削いだ海の感じ方が夜半の思いに似つかわしく、この作者らしいところでもある。

千葉聡は、ずいぶん堅気な自問を据えたものだが、夜になって鳴きだした蟬の声に、何者にも邪魔されず、声のみを発して自足する潔さ、つつましさを聴いたのであろうか。もちろん、鳴くことに集中する蟬の声は、上の句にきまじめなほど応えているといえるだろう。

わくらば

わくらばに澄みしづもれる此の心尊みいだきもちてをあらむ
佐佐木信綱『銀の鞭』昭和31年

わくらばに生れし家のうすくらき土間にましろきわが下駄をぬぐ
前田夕暮『深林』大正5年

うちくらみ／梢すかせばそらのいろ／たゞならずして／ふれるわくらば。
宮澤賢治「歌稿B」大正10年

淡水に病葉《わくらば》しずむまでの間《ま》を待つ謐《しず》けさのうちへゆきたい
岸原さや『声、あるいは音のような』平成25年歌を作るようになって間もないころ、「わくらば」と読む「病葉」を知り、いかにも歌ことばらしいなりたちを思ったものだった。病んで傷んだ葉をさし、俳句では夏の季語であるという。しかし、そのうち歌のなかでも病葉とは別の「わくらば」があることに気づいた。副詞（形容動詞の連用形とみなしている辞典もある）の「わくらばに」であった。

この「わくらば」の違い、あるいは意味の分化については『角川古語大辞典』にすでに解説されており、古典以来のことであるらしい。同辞典によれば、そもそも「わくらば」は歌語で、「特別なもの。分けられたもの」の意であった。そこから「に」を添えた副詞の使い方も生まれ、まれに、とか偶然にの意で『万葉集』でも用いられている語であった。

一方、【病葉・老葉】と表記する「わくらば」は、夏に虫食いや病害によって朽ちた葉である。さらに【嫩葉】（これは普通「わかば」と読む）と表記する「わくらば」もあって、『角川古語大辞典』ではそれぞれ立項されており、語の由来にも諸説あるという具合。どうやら「わくらば」の複数の意味については、室町期からすでに推理の意欲を刺激するところだったようなのだ。

明治時代の『言泉』は「わくらば【病葉】」の解説に添えて「一説に、木の嫩葉」と示し、別項として「わくらば【邂逅】」を立てている。こちらは稀なること、たまさかの意で、古語であるとする。

ところが、同じ時代を反映しているとみられる『言海』は、副詞の「わくらばに【邂逅】」のみを載せている。明治時代には副詞の「わくらばに」のほかは、短歌や俳句の実作でのみ使われる、やや特別な語という認識だったのかもしれない。

現代の辞典は、「わくらば【病葉】」と「わくらば【邂逅】」の二語をそれぞれ立項するという立場でおおよそ一致しているようだ。「わくらば【邂逅】」は副詞として使う語である。また、『日本国語大辞典』『広辞苑』は嫩葉の意を「わくらば【病葉】」に併せて説いているが、『大辞林』はまったく触れていない。現代では「わくらば」が嫩葉の意で使われることはまずないという判断なのであろう。探し得た「わくらば」の近現代の用例にも嫩葉の意はみうけられなかった。

信綱、夕暮の例は、いずれも副詞の「わくらばに」によって語り始めている。たまさか澄んで穏やかな心を尊びたいという思い、たまたまこの家に生まれたことの自覚から、出自の尊さに心を向ける思いを、それぞれ読み取ることができる。なお、信綱の『銀の鞭』は『新月』に次いで大正期の歌を収めてまとめられたが、未刊のまま『佐佐木信綱歌集』（昭和31年）に収録された集である。

一方、宮澤賢治の歌では、空模様の急変にともなって傷んだ葉が降ってきたという内容を読むことができるから、大正期に「病葉《わくらば》」の語は、詩歌に限るにしても、死語ではなかったといえそうだ。

現代短歌での採用頻度はさして高くないかもしれないが、岸原さやの歌を前にしていえば、若い世代の感覚にもじゅうぶん見合う歌ことばなのだろう。光景に重ねながら自身の心のゆくえを見つめようと、そっと、しなやかな執着をまつわらせて述べているような一首だ。

わらふ　わらう

おだやかに昏れゆき白く花咲《わら》ふ夏なれと植うゆふがほの苗　蒔田さくら子『天地眼』平成22年

水仙の花の咲《わら》いはつつましく寒気厳しき朝開き初む　大下一真『月食』平成23年

二百ほどの家族いっせいに社宅去り肥えたるつつじがただただ咲《わら》う　鈴木英子『油月』平成17年

『角川古語大辞典』の「わらふ【笑・咲】」の項では、口を開けて笑う意の次に、春になって植物が芽吹く、また開花するという意を示している。ということは、動詞「わらふ」は当初から芽吹きや開花の意を備えていたのであり、歌人の機転によって付与したイメージ、そうして生まれた歌語ではないと知った。

現代短歌ではどちらかというと芽吹きより開花の意で使われ、その際の表記は「咲《わら》ふ」であることが多い。「咲く」の言い換えとしての「咲《わら》ふ」は、日常語の「笑ふ」と一瞬引き合い、短歌における用語として印象を強くする意味合いがありそうだ。

念のためCD－ROM版『国歌大観』で調べたところ、古典和歌（短歌）に「わらふ」の語が登場することは珍しく、「わらふ」が八首、「人わらへ」が一二首、「わらひ」が九首にみえるくらいのもので、芽吹きや開花の意での「わらふ」は皆無であった。「わらふ」という語そのものが和歌にはなじまなかったとみていい。

俳句では春の季語「山笑ふ」が知られるが、『日本大歳時記』（講談社・昭和57年）の「山笑う」の解説で、飯田龍太はその出どころを「中国宋代のころの禅宗の画家郭煕の『春山淡冶《や》にして笑ふが如く』にある（尾形仂）」と紹介している。「褐色の生毛《うぶげ》に蔽《おお》われたような早春の木々が、次第に潤《うる》みを帯び、春の日に照らされて山そのものが笑《え》みを浮べているようだ」という飯田龍太の理解にもたいへん魅力があるが、遠景の山の姿に受けとめる印象をこのように集約した季語の成立過程は、和語の「わらふ」が本来もっていた芽吹きや開花の意味とはまた別とみるほうがよいのだろう。

もっとも、明治時代の『言泉』は「わらふ【笑ふ・咲ふ】」の意味の五番目に〈春になりて、景色のどかになる。「山笑ふ」〉と説いているから、やはり「咲ふ」と季語の「山笑ふ」とを結びつける考え方はされていたものらしい。しかしそれも俳句や短歌のなかのみのことであり、おそらく一般的には「咲《わら》ふ」という使い方はされなかった。同じく明治時代の『言海』は、「わらふ」

の項に「咲」の一字を添えてはいるが、意味として芽吹きや開花についてはまったく触れていない。

『広辞苑』は「わらう【笑う・咲う】」の意味の三番目に「（比喩的に）つぼみが開くこと、果実の熟して皮が裂けること、また縫目がほころびることなどにいう」としており、『大辞林』も同様の解説であることからすると、近代以降、「咲ふ」は、あくまでも短歌・俳句における用語であって、その流れがかつかつ現代にも及んでいるということなのだと思う。

それはそれとして、短歌が芽吹きや開花をいうのに「わらふ」を採用するところには、ことばが多重にひびくだけであるにしても、どことなく飄逸味が漂う。用例三首は揃って開花の意で「咲」を用いているが、それぞれどこかに「笑」のニュアンスがまつわるようだ。

蒔田さくら子の一首では、夏の夕暮れの華やぎとして夕顔に期待をこめながら植えるのであり、大輪の美しさに、おのずと満面の笑顔がイメージされるであろう。

逆に大下一真の一首は、小さく清楚な日本水仙のつつましさを強調する。連用形を名詞として使っているが、擬人的な「笑み」に近いといえようか。

鈴木英子が描いているのは、二百もの家族がいっせいに転居したのちの、立派に育ったつつじの虚しい開花である。こうしてみると「わらふ」はどんな花の咲き姿にも見合って、現代短歌に定着していることが感じられる。

ゐや　いや

礼《ゐや》なしてゆきすぎし人を誰なりと思へど遂に思ひいでずなりぬ　落合直文『萩之家歌集』明治39年
老いゆくも身の芸とかや生きてあふ今年の桜に礼《ゐや》たてまつる　築地正子『菜切川』昭和60年
母子とはいえども我ら玄関に深き礼《いや》して別れ来たれり　三井　修『海図』平成25年

古語としては「礼《ゐや》」が動詞化した「ゐやぶ」「ゐやまふ」もあり、おもに記紀の時代に使われていたとある。『言泉』『言海』『日本国語大辞典』『広辞苑』『大辞林』も、この二語の動詞を含めて立項しているが、おそらく名詞の「ゐや」のみが、近現代の短歌くらいに残ったというのが実情であろう。

「礼《ゐや》」は礼儀、また礼を尽くすことをいう。お辞儀をさしていう場合も多く、用例として挙げた一首目、三首目は挨拶としての「礼」であると思われる。

一首目の主題は、少しおぼつかなくなった自身の記憶力への嘆きである。今の世の歌のなかで接することも多い場面なのだが、四二歳で没した明治の国文学者直文がこんな一首を残していると思うと、ほほえましい。

二首目は『菜切川』の巻末歌。老いの自覚はせつないが、築地正子の老いの歌には気骨とともに品格が感じられる。この歌の下の句などは、象徴的ではなかろうか。

三井修の「礼《いや》」には継母への微妙な距離感がこめられている。ぎこちない別れの場面の「深き礼《いや》」が、映像に近いリアルさで双方の心を偲ばせる。

をち　おち

をちかたに笛の音すなりさ夜ふけて月にねられぬ人やあるらむ（月前笛）
落合直文『萩之家歌集』明治39年

をちこちの森の時間の奥行をはかるがごとき梟の声
谷川健一『青水沫』平成6年

をちこちに咲くハルヂョヲン焦点を合はせ見つむる花のみ揺るる
大崎瀬都『朱い実』平成22年

遠近《おちこち》に水たまり照る夕まぐれ翼細めて燕は飛べり
吉川宏志『夜光』平成12年

「彼方・遠」と書くとおり、「をち」は空間的、時間的に遠く隔たったところをさす語である。

単独で「をち」、あるいは「をちかた」という使われ方、さらに遠近含めた「をちこち」も上代から定着していて歌にも詠まれ、近代短歌にそのまま流れ込んだ。『みだれ髪』には「遠《をち》」、『赤光』には「遠《をち》かた」の用例が一首ずつみられる。しかしこれは、申し訳程度という印象だし、『思草』『一握の砂』『桐の花』には使用例がない。「をち」「をちかた」は近代歌人にとっても、いささか古風な語であったようで、用例の最初にあげた直文の一首など、「月前笛」による題詠であることも加わり、ほとんど和歌の場面設定、流れではある。

一方、古典において同じ意味の「遠《とほ》」も名詞や形容詞の上に置いて使われた。「遠《とほ》ありき」（遠くまで歩いてゆくこと）のように現代には残っていない語もあるが、「遠里《とほざと》」「遠山《とほやま》」「遠浅《とほあさ》」など多くの複合語が今日も使われている。

現代短歌では「をち」よりも「をちこち」の例が目につく。古語の響きが強まり、その語感を愛でるような使われ方が感じられるのも、日常語からはずれるからであろう。谷川健一の聴いた「梟の声」はいっそう幻想的となって独特の趣である。

大崎瀬都の一首では視野の花を不意に絞り込んだ流れがユニークだが、どこにでも見られる花の何でもなさに「をちこち」がいくらか面目を施しているようでもあるところがおもしろい。

吉川宏志は上の句の拡散的な水の景に下の句のシャープな一点を組み合わせたものと思う。「遠近《おちこち》」の語が視野を引き締めて効果的といえるだろう。

をみな　おみな

罵りのしもともて打つ世の人よ知るや我が名はをみなとしいふ　柳原白蓮『蹈絵』大正4年

輪郭があいまいとなりあぶら身の溶けゆくものを女《をみな》とぞいふ　上田三四二『遊行』昭和57年

女《をみな》とは幾重《いくへ》にも線条《すぢ》あつまりてまたしろがねの繭と思はむ　岡井　隆『人生の視える場所』昭和57年

聖堂は椎の匂いに包まれてひとりおみなの祈る背《せな》あり　三枝昂之『上弦下弦』平成22年

編まれゆくこれはくもの巣　糸を継ぎおみなは家のまんなかに居る　樋口智子『つきさっぷ』平成20年

古語の「をみな【女】」は若い女をさし、「おみな【嫗】」は老女をさす。「をみな」は「をとこ」に対応していて、この「をみな」が転じて「をんな」になった。「おみな」は「おきな」の対であり、これが転じて「おうな」となった（『角川古語大辞典』）。

明治時代はどうか。『言泉』は「をみな」について「をんな」に同じであるとしか述べていない。平安時代以降は「をとこ・をんな」が一対であったことは『角川古語大辞典』の「をんな」の項に書かれているので、すでに「をみな」より「をんな」が定着して時を経ていたのであろう。

同じく明治期の『言海』の「をみな」の項では「をみハ小身ノ意。なハ大人《オトナ》ノなノ如シと云」と語源の解説を添えているのが興味深い。そして、『言泉』『言海』ともに「をんな」の意味として、新たに情婦とか下女、はしための意を加えている。これも時代の変遷とみてよいのであろう。

歴史的かな遣いの時代なら「をみな」と「おみな」の違いは一目瞭然だったわけだが、「をみな」の表記があり得ない現代かな遣いの辞典では、どう説明するのか。

『日本国語大辞典』はまず「おみな【女】」をあげ、「若い女」の意味のみを載せる。そして、その次の項として「おみな【嫗】」を並べ、こちらは老女の意であるとする。古語の「をみな」と「おみな」は、現代かな遣いの今の時代には、漢字表記によってのみ本来の意味を表し得るのであり、漢字を添えないことには、まったく逆の意味を併せもった「おみな」なのであった。この『日本国語大辞典』と同様の認識を示しているのは『大辞林』である。

『広辞苑』の「おみな【女】」の解説は〈①美女。佳人。②おんな。〉で、『日本国語大辞典』『大辞林』との違いがうかがえる。古語の「をみな」がもつ若さの意を美女に移し替えたようにもみえるが、これは、平安時代の漢和辞書『新撰字鏡《じきょう》』に「美女也」とあることに基づいているらしい。

『言泉』や『言海』の「をんな」が、新たに情婦や下女の意を加えていることから、「をみな」と「をんな」に雅俗の違いが多少ともあろうかと佐佐木信綱『歌の栞』に当たってみたが、それはないようであった。

しかし『広辞苑』で「おんな」を引いてみても、かなり意味が分化していて、めかけだの女郎まであげられているから、現代人が「女」にあまり品位を感じないとしても致し方のない状況である。報道において事件の被疑者は「女」、それ以外は「女性」というのが普通だし、「○○の女」などというとき、あまりよいイメージはない。

その点、今の時代に短歌ぐらいでしか使われない「をみな」は、格別といってよい味わいをもたらしているのではなかろうか。また、深く立ち入らないまま言い添えておくと、『赤光』の中で八回ずつ登場する「女《をみな》」と「女《をんな》」には、おそらく使い分けの意識をうかがうことができようと思う。八回のうち「おひろ」の三首は「をみな」を採用し、「地獄極楽図」の二首は「をんな」を採用している。茂吉独自というより、ごく一般的な言語観におのずとしたがった、その意味では自然な選択であったのだろう。

「をみな」のもつニュアンスは、あげた用例にも共通しているといえそうである。

波瀾に満ちた人生が背景に知られる白蓮の歌だが、悲痛な叫びの陰に、どこか裏をかくような図太さもうかがわせる下の句になっている。そもそも、女の人生が苦悩を背負わされずにいない時代であることの悲しみを言うための「をみな」なのだと思う。

上田三四二と岡井隆は「女《をみな》」という存在をとっくりと想念のうちに描くことで自身を語って

いる趣である。その意味ではひじょうに近い姿を見せている二首で、いずれも官能的なニュアンスがありながら、比喩の喚起力に委ねて知的な表現手法を思わせるところが共通している。そして何より「女《をみな》」の語がすべてを引き受けていること。これは『赤光』における使い分けと、おそらく発想の源は等しい。

三枝昂之の一首は、聖堂で祈りをささげる女性の後ろ姿を映し出している。おのずと選ばれた「おみな」といえようし、こんなとき、短歌表現においてはこの語がごく自然に据えられるということを喜びたくもなる。

若い世代もごく自然に「おみな」を使う場所を心得ていると思わせる樋口智子の一首は、なんといっても下の句による集約に冴えがある。時代、社会のなかの位置づけを意識した「おみな」だろう。白蓮とは対照的で悲観のかけらも見えない頼もしさ。それが一首の決め手になっている。

あとがき

短歌のことばは着実に新しさを加え、若い世代を中心に口語のみで作歌する例も珍しくなくなってきた。身近で軽快な口語による短歌表現に対しては、世代に関わりなく抵抗がなくなってきているといえる。短歌表現のなかの口語採用の度合いは、今後さらに増すことだろう。主に口語で作歌する世代は、基本的に文語でつづるものであった時代の短歌など、すでに視野の外なのかもしれない。現に、歌の様相の二極化を実感している歌人は少なくない。

ところが、少し異なる印象もなくはない。若い世代にも近代短歌に関心を寄せる作者はけっこういるし、自身は口語中心に作歌していても、読む対象としては過去の作品に広く目を向けて、それによって身につけたのであろう文語短歌の言い回しや、短歌くらいでしか使われないことばを、思いのほか積極的に採用している。

結果的に口語と文語が一首のなかですら同居する。案外それも違和感のない姿で、選びとられた歌ことばの居心地も悪そうにはみえない。意識してというより、ごく自然な、おのずからなる意欲のままにことばを選んでいるのであろう。意識くらいでしか使われないことばや表現など、過去の短歌作品を読むことで摂取するしかないわけで、若い世代のその意欲のほどは、実に心づよく頼もしいこと、とわたしには思えた。

本阿弥書店の「歌壇」編集長奥田洋子さんから、短歌に特有のことばというテーマをいただき、それはまず「歌壇」（平成24年1月）の特集において実現した。短歌に特有のことば五〇語について、その採用例を現代短歌のなかから一首ずつ選ぶというものだった。

そのとき、一般的には死語であっても、短歌においては立派に命脈を保っている語の数々の存在に、あらためて思いを致すことになった。同様の語は五〇にとどまらず目に入ってきたし、当のことばが一首のなかに、なんとも所を得たように据えられている例に数多く出会うことにもなった。

その体験が「歌壇」誌上での連載「歌ことば100」（平成25年4月〜27年5月）につながった。

歌ことばに着目して歌集を読むと、若い世代の歌にも日頃とは別の側面が見えてくるようであった。そんな思いからも、選び出す用例歌には、できるだけ若い世代の作品を含めたいと思った。

一方、和歌の基盤を受け継ぎながら格段に飛躍、開拓した近代短歌の表現には、今につながる歌ことばの原型が感じられる。その状況下でも、歌人それぞれの歌ことば意識には、それなりの違いがうかがえ、その違いが歌の味わいにも反映されている。とても興味をそそられるところだ。また、古語に由来する例が当然多くを占める歌ことばの使い方も、歌人たちはすべて古来のままに踏襲しているわけではない。時代に合わせて意味を修正してみたり、和歌では避けた漢語に和語の読みを施して導入したり、はたまた方言として生きながらえてきたことばさえ、文語のように使いこなして歌ことばとしてしまったり、と限りない努力の痕跡が、わずかに引き出してみた用例のなかにも、明らかに残されているようであった。

歌びとは、貴い財産である歌ことばを一三〇〇年を超えて守りつづけ、その自覚のもと、ことばをねんごろに使う営為を重ねてきたといえるのだろう。一〇〇語の歌ことばをめぐるなかで、その片端でも伝え残すことができたら、と願っている。

貴重なきっかけと示唆をくださった奥田洋子さんには、刊行に際しても多々お世話になりました。また、野田弘志画伯の「加賀（乙彦）さんは、ニワタズミなんてことばを使うんだ」というひと言がなかったら、わたしは終わっていた連載を単行本にまとめなおす決断ができなかったと思います。そんな経緯からか、野田先生の「ＴＯＫＩＪＩＫＵ（非持）Wing」のふわりと美しく力づよいはばたきのイメージをつねづね心に抱き、重ねながら歌ことばのゆくえを思いつづけました。野田先生の絵によって表紙を飾っていただき、この上ない喜びです。井原靖章氏のすばらしい装幀にも感激しました。どうもありがとうございました。

今野寿美

歌ことば100・人名索引

著者紹介

今野寿美（こんの・すみ）

昭和27年東京生まれ。

同54年に「午後の章」50首により角川短歌賞受賞。

『世紀末の桃』（第13回現代短歌女流賞受賞）、『龍笛』（第１回葛原妙子賞受賞）ほか『さくらのゆゑ』まで10冊の歌集、近代短歌をめぐる『24のキーワードで読む与謝野晶子』、『わがふところにさくら来てちる—山川登美子と「明星」』のほか、『歌がたみ』、『歌のドルフィン』、『短歌のための文語文法入門』、児童書『作ってみようらくらく短歌』『読んでみようわくわく短歌』などの著書がある。

平成４年に夫の三枝昻之たちと歌誌「りとむ」を創刊。現在その編集人を務める。

平成27年より宮中歌会始選者。

現代歌人協会・日本文藝家協会会員。

神奈川県川崎市在住。

歌《うた》ことば100

平成二十九年一月二十日　第一版

平成二十九年四月十一日　第二版

平成三十年四月十八日　第三版

著　者　今野　寿美

発行者　奥田　洋子

発行所　本《ほん》阿《あ》弥《み》書店

東京都千代田区猿楽町二—一—八　三恵ビル

〒一〇一—〇〇六四

電話　(〇三)三二九四—七〇六八(代)

振替　〇〇一〇〇—五—一六四四三〇

印刷・製本＝三和印刷

定価はカバーに表示してあります。

ISBN978-4-7768-1290-6 C0092(3008)　Printed in Japan